उर्दू की सर्वश्रेष्ठ हास्य कहानियाँ

'भारतीय कथा-साहित्य' सीरीज़ के अन्तर्गत प्रकाशित पुस्तकें :

- *रविन्द्रनाथ ठाकुर की सर्वश्रेष्ठ कहानियाँ*
- *प्रेमचन्द की सर्वश्रेष्ठ कहानियाँ*
- *जयशंकर प्रसाद की सर्वश्रेष्ठ कहानियाँ*
- *शरत की सर्वश्रेष्ठ कहानियाँ*
- *मराठी की सर्वश्रेष्ठ कहानियाँ*
- *बंगला की सर्वश्रेष्ठ कहानियाँ*
- *उर्दू की सर्वश्रेष्ठ कहानियाँ*
- *पंजाबी की सर्वश्रेष्ठ कहानियाँ*
- *तेलुगू की सर्वश्रेष्ठ कहानियाँ*

उर्दू की सर्वश्रेष्ठ हास्य कहानियाँ

संपादक : नंदकिशोर विक्रम

साक्षी प्रकाशन
एस-16, नवीन शाहदरा, दिल्ली-110032
फोन : 011-22324833, 09810461412

ISBN : 81-86265-73-2

प्रकाशक

साक्षी प्रकाशन

एस-16, नवीन शाहदरा, दिल्ली-110032

फोन : 011-22324833, 09810461412

प्रथम संस्करण : 2016

मुद्रक : शर्मा प्रिंटर्स, दिल्ली-93,

Urdu Ki Sarvshreshth Hasya Kahaniyan

Compiled by Nand Kishor Vikram

उर्दू में हास्य-व्यंग्य

साधारणतः हास्य और व्यंग्य शब्दों का प्रयोग एक साथ किया जाता है हालांकि इन दोनों शब्दों के अर्थ और भाव अलग-अलग हैं। इसके अतिरिक्त यह ज़रूरी भी नहीं कि किसी रचना में व्यंग्य के साथ हास्य भी हो या इसके प्रतिकूल हो। अस्तु, प्रायः हम इन दोनों शब्दों का प्रयोग एक साथ ही करते हैं।

प्रायः कहा जाता है कि रोना एवं गाना सबको आता है। हो सकता है कुछ हद तक यह बात सही हो किंतु हंसने-हंसाने के बारे में कहा जा सकता है कि यह हर एक के बस की बात नहीं। वास्तव में यह किसी व्यक्ति या राष्ट्र में पाया जाने वाला एक ऐसा गुण है जिससे उसकी सभ्यता की परिपक्वता और मानसिक स्तर का अंदाज़ा उन बातों से लगाया जा सकता है जिन पर वे हंसते हैं क्योंकि गंभीर बातों से व्यक्ति के बारे में अंदाज़ा लगाना बड़ा कठिन कार्य है लेकिन जब हास्य-व्यंग्य, लतीफों और चुटकुलों में वह खुलकर हमारे सामने आता है तो वह अनायास अपने आप को प्रकट कर देता है। शायद यही कारण है कि लोग कहा करते हैं कि किसी व्यक्ति या राष्ट्र के मिज़ाज का अनुमान उसके हास्य-व्यंग्य और चुटकुलों द्वारा बड़ी आसानी से लगाया जा सकता है।

व्यंग्य और हास्य का संबंध सामाजिक समस्याओं से जुड़ा होता है। जब तक व्यक्ति मानसिक रूप से वयस्क न हो कि वह अपना मज़ाक उड़ा सके और अपने इर्द-गिर्द की बातों पर हंस सके—कहकहा लगा सके

तब तक वह हास्य-व्यंग्य की आत्मा को नहीं समझ सकता।

हंसना-हंसाना और व्यंग्य से लुत्फ़ उठाना ज़िंदा कौमों का काम है। लेकिन हंसना सामाजिक मूल्यों के बिना संभव नहीं है। हम उन्हीं बातों पर हंसते हैं जो समाज के प्रचलित और सर्वमान्य तौर-तरीकों के प्रतिकूल हैं। जब समाज संकट और परिवर्तन से दो-चार हो तो हास्य-व्यंग्य को नया तीखापन मिलता है और यह समाज के लिए एक अनुशासनिक हथियार का रूप इख्तियार कर लेता है और सामाजिक त्रुटियों और बुराइयों का भांडा फोड़ने के सिलसिले में यह महत्वपूर्ण उपकरण है।

उर्दू में हास्य-व्यंग्य का इतिहास बहुत पुराना है और उर्दू-साहित्य में इसका महत्वपूर्ण योगदान रहा है किंतु इसे गद्य में लिखने की परम्परा बहुत बाद में पड़ी—आरंभ काल में इसका प्रयोग केवल कविता में ही किया गया बल्कि यदि यह कहा जाये कि उर्दू कविता के नियमित रूप से आरंभ होने से पूर्व ही हास्य-व्यंग्य ने भी लोगों को अपनी ओर आकर्षित करना शुरू कर दिया था तो ग़लत न होगा क्योंकि 17वीं शताब्दी में जब मुग़लों का पतन आरंभ हो गया था तो उसी काल में उर्दू काव्य के बाकायदा आरंभ से पूर्व ही हास्य-व्यंग्य ने भी लोगों को अपनी ओर आकर्षित करना शुरू कर दिया था। जाफ़र ज़टल्ली (1658-1713) नामक शायर ने फ़ारसी और उर्दू भाषा के शब्दों को मिलाकर हमें एक ऐसी अनोखी भाषा से परिचित कराया जो हास्य-व्यंग्य का ही नमूना नहीं थी बल्कि जिसमें उस समय की राजनीति और समाज व्यंग्य भी किया गया था। इसके बाद विख्यात उर्दू कवि सौदा और अन्य कवियों ने इस शैली को और आगे बढ़ाया किंतु इसको वास्तव में विकास उर्दू के महाकवि गालिब ने प्रदान किया क्योंकि उनसे पूर्व उर्दू में जो कुछ प्रस्तुत किया गया था वह काव्य में था गद्य में नहीं। ग़ालिब ने पहली बार अपने पत्रों में हास्य-व्यंग्य के ऐसे सुंदर नमूने प्रस्तुत किये जो आज भी उर्दू-साहित्य में श्रेष्ठ स्थान रखते हैं।

ग़ालिब के बाद उर्दू में बहुत से हास्य-व्यंग्यकार पैदा हुए जिन्होंने अपनी कृतियों से साहित्य में ऐसा स्थान प्राप्त किया कि आज वर्षों बीत जाने पर भी पाठक भुला नहीं पाये और इन सबसे परिचित कराने का सेहरा लखनऊ की हास्य-व्यंग्य पत्रिका 'अवध पंच' के सिर है और जिसकी इस क्षेत्र में की गई सेवाओं को एक उच्च स्थान प्राप्त है तथा जब भी

उर्दू हास्य-व्यंग्य का इतिहास लिखा जायेगा तो लखनऊ की इस पत्रिका की उपेक्षा नहीं की जा सकेगी।

इस पत्रिका का आरंभ 1877 में हुआ था और यह लगभग 35 वर्ष तक निकलती रही। इसके संपादक मुंशी सज्जाद हुसैन थे और इस पत्रिका ने ऐसे प्रतिभाशाली हास्य-व्यंग्य के लेखक पैदा किए जिनको बड़ी प्रसिद्धि और लोकप्रियता प्राप्त हुई। इनमें रतन नाथ सरशार, त्रिभुवन नाथ हिज्र, अहमद अली शौक़, मच्छु बेग सितम ज़रीफ़, सैयद मुहम्मद आज़ाद, महफूज़ अली बदायूनी, ज्वाला प्रसाद बर्क़ के नाम ऐसे हैं जिन्हें कभी भुलाया नहीं जा सकेगा। इन लेखकों की लेखनी ने अवध पंच को एक आंदोलन का रूप प्रदान किया जिसका परिणाम यह हुआ कि इस पत्रिका की सफलता को देखते हुए लाहौर पंच, बनारस पंच, जालंधर पंच, पंजाब पंच, दक्कन पंच और आगरा पंच जैसी कई हास्य-व्यंग्य की पत्रिकाएं प्रकाशित होने लगीं लेकिन जो प्रसिद्धि अवध पंच को मिली वह किसी और पत्रिका को प्राप्त न हो सकी। उस ज़माने में इस पत्रिका को इतनी लोकप्रियता प्राप्त थी कि लोग इसके प्रकाशन की बड़ी उत्सुकता से प्रतीक्षा करते थे।

'अवध पंच' के दौर के पश्चात् हास्य-व्यंग्य में नये युग का आरंभ हुआ जिसमें सज्जाद हैदर यलद्रम, मेंहदी अफ़ादी, सुल्तान हैदर जोश, मुल्ला रमूज़ी, फ़र्हतुल्लाह बेग, ख़्वाजा हसन निज़ामी, अज़ीम बेग चुग़ताई, इम्तियाज़ अली 'ताज', अब्दुल मजीद सालिक जैसे हास्य-व्यंग्य लेखक उर्दू-साहित्य के क्षितिज पर उभरे। इनमें से ज़्यादातर पश्चिमी साहित्य से भी परिचित थे और उनमें नया रंग और नई शैली के नमूने पाये जाते हैं। इन लेखकों के बाद जो नया दौर आया उसमें रशीद अहमद सिद्दीक़ी, कन्हैया लाल कपूर, पतरस बुख़ारी, शौकत थानवी, हज़रत आवारा बम्बोक, कृश्न चंदर, अहमद नदीम क़ासमी, सआदत हसन मंटो, शफीक़-उर-रहमान, फ़िक्र तौंसवी, गुलाम अहमद फ़ुर्क़त, अहमद जमाल पाशा, मुश्ताक यूसुफ़ी, इब्न-ए-इंशा, मुज्तबा हुसैन, कर्नल मुहम्मद ख़ान, चिराग़ हसन हसरत, शफ़ीक़ा फ़र्हत, परवेज यदुल्लाह मसीह अंजुम तखल्लुस भोपाली, यूसुफ़ नाज़िम, भारत चंद खन्ना, सलमा सिद्दीक़ी रशीद कुरैशी, नरेंदर लूथरा, बर्क़ आशयानवी आदि विशेष रूप से उल्लेखनीय हैं।

ये सभी व्यंग्यकार अपनी आकर्षक और अनूठी शैली से उर्दू-साहित्य

में अपने लिए एक श्रेष्ठ स्थान बना चुके हैं। इनमें से ज्यादातर उच्च शिक्षित समाज से संबंध रखते हैं और विदेशी साहित्य विशेषकर पाश्चात्य साहित्य से भी परिचित हैं। इनका हास्य-व्यंग्य मूल्यों की आलोचना के साथ समाज को स्वस्थ और संतुलित देखने का भी इच्छुक है। इनका उद्देश्य समकालीन समाज की त्रुटियों और बुराइयों को बेनक़ाब करना है। और इस उद्देश्य की प्राप्ति के लिये वे पाठकों को अपनी लेखनी से केवल हंसाते ही नहीं बल्कि कुछ सोचने पर विवश भी करते हैं।

नंद किशोर विक्रम

अनुक्रम

अज़ीम बेग चुग़ताई

बरार की वापसी

अगर हमारे मुंह से निकल गया कि भई बरार के मामले में अंग्रेज़ों ने अधिकार और न्याय के गले पर छुरी फेर दी, तो हज़रत उसका यह मतलब किधर से हो गया कि हर समय बरार के पत्थरों से हमारा सिर फोड़ा जाये।

"यार यह बरार कैसे वापिस मिले ?" यह एक सवाल था जो भाई शज़री ने सुबह नाश्ते से पहले-पहले शायद सत्रहवीं बार मुझसे किया।

"देखो जी !" मैंने तंग आकर कहा—"तुमने जो हमारी जान ज़्यादा खाई और यह बरार का बरमा फिर हमारे कानों में चलाया तो याद रखो कि मुझसे कोई बुरा न होगा।"

आप खुद ख़्याल कीजिये कि बरार के झगड़ों को न तो हम समझें न बूझें। रह गया अंग्रेज़ों पर ग़म और गुस्से को प्रगट करना सो वह कर चुके या फिर बार-बार कर चुके। मगर कान हैं कि खाये जा रहे हैं। कहां हम और हमारे पूर्वज क्या अगर हज़रत ईसा भी आ जायें तो अंग्रेज़ तो मानने से रहे। अजी गिर्जे बंद कर दें और बरार न दें। मगर मुसीबत वास्तव में और थी। वह यह कि बिना लाग-लपेट के अर्ज़ करता हूं कि अगर दुनिया में बरार की वापसी की फ़िक्र किसी को होगी तो बस दो को। एक तो खुद हज़रते-आला यानी बरार के मालिक को और दूसरे भाई शज़री को। मेरी समझ में अगर कहीं भाई शज़री बरार के रहने वाले होते या न सही, कम से कम उन्होंने बरार को देखा ही होता तो न मालूम क्या ग़ज़ब करते। कहते थे न हुआ मैं (यानी बरार का मालिक)। कुछ दिन तो नक़्शे बनते रहे और यहां देखना पड़ा और बार-बार देखना पड़ा कि बरार का प्रदेश मिलकर आसफ़िया का राज्य कितना हो जायेगा। यहां तक ग़नीमत थी मगर सूरते-हाल अब यह पहुंची कि अलीगढ़ के बोर्डिंग हाउस के एक कमरे में बैठकर बरार की वापसी की कोशिश होने लगी। जाहिर है कि इतने बड़े प्रदेश की इतने से कमरे में बैठकर जब वापसी की कोशिश की है तो कौन-सी चीज़ है ऐसी कमरे की जो कि जड़-पशु प्रकार की सलामत रह सके। अगर किसी ने भाई शज़री के ख़्याल में ज़रा भी उनसे मतभेद किया और यह प्रगट किया कि बरार वापिस नहीं मिलेगा या जल्दी नहीं मिल जायेगा तो भाई शज़री ने उससे यह सोचकर झगड़ना शुरू कर दिया कि यह अव्वल दर्जे का बदमाश है और हो न हो बरार उसी की जेब में है। और अभी-अभी

यहीं का यहीं इसी से धरवा लो—एक दिन का ज़िक्र है कि बरार का क़िस्सा सामने था। चाय पी जा रही थी। एक और साहब भी शामिल थे और उन्होंने बड़ी गम्भीरता से चाय की प्याली में चीनी डालते हुए कहा—"मुश्किल है बरार का वापिस होना।"

"वह कैसे ?" भाई शज़री ने कुछ बिदककर कहा—"वह कैसे ? ज़रा मुझे भी तो बताइये कि आख़िर कैसे अंग्रेज़ हमारा (हुज़ूर निज़ाम का नहीं) प्रदेश का प्रदेश हज़्म कर लेंगे। कैसे ?" उन्होंने कहा—"हो न हो यह अंग्रेज़ है। उनके हाज़मे का यह हाल है कि मिस्र हज़्म नहीं कर गये बल्कि पी गये तो यह बरार कौन चीज़ है।"

भाई शज़री के तन-बदन में आग ही तो लग गयी। दांत पीसकर और मुंह टेढ़ा करके बोले—"नहीं देंगे, नहीं देंगे। अजी उनके तो देंगे बाप।"

"आप लेंगे आप लेंगे।" उन्होंने मुस्कराकर कहा—"जी आप रोक लीजिएगा न। आपका बस चले तो रोक ही लीजियेगा।"

"मज़ाक न करो हज़रत। यह मिस्र का हलवा नहीं है, यह बरारा है। बरार गले में से निकाल लिया जायेगा, गले में से।" भाई शज़री ने हाथ से निकालने का इशारा करते हुए बताया।

"अक्ख़ा !" वह बोले—"यह कहिए, यूं कहिये, अब मालूम हुआ कि हुज़ूर भी कुछ टके हैदराबाद से मालूम होता है पा गये और लगे बीम पर झूमने।"

उनका यह कहना था कि बस शज़री आग-बबूला हो गये। पहले तो उन्होंने उन तमाम लोगों को गालियां सुनायीं जो हैदराबाद के वज़ीफ़ाख़ोर हैं। इसमें बहस नहीं कि वे इसके अधिकारी हैं या नहीं। और फिर इसके बाद उन्होंने वही कहा—यानी ये बरार उनकी जेब में है, ले लो फ़ौरन। नतीजा इसका सिवाय इसके और क्या हो सकता है कि बात बढ़ी और चीनी के बर्तनों के लिए मेज़ छोटी साबित हुई। हैं-हैं करके बीच-बचाव किया। आप कहेंगे कि तालीमयाफ़्ता और सभ्य कालिज के विद्यार्थी और ये। तो हज़रत यह ज़र-ज़मीन के झगड़े वास्तव में ऐसे ही होते हैं। इसके चौथे दिन का लतीफ़ा सुनिये।

चौधरी साहब कहने लगे—"यार मिर्ज़ा देखो, यह हैदराबादी किस कदर देश के ग़द्दार और दुश्मन हैं।" यह कहकर दो-तीन हैदराबादियों के पत्र दिखाये। बात असल में यह थी कि भाई शज़री गुप्त रूप से इस आंदोलन को चला रहे थे कि कालिज के तमाम लड़के जुलूस की सूरत में बरार की वापसी के मामले में कार्यवाही करें और सख़्त किस्म की एजीटेशन पैदा करके एक चटपटा-सा जल्सा करके धर लें। तमाम वायसराय वग़ैरा को तार पर तार, तार पर तार दें। इस आंदोलन से हैदराबादियों ने और वास्तव में हर उसने जिसके सिर में सिर था दिलचस्पी लेने से इन्कार कर दिया। औरों को तो भाई शज़री ने डाला जहन्नुम

में मगर हैदराबादी उससे उलझ गये। देर तक बड़बड़ाते रहे। और प्रस्ताव यह था कि एक वर्किंग कमेटी बने और लोग एकत्रित होकर सोच-विचार करें और क़ायदा है कि वैसे कोई इकट्ठा नहीं होता। यानी चाय-केक वग़ैरा दो। चुनांचे शाम के लिए भाई शज़री इसका इंतज़ाम कर रहे थे और जनाब इसी कारण भी मजबूरन बरार की वापसी का सुहाना जिक्र कम-से-कम आज के लिए सुनने को तैयार थे।

हैदराबादियों के विरुद्ध बुख़ार निकाल चुके तो मेरी तरफ़ से मिठाइयों और फलों वग़ैरा की सूची बनी कि कितनी कौन चीज़ आये। ज़ाहिर है कि बरार की वापसी के बारे में जब यह तैयारियां हों तो सच्चे दिल से क्यों न दो-एक पड़ोसी भी इस राष्ट्रीय सेवा में भाग लें। दो-तीन हज़रात के मशविरे से खाने-पीने की चीज़ें तैयार हुईं। बैरे को बुलाकर दो नोट दस-दस रुपये के दिये गये कि बाज़ार से सब चीज़ें लाकर रख देना। जब हम कालिज से वापिस आयें तब सब मौजूद हों।

''कोई चीज़ रह तो नहीं गयी ?'' एक आख़िरी नज़र सूची पर डालते हुए पर्चा भाई शज़री ने बैरे की तरफ़ बढ़ा दिया।

''असल चीज़ तो रह ही गयी।'' एक साहब ने पर्चा देखकर कहा। वाह ! और यह कहकर कलम लेकर इस सूची में बढ़ा दिया कि पांच रुपये का बरार भी आएगा।

भाई शज़री ने देखा और इस मज़ाक पर मुस्कराये। कलम की तरफ भाई शज़री ने हाथ बढ़ाया और जब उन्होंने नहीं दिया तो मुस्कराकर हाथ झटककर बोले—''लाओ जी कलम इधर काट दें।'' दूसरे साहब बोले—''वाह अल्लाह ! काट दो काट दो। वर्ना गज़ब नहीं ये ले आये।'' इस पर हंसी रही और मज़ाक ही मज़ाक में पर्चा उसी तरह बैरे को दे दिया गया।

''क्या फ़ायदा ?'' भाई शज़री ने हंसकर कहा, ''वैसे ही अव्वल नम्बर का गधा है; चकराता फिरेगा बहरा ख़ामख़ा।''

मगर बैरा चला गया। मज़ाक तो मज़ाक ही है। उन्नीस रुपये का सौदा तो वैसे ही था यह पांच रुपये का बरार अवसर के मुताबिक मंगाया जा रहा था (सचमुच नहीं)।

''बरार आ जाये कब्ज़े में—वहां भी हो तेरी शाही...।'' यह वाक्य प्रायः हमारे कमरे में गूंजता रहता था। रात को, दोपहर को, सुबह-शाम, समय-असमय इसे दुहराया जाता था। फिर नहाने में तो इसका अलापना इतना ज़रूरी था कि बयान से बाहर। बदन पर तेज़ी से साबुन लगाया बल्कि यह कहिए कि भाई शज़री यही वाक्य मल-मलकर नहाया करते थे। इस वाक्य ने क्या-क्या न सिर-फुटौवल की थी। एक दिन भाई शज़री ने जम्हाई लेते हुए इस वाक्य को

भी शुरू कर दिया। पहले तो जम्हाई में मुंह फटा हुआ (मुश्किल से कोई जम्हाई इस वाक्य से ली जाती थी) फिर इस पर अंगड़ाई, भाई शज़री की मीठी नहीं बल्कि नमकीन आवाज़ के बादल की गरज-सा तरन्नुम। नतीजा यह हुआ कि 'बरार आ जाये' तो साफ़ सुनायी दिया और उसके बाद का बाकी हिस्सा जम्हाई के तेज़ तूफ़ान और गले की गड़गड़ाहट में तथा अंगड़ाई की खींचा-तानी में कलाबाजियां खाता हुआ कुछ इस तरह अदा हुआ कि वाकई मालूम हो कि कोई कुत्ता बड़ी ही कामयाबी के साथ स्वयं तानसेन से शिक्षा ले रहा हो। आप जानिये कि अच्छे गाने वालों के पड़ोसी आमतौर पर दुश्मन होते हैं। इसलिए बरार वाले कमरे से पंजाब की तरफ़ का एक मूज़ी जिसके शायद पेट की बजाय भी फेफड़ा था, इस ज़ोर से गर्जकर बोला—कुत्ते ! और कोई बड़े ज़ोर से बरामदे से पुकारा, ''बांधो।'' जम्हाई के बाद में भाई शज़री ने एक अंगड़ाई भी ली थी। वहीं के वहीं हाथ छोड़ दिये और एक 'हड़प' के साथ मुंह बंद करके बोले—यह कौन ? मगर सन्नाटा। तेज़ी से बाहर गये। थोड़ी ही देर के बाद बहस और कहकहों का शोर बराबर वाले कमरे से कुछ इस तरह उठा कि जैसे मालूम हो कि लड़ाई और हंसी-मज़ाक सब कुछ हुल्लड़ के साथ एक ही वक्त में एक ही जगह हो रहा हो।

मैं पहुंचा तो क्या देखता हूं कि सारी बहस भाई शज़री ने छेड़ रखी है। वह यह कि दक्खिन के राजा का सख़्त अपमान किया गया। केवल इस कारण कि वाक्य स्वयं हज़रते-आला के सोच-विचार का नतीजा है। इधर से यह तर्क था कि यह हज़रते-दक्खिन का कलाम है। अगर आप खुद अल्लाह मियां का कलाम इस तरह से रोयेंगे तो हम आपको बग़ैर बंधवाये नहीं मानेंगे। क्यों ? इसलिए कि आप काट न खायें। जाहिर है कि इस किस्म की बहस का क्या नतीजा हो सकता है। ज़िद कर बैठे कि किसी तरह भी भाई शज़री बरार वापिस न ले सकें। मगर किसी ने कहा और खूब कहा :

खुदा की देन का मूसा से पूछिये एहवाल
कि आग लेने को जाएं पैअम्बरी मिल जाये।

वहां अकेले-दुकेले पैअम्बरी हज़रत मूसा को मिल गयी तो क्या हुआ ? यहां भी तो इससे कम हालत पेश नहीं आयी। यानी यह कि बैरा बाज़ार से बरार ले आया और वह भी कर्ज़।

मेरे सुपुर्द भाई शज़री ने एक और काम किया था। वह यह कि कुछ रसूख़ वाले दोस्तों को निमन्त्रण के अलावा जुबानी भी आमंत्रित कर आऊं। इसलिए आख़िरी घंटा जो कालिज का ख़त्म हुआ तो भाई शज़री तो चले कमरे की तरफ और मैं चला अपने काम पर। वहां से फिरता हुआ वापिस लौटा। पहुंचकर क्या देखता हूं 1857 है। और मेरा कमरा शायद मेरठ। लड़के कालिज के बजाय

अपने कमरों में वापिस जाने के लिए मेरे कमरे की तरफ़ दौड़ रहे थे। मैं भी दौड़ा। एक शोरोगुल हंसी-मज़ाक में। मालूम हुआ कि बाज़ार से बैरा बरार ले आया है। भीड़ को चीरकर कमरे के दरवाज़े पर पहुंचा तो इस बात की तस्दीक हो गयी। एक पूरे प्रदेश का प्रदेश और वह भी एक कमरे में आ जाये तो क्या हो ?

मैं कमरे में घुसा तो क्या देखता हूं कि कोने में एक बड़े भारी बोरे में बरार रखा है और बैरे को भाई शज़री हाकी स्टिक बजा रहे हैं। ज्यूं-त्यूं करके बैरे को छुड़ाया। वह ग़रीब कमरे से निकलकर भागा मगर इन्साफ़ से देखिये कि उस ग़रीब का क्या दोष ? एक बार नहीं दस बार पिट चुका था। इसलिए कि जो चीज़ें मंगायी गयी थीं उनमें से कोई चीज़ दाम न होने के कारण न ला सका। आदेश था कि लाओ कहीं से। बाज़ार गया। एक से नहीं बल्कि कई आदमियों से पर्चा पढ़वाया और सबने कहा, हां ठीक तो है 5 रुपये का बुरादा मंगाया है। क्योंकि आप यकीन करें पर्चे पर टेढ़े-मेढ़े अक्षरों में शब्द बरार इस तरह लिखा था कि उस पर बुरादे का धोखा होता था। इसलिए जिस तरह से भी और जहां से भी ग़रीब से बन पड़ा पूरे पौने तीन रुपये का बुरादा लेता आया। इससे अधिक मिल ही नहीं सका। वरना मार बुरी बला है। वह पूरे पांच रुपये का लाता।

इसके बाद क्या हुआ ? यह कालिज के लड़के ही जानते हैं। जलसे का रंग कैसा रहा ? इसका अंदाज़ा इससे लगाया जा सकता है कि एक तरफ़ तो इस मामले पर हंसना मना और दूसरी तरफ़ सबका यह हाल कि शब्द बरार का ख़्याल आते ही बरार प्रदेश के बजाय बुरादे का बड़ा बोरा नज़रों के सामने फिर जाता।

मीटिंग बड़ी असफल रही। ख़्याल यह था कि वर्किंग कमेटी का चुनाव होगा। मगर नालायकों ने पेट भरकर अच्छी चीज़ें खाने के बजाय यह ज़्यादा पसंद किया कि बाहर जाकर पेट भरकर हंसें। कुछ ने यह कोशिश की कि ख़ूब हंसने के बाद चेहरे को गंभीर बनाकर वापिस कमरे में आयें मगर कदम रखते ही फिर हंसी का दौरा पड़ जाता और फिर वापिस। नतीजा यह हुआ कि न वर्किंग कमेटी बनी और न कुछ काम हो सका। हां दो-चार गंभीर लोगों से भाई शज़री की ठन गई। मगर कहीं इन बातों से भाई शज़री के इरादे में कमी आने वाली थी। बिल्कुल नहीं। बल्कि वह पहले से और ज़्यादा जोशीले बन गये। परिणाम यह कि भाई शज़री कामयाबी के और करीब हो गये।

अहमद जमाल पाशा

चीनी की तलाश

सुबह-सुबह गुड़ की चाय पिलाने के बाद अब्बाजान ने राशन कार्ड और दाम देते हुए हमसे कहा, "बेटा चीनी लाने की कोशिश करो।"

कपड़ा लेकर मैं चीनी लाने के लिए चला तो अम्मा ने पुकारा, "ठहरो अमाम ज़ान (सुरक्षा का चिह्न) तो बंधवा लो।"

भाभी बोली—"हां और नहीं तो दिन का खाना भी खा लो और रात का साथ लेते जाओ।"

दादीजान ने पुकारकर अम्मा से कहा, "अरे बहू, इस ग़रीब का दूध बख्श दे।"

भाई साहब बोले—"देखो साथ में बिस्तर लेते जाओ और कुछ अधिक दाम भी रख लो, न जाने क्या ज़रूरत पड़ जाए।"

बड़ी बहन ने बलाएं लेते हुए अपना फ़र्स्टएड बक्स देते हुए कहा—"एहतियातन इसे भी साथ लेते जाइए।"

बेगम साहिबा ने रोते हुए पूछा—"मुझे किस पर छोड़े जा रहे हैं आप ?"

दूल्हा भाई आंखों में आंसू लाते हुए बोले—"चीनी लेने जा रहे हो तो हम लोगों का कहा-सुना भी माफ़ करते जाओ।"

अब जो चारों तरफ से हमला हुआ तो मैं बिल्कुल बौखला गया और प्रश्नसूचक बनते हुए बोला—"कौन-सा मैं लड़ाई के मैदान में जा रहा हूं। इसी गली के नुक्कड़ पर तो चीनी की दुकान है। एक झपाके में गया और आया। इससे पहले दियासलाई, मिट्टी का तेल, गेहूं का आटा, चावल, कपड़ा और रेज़गारी नहीं लाया हूं।"

ख़ानसामन बुआ बलाएं लेती हुई बोली—"ख़ुदा सलामत रखे नौशा मियां का चांद-सा मुखड़ा गर्दोगुबार से पाक रहे। जान है तो जहान है। चीनी लेने जाएं भइया के दुश्मन; आख़िर हम नमकख़ोर कब काम आयेंगे।"

अब्बाजान ने फैसले के अंदाज में कहा—"नहीं वे ज़माने लद गये जब औरतें कंट्रोल से चीनी ले आती थीं। अब सख्तियों का मुकाबला करना पड़ता है। ऐसे में क्या मर्द चूड़ियां पहनकर घर बैठेंगे। जाओ बेटा ! मगर हाथ-पैर बचाकर रखना। और जहां जमना चट्टान बनकर जमना वरना धक्के तुमको मैदान के बाहर फेंक देंगे।"

चचाजान बोले—"कहां लड़के को परेशान करने के लिए भेज रहे हो। सुबह के सात बज चुके हैं। लोग शाम ही से बिस्तर लेकर चीनी की लाइन में डट जाते हैं। या तारों की छांव में पहुंच जाते हैं। तब कहीं चीनी मिलने की नौबत आती है।"

छोटे भाई ने कहा—"आज अख़बार में है कि शक्कर की लाइनों में जगह-जगह फौजदारियां हो रही हैं।" इसके बाद साहबज़ादे ने अपनी टैडी पतलून की जेब से एक डस्टर निकालकर भेंट करते हुए कहा—"एहतियातन जेब में डाल लीजिए।"

घरवालों में अभी मेरे जाने या न जाने के बारे में बहस हो रही थी कि मैं चीनी लेने के लिए घर से निकल पड़ा। जब मैं चीनी की दुकान पर पहुंचा तो पहले तो मुझे धोखा हुआ कि मैं चीनी की दुकान पर नहीं बल्कि किसी ऐसे सिनेमाघर में पहुंच गया हूं जिसमें कोई मार-धाड़ वाली फिल्म आज ही लगी है और पूरा शहर उसे आज ही देख लेना चाहता है।

जहां तक नज़र जाती थी चीनी की लाइन में लोग चींटियों की तरह लगे हुए थे। और पुलिस वाले डंडों की मदद से लाइन ठीक करने की असफल कोशिश में मसरूफ़ थे।

चीनी के बहुत से उम्मीदवारों के कपड़े तार-तार हो चुके थे। उनकी शक्ल बता रही थी कि उन्होंने जो जगह हासिल की है वह भुजा के बल से हासिल की है। अक्सर बुज़ुर्ग अपनी बारी के इंतज़ार में तसबीह लिये चीनी हासिल करने वाला वज़ीफा पढ़ रहे थे।

एक साहब लाइन में खड़े बुरी तरह चीख़ रहे थे—"हाय मैं लुट गया।" मालूम हुआ किसी ने मौका पाकर उनकी जेब साफ कर दी।

लाइन में जहां ज़रा भी शान्ति थी वहां लोग अपनी बारी की प्रतीक्षा में घुटनों में सिर डाले बैठे खर्राटे ले रहे थे। किसी ज़िंदादिल ने वातावरण से बेज़ार होकर समय गुज़ारने के लिए कजरी छेड़ दी थी। क्रिकेट के कुछ शौकीन लाइन में जमे ट्रांजिस्टर पर कमेंट्री सुन रहे थे।.

कुछ ज़मानासाज़ बग़ैर लाइन वालों से अपनी जगह का सौदा कर रहे थे।

अतः लाइन का जायज़ा लेने के बाद चीनी मिलने की आशा में कि—उम्मीद पर दुनिया कायम है—कल्माये शहादत पढ़ता हुआ लाइन में लग गया। मुझे लाइन में खड़े हुए ज़्यादा देर न हुई थी कि मेरे पीछे भी कई सौ हज़रात लाइन में लग गए। गोया अब यह था कि अगर मुझे चीनी न मिली तो दूसरे सैकड़ों लोगों को भी न मिलेगी और मुझे न मिली तो क्या हुआ। हज़ारों मुझसे पहले आने वालों को तो मिल गयी है। इस डबल प्रजातांत्रिक ख़्याल से मुझे बड़ी शक्ति मिली और मैं लाइन में डटकर खड़ा हो गया।

जब लाइन में खड़े-खड़े थक गया तो कुछ देर तक तो तकल्लुफ़न उकड़ूं बैठा रहा। इसके बाद मजबूरन पालथी मारकर ज़मीन पर बैठ गया। और अपने बराबर में खड़े लाइन वाले के बासी अख़बार का अध्ययन करने लगा। मालूम हुआ कि कल सुबह उन्होंने लाइन में बैठे-बैठे ज़माने से बाख़बर रहने के शौक में यह अख़बार ख़रीदा था। अख़बार में लिखा था :

—चीनी की कृत्रिम किल्लत ख़त्म।

—चीनी की कमी पर काबू पा लिया गया।

इसके बाद चीनी व गुड़ के मन्त्री ने अपने एक वक्तव्य में चीनी की समस्या का दूसरी समस्याओं की तरह संतोषजनक हल हो जाने पर इत्मीनान प्रगट करते हुए कहा था कि इसी तरह समस्याओं को हल करते रहना हमारा कर्त्तव्य है। उसके बाद अख़बार से नज़रें फेरकर फिर लाइन का जायज़ा लिया इतने में किसी बांके ने किसी को चाकू मार दिया। जगह के मामले पर झगड़ा शुरू हुआ था और बात की बात में इतनी बात बढ़ गयी मगर इस पर भी भगदड़ न मची। क्योंकि लोग जान देने पर तैयार थे मगर अपनी और दूसरों की जान एक करके जो जगह हासिल की थी उसे छोड़ने पर तैयार न थे।

एक ज़ोर का रेला जो आया तो मैं लाइन के बाहर। तब जिन साहबान के आगे और पीछे मैं घंटों से खड़ा था उन्होंने पहचानने तक से इन्कार कर दिया। अब मैं हूं कि एक-एक को यकीन दिला रहा हूं। कसम तक खाने के लिए तैयार हूं। एक-आध कुछ पिघला भी मगर पीछे वालों ने हंगामा शुरू कर दिया।

''वाह साहब वाह ! कोई हम बेवकूफ़ हैं कि सुबह से लाइन में खड़े हैं। आख़िर यह भी कोई तरीका है। जब सबसे बाद में आये हैं तो फिर सबसे पीछे जाकर खड़े हों।''

एक खोंचे वाले ने फ़िकरा कसा, ''बाबू थक गए होंगे। आओ पहले कुछ लो।''

एक साहब को मैंने लाइन में जगह दी थी और दूसरे साहब से मैं घंटों बातचीत करता रहा था। मैंने दोनों को लाख-लाख याद दिलाया मगर दोनों बिल्कुल साफ़ मुकर गये और बोले—''मियां होश की बातें करो। देख रहे हो लाइन, भला इसमें कोई किसी को पहचान सकता है ?''

सामने ही एक राजनीतिक नेता टाइप आदमी समय गुज़ारने के लिए अपने बराबर वाले व्यक्ति को समझा रहा था, ''कल तक आख़िर किसे यकीन था कि देश आज़ाद हो जायेगा। तुम जानो चुटकी बजाने में तो स्वराज्य मिल गया। हमारे जैसे चार भले आदमी अगर सरकार संभाल लें तो बस तुम समझो कि देश में सिवाय प्रगति के कोई समस्या ही न रह जाए। इस समय तुम हमारी

बात का चाहे जितना मज़ाक उड़ा लो और उसे ख्याली पुलाव कहो...''

एक मसख़रे ने उनकी बातों को सुनकर पीछे से जो इन्कलाब का नारा लगाया और ज़िन्दाबाद के साथ जो रेला आया तो राजनीतिक लीडर बेचारे लाइन से बोतल से कार्क की तरह निकल बाहर आ गए।

अब लीडर साहब लोगों की खुशामदें कर रहे हैं। लाल-पीली आंखें दिखा रहे हैं। नर्म पड़ जाते हैं। कभी गर्म होने लगते हैं। कभी धुआंधार भाषण देने लगते, डिसिप्लिन वग़ैरा जैसे मोटे-मोटे शब्द मुंह से निकालने लगते। मगर क्या मजाल कि एक भी चीनीखोर लाइन से टस से मस हो। यहां तक कि जिनसे वे बातें कर रहे थे उन्होंने भी उनको पहचानने से इन्कार कर दिया। उन्होंने पुलिस बुलाने और भूख हड़ताल करने की धमकी दी। मगर बेकार। लोगों के कानों पर जूं तक न रेंगी। इसके बाद उन्होंने लाइन की ताज़ातरीन स्थिति का निरीक्षण करने के लिए एक तूफ़ानी दौरा किया। मैं भी साये की तरह उनके साथ-साथ लगा रहा कि शायद उन्हीं के कारण मुझे भी लाइन में दोबारा शामिल होने का मौका मिल जाये। उन्होंने एक जगह रुककर एक सीधे-सादे और बजाहिर ग़र्ज़मन्द किस्म के आदमी के कान में कुछ कहा (कोटा या परमिट) या ऐसा ही कोई सुरीला शब्द। इस शब्द ने अलीबाबा के खुल जा सिमसिम की तरह अपने आप ही लाइन में खट्ट से इतनी गुंजाइश पैदा कर दी कि एक आदमी उसमें अच्छी तरह खड़ा हो सकता था। मैंने लपककर लाइन में इस ख़ाली स्थान को फौरन भर दिया।

राजनीतिक लीडर और उनके हमदर्द ने लाख-लाख ज़ोर मारा मगर मैं टस से मस न हुआ। मेरा कहना था—कि लड़का समझ करके दबा लीजिए वरना मैं तो सुबह से इस जगह खड़ा हूं।

कहावत मशहूर है कि जब अच्छे दिन आते हैं तो पराये भी अपने हो जाते हैं। अतः आपकी दुआ से दो-एक हिमायती भी पैदा हो गए। एक-आध ने गवाही भी दे दी। जिन लोगों को राजनीतिक लोगों से खुदा वास्ते का बैर था सब मेरी तरफ़ से बोलने लगे और कहा—''भाई आप क्या कह रहे हैं, हम तो सुबह से इनको लाइन में देख रहे हैं।''

अब तो लीडर मरने-मारने पर तैयार हो गया। मैंने भी तय कर लिया कि जान दे दूंगा मगर लाइन नहीं छोडूंगा।

राजनीतिक लीडर साहब लाइन में जगह हासिल करने को एसेम्बली के टिकट और कौंसिल की मेम्बरी की समस्या की तरह इज्ज़त का सवाल बना चुके थे। उन्होंने खूब-खूब हाथ-पैर मारे। बड़े-बड़े पैंतरे दिखाये। कभी संदेह होता था कि अब बल्वा कराकर ही दम लेंगे। मायूसी की हालत में उन्होंने मेरे विरुद्ध प्यारी जनता को उत्तेजित करने के लिए एड़ी-चोटी का ज़ोर लगा दिया। मगर

जहां इतने चीनीख़ोर एकत्रित हों वहां उनका जादू चलना कैसे संभव था।

हालात ऐसे हो गये कि संभावना थी कि वे लाइन में आ जायें या मुझे लाइन से बाहर कर दें कि अचानक चीनी की दुकान के एक वक्ता ने भोंपू से घोषणा कर दी :

—चीनी ख़त्म होने के कारण दुकान बन्द की जाती है।

यह सुनते ही सबने राजनीतिक लीडर से प्रार्थना की, "फिर आप ही लाइन में आ जाइये।"

उन्होंने मुझे घूरकर खा जाने वाली नज़रों से देखा। लाइन में खड़े लोग कहकहा मारकर हंसने लगे। इसके पहले कि लाइन वाले जनसमूह की शक्ल में चीनी की दुकान पर हमला कर दें और राजनीतिक लीडर मुझ पर, मैं लाइन से निकलकर अपने घर पहुंच चुका था।

अहमद नदीम क़ासमी

मुशायरे की अध्यक्षता

मुशायरे की अध्यक्षता के सिलसिले में अर्ज़ किया है कि ख़ुदा हर उस शख़्स को इस अध्यक्षता से सुरक्षित रखे जो नेकनियती से मुशायरा सुनने आता है। कुछ दिन पहले ही एक विशाल मुशायरे की अध्यक्षता भुगतनी पड़ी और तब से हम मुशायरे के पेशावर अध्यक्षों के धैर्य और सहिष्णुता तथा साहस और दृढ़ता को मान गए हैं। अल्लाह, अल्लाह क्या आदर्शवादी लोग थे कि एक ही वक्त में तीन-तीन काम कर लेते थे। अध्यक्षता भी करते थे मुशायरा भी सुनते थे और फ़ोटो भी उतरवाते थे। हमें इतने बड़े मुशाइरे की अध्यक्षता की सज़ा ज़िन्दगी में पहली बार मिली थी। इसलिए न तो हम ठीक से अध्यक्षता कर सके और न मुशायरा सुन सके और न फ़ोटोग्राफ़र की ताक लगाकर बैठे और नतीजा यह निकला कि एक बार तो हम पूरा मुंह खोलकर जंभाई ले रहे थे तो फ़ोटोग्राफ़र ने फ्लैश चमका दिया और हमें यकीन है कि इस प्रकार हमारी तस्वीर की बजाय हमारे हलक के कव्वे की तस्वीर आई होगी। उस फ़ोटोग्राफ़र को खुदा यह तस्वीर प्रेस को रिलीज़ करने का सामर्थ्य न दे।

इस मुशायरे की अध्यक्षता के लिए पहले तो एक बड़े शायर का नाम पुकारा गया मगर उन्होंने यह पद स्वीकार करने से इंकार कर दिया। उस वक्त तो हमें यह कुछ अजीब-सा लगा मगर मुशायरे की अध्यक्षता करने के बाद अहसास हुआ कि उनका-सा बड़ा शायर भी दूरदर्शी हो सकता है। प्रबंधक उनकी तरफ़ लपके मगर उन्होंने ज़मीन में जड़ें छोड़ दीं और जमकर बैठ गए। फिर जब उन्होंने देखा कि प्रबंधक अत्युक्ति की हद तक हानिकर हैं और उनकी बग़लों में हाथ डालकर उन्हें ज़बरदस्ती उठाकर अध्यक्षता की मस्नद (तकिया लगाकर बैठने का स्थान) पर ला डालना चाहते हैं तो वे लेट गए। तब प्रबन्धक घबरा गए कि यदि उन्हें लेटी हुई हालत में उठाया गया तो कहीं पुलिस फ़ौजदारी का केस दर्ज करने न दौड़ पड़े अतः उन्होंने उन पर से घेराव उठा लिया और हमारे नाम की घोषणा करने के बाद हमारी ओर बढ़े तो हमने देखा कि उनकी आंखों में खून उतर आया है और उन्होंने निचले होंठ को दांतों में दबा रखा है और उनकी मुट्ठियां बंद हैं और एक प्रबंधक की पतलून की जेब तो यों उभरी हुई है कि जैसे उसमें रिवाल्वर छुपा रखा हो सो हमने खुद को तुरंत अपनी जगह से उठाया और मस्नद पर लाकर फेंक दिया। इस तरह हमारी अध्यक्षता का

आरंभ हुआ।

चंद ही क्षणों बाद हमें महसूस हुआ कि हमसे बहुत-सी आज़ादियां छिन गई हैं। उदाहरणार्थ बाज़ हास्यपूर्ण शेर ऐसे भी होते हैं जिन पर अनायास हंसने को जी चाहा मगर हमारी जी की जी ही में रही क्योंकि हम अध्यक्ष की गद्दी पर बैठे थे और हमारी हर हरकत को दो-तीन हज़ार श्रोतागण देख सकते थे साथ ही मुशायरे के अध्यक्ष का यह कर्त्तव्य होता है कि उसे शेर पसंद आए या ना आए उसे दाद देनी ही पड़ती है क्योंकि अध्यक्ष और शायर की हैसियत पड़ोसियों की-सी होती है और पड़ोसियों के एक-दूसरे पर अधिकार स्पष्ट हैं। फिर करीब-करीब हर शायर अध्यक्ष के पहलू में बैठते ही तकल्लुफ के तौर पर अध्यक्ष से पूछता है कि "इजाजत है।" दो-तीन बार हमारा जी चाहा कि कह दें, "नहीं साहब ! इजाजत नहीं है।" मगर फिर सोचा कि प्राकृतिक मौत ज़्यादा खूबसूरत मौत है सो कहना पड़ा "इर्शाद" हालांकि जी यह कहने को चाह रहा था कि यह आप किस टंटे में पड़ गए, जाइए कोई और लाभदायक काम कीजिए।

यह मुशायरा इशा (रात्रि) की नमाज़ के बाद शुरू हुआ और जब समाप्त हुआ तो अभी सुबह की रोशनी प्रकट नहीं हुई थी मगर शहर के मुर्ग़े बांगें दे रहे थे। इसका अर्थ यह हुआ कि हम पांच घंटे तक अध्यक्ष की गद्दी पर बुत बने बैठे रहे। हमारी बाईं तरफ़ स्टेज सेक्रेटरी साहब नये शायर का ऐलान करते थे और हमारी दायीं तरफ़ शायर साहब अपना कलाम सुनाते थे। यों हम दो पाटों की चक्की के बीच पिसते रहे और जब मुशायरा समाप्त हुआ तो हम दानों से आटा, आटे से मैदा और मैदे से चूर्ण बन चुके थे। अध्यक्षता ने हमारा ब्रेक डाऊन कर दिया था। इसका प्रमाण यह है कि जब मुशायरे के श्रोतागण तितर-बितर हो गए तो तब भी हम मस्नद पर गावतकिए से लगे बैठे रहे। वास्तव में हमारी समझ में नहीं आ रहा था कि हम दोनों में हम कौन से हैं और गावतकिया कौन-सा है। इस अवस्था में जब हमारे एक प्रशंसक ने हमसे पूछा कि क्या आप कल सुबह का नाश्ता मेरे यहां खाने की इज़्ज़त मुझे बख़्शेंगे ? तो हमने जवाब दिया। सुब्हान अल्लाह दोबारा इर्शाद कीजिए। रातभर इर्शाद करते रहिए। यह आप ही का हिस्सा है। काफ़िया बोलने लगा है। रदीफ़ चमकने लगी है। और क्या आपमें से कोई ऐसा रहमदिल नहीं है जो मुझ ग़रीब को खुदा के लिए एक गिलास पानी पिला दे।

इब्राहिम जलीस

दिमाग़ चाटने वाले

मेरे मुलाकातियों की कोई संख्या नियत नहीं मगर इनमें से कुछ मुलाकाती ऐसे हैं जिनके बारे में रह-रहकर मुझे ख़याल आता है कि काश उनसे मेरी भेंट न होती या काश अब उनसे मेरा मिलना-जुलना बंद हो जाए। यह ज़रूर है कि पहली बार जब मैं किसी मुलाकाती से मिलता हूं तो स्वभावानुसार यह ज़रूर कह देता हूं कि मुझे आपसे मिलकर बड़ी खुशी हुई। यह वाक्य तो बिलकुल औपचारिक है। इसके अर्थ और महत्व पर गौर किए बिना अनायास मुंह से निकल जाता है लेकिन इसका यह मतलब तो नहीं कि इस वाक्य से नाजायज़ लाभ उठाया जाए और इसलिए बार-बार भेंट की जाए कि पहली बार मुझे उनसे मिलकर बड़ी खुशी हुई थी—वैसे मैं सच-सच बता दूं कि अब तो इन मुलाकातियों से मिलकर मुझे अत्यंत कष्ट होता है। जी चाहता है कि ज़रा ढीठ बनकर, ज़रा बेलिहाज़ होकर साफ़-साफ़ कह दूं कि जनाब मैं आपसे कदापि मिलना नहीं चाहता। मुझे आपसे मिलकर न पहली बार कोई खुशी हुई थी और न अब हुई है और न भविष्य में कभी हो सकती है। मैं बड़ी नम्रता से प्रार्थना करता हूं कि मुझे क्षमा कीजिए और खुदा के लिए मेरा पीछा छोड़िए।

लेकिन क्या अब मैं ऐसा कह सकता हूं ? नहीं, नहीं, शायद मैं ऐसा नहीं कह सकता। मैं लाख कोशिश करूं तब भी ऐसा नहीं कह सकता क्योंकि मुझमें वह नैतिक साहस ही नहीं है जिसका हर बड़े आदमी ने उपदेश दिया है, जो अनादिकाल से आज तक (पैगम्बरों और असाधारण व्यक्तियों को छोड़कर) किसी इंसान में पैदा न हो सका। इस नश्वर संसार में नैतिक साहस को इतना महत्व प्राप्त नहीं है जितना कि नैतिक बुज़दिली को, बुज़दिली के लिए दिलगुर्दे की ज़रूरत नहीं अलबता नैतिक साहस रखना बड़े दिलगुर्दे (साहस) का काम है लेकिन चूंकि मेरे दिलगुर्दे बहुत कमज़ोर हैं और स्वाभाविक रूप से मैं बड़ा आरामपरस्त भी हूं इसलिए मुझमें नैतिक साहस पैदा हो ही नहीं सकता अतः हर ऐरे-ग़ैरे से पहली भेंट पर मैं अनायास अर्थात बिना सोचे-समझे कह देता हूं कि मुझे आपसे मिलकर बड़ी खुशी हुई।

मगर आप ही न्याय करके फर्माइए कि सैयद शाह जिया-उल-हसन से मिलकर किसी सही दिमाग और बुद्धि रखने वाले को खुशी हो सकती है ?

मुझको अपने दोस्त मुहम्मद रियाज़ खां पर अत्यंत गुस्सा आता है कि

जिसने सैयद शाह जिया-उल-हसन से एक शुभ नहीं अशुभ दिन मेरा परिचय कराया। यह कोई बात बनाना नहीं बल्कि एक खुली हुई सच्चाई है कि जिस दिन भी सैयद जिया-उल-हसन से किसी व्यक्ति का परिचय होगा वह दिन उस व्यक्ति के लिए बड़ा अशुभ दिन होगा चुनांचे मेरी ज़िंदगी में अब उस अशुभ दिन के अलावा दिन-प्रतिदिन अशुभ घड़ियों की वृद्धि होती जा रही है क्योंकि सैयद शाह जिया-उल-हसन रोज़-रोज़ मुझसे मिलता है। मैं जितना उससे दूर भागता हूं, उतनी ही तेज़ी से वह मेरी तरफ़ दौड़ता है, मुझे पकड़ लेता है और मुझे अपनी हार मानकर मजबूरन दांत खोलकर मुस्कराना पड़ता है और फिर मैं पूछता हूं—"ओह सैयद शाह जिया-उल-हसन साहब ! कहिए मिज़ाज तो अच्छे हैं।" अब फिर कुछ न पूछिए। सैयद जिया-उल-हसन की ज़बान चलने लगती है तो फिर घंटों चलती रहती है। रुकने का नाम ही नहीं लेती। आप बैठिए और अपने धैर्य और धीरज की परीक्षा देते रहिए। परिणामस्वरूप असफलता आपको या मुझे होगी। सैयद शाह जिया-उल-हसन कभी असफल नहीं हो सकता।

वह इस खुशफ़हमी का शिकार है कि चूंकि वह दो-दो तीन-तीन घंटों तक लगातार बातचीत कर सकता है और सुनने वाले चुपचाप उसकी बातें सुनते रहते हैं तो निस्संदेह उसकी बातचीत दिलचस्प होती है जभी तो लोग अपने दिल के घावों को देखने की बजाय पूरी तरह ध्यान देकर बड़ी तन्मयता से उसकी बातें सुनते हैं। सैयद जिया-उल-हसन कभी यह जानने या महसूस करने की कोशिश नहीं करेगा कि आप किस मूड में हैं। वह इसकी कभी परवाह नहीं करेगा कि आपको बुखार या सिर दर्द है या आप अपनी प्रेमिका का व्याकुलता से इंतज़ार कर रहे हैं। उसे तो बस यह खुशफ़हमी है कि वह बड़ा दिलचस्प बातूनी या एक अच्छा मजलसी आदमी है इसलिए वह बातें शुरू कर देता है—हर प्रकार की बातें, हर विषय की बातें ही बातें, तूरान की बातें, अर्थहीन बातें, बेकार बातें—जिया-उल-हसन बातें ही बातें करता रहता है मगर निकट से ध्यानपूर्वक देखने पर भी पता नहीं चलता कि वह बातें नहीं कर रहा बल्कि अपने संबोधित का दिमाग चाट रहा है।

मैं मानता हूं कि इंसान के हलक में ज़बान इसीलिए जड़ दी गई है कि बातें करे। बातें करना कदापि अमानवीय हरकत नहीं मगर मुझे यह कहने में ज़रा भी भय नहीं कि दिमाग़ चाटना निस्संदेह अमानवीय हरकत है।

जिया-उल-हसन जब कभी मिलता है तो पहले यह ज़रूर कह देता है कि—"नहीं, नहीं, कोई खास बात नहीं। बस इधर से गुज़र रहा था सोचा तुम से दो-एक मिनट के लिए बात करता चलूं।"

अब सुनिए उसकी दो-एक मिनट की बातें।

"अरे भई ! कुछ सुना तुमने ?—अभी-अभी एक बड़ी शोकजनक घटना हो गई—वह मोहनलाल है ना ? चलती मोटर से गिर पड़ा। बेचारे को बड़ी सख़्त चोट आई।"

मैं पूछता हूं—"कौन मोहनलाल ?"

वह आश्चर्य से कहता है—"अरे मोहनलाल को नहीं जानते ? हां-हां मोहनलाल को तुम नहीं जानते। तुम उससे कभी मिले ही नहीं। मोहनलाल बेचारा एक बड़ा प्यारा दोस्त है। डिप्टी दया नारायण का भांजा। बड़ा दिलचस्प, हंसमुख—बिल्कुल डिप्टी दया नारायण की तरह हंसमुख और ज़िंदादिल है। डिप्टी दया नारायण की क्या प्रशंसा की जाए। अभी-अभी पिछली जुलाई में वे स्वर्गवास हुए हैं—बड़ी दुख भरी मृत्यु थी—हां इस दुखपूर्ण मौत पर खूब याद आया। वह बेचारा क़मरुद्दीन भी तो मर गया। उसकी मौत भी बड़ी दर्दनाक थी। क़मरुद्दीन को भी शायद तुम नहीं जानते। बेचारे के छोटे-छोटे बच्चे थे।

...अरे हां भई तुम्हारे छोटे बच्चे का हाल अब कैसा है ? कौन से डॉक्टर का इलाज करवा रहे हो ? आजकल तो यहां कोई अच्छा डॉक्टर है ही नहीं—सब नीम हकीम ख़तरा-ए-जान हैं। अब तो यार मेरे ! इलाज करने वाले भी डॉक्टर हैं और कॉलेज में पढ़ाने वाले भी डॉक्टर हैं। इस पर एक बात याद आ गई, वह जो डॉक्टर फ़ारुक हुसैन अर्थशास्त्र के प्रोफ़ेसर थे, उन्होंने त्यागपत्र दे दिया है। बड़ा स्वाभिमानी व्यक्ति था। मैंने अपने जीवन में दो ही स्वाभिमानी व्यक्ति देखे हैं, एक तो डॉक्टर फ़ारुक हुसैन दूसरा अपना मुहम्मद कासिम तबला मर्चेंट। तुमने मुहम्मद कासिम तबला मर्चेंट की वह घटना तो ज़रूर सुनी होगी कि एक बार उन्होंने एक बड़े रईस का तबला दुरुस्त करने से इंकार कर दिया था क्यों कि रईस ने दुकान के बाहर ही से मोटर में बैठे-बैठे बड़े अभिमान से कहा था—'ऐ मियां तबले वाले, इधर आओ इसे दुरुस्त करना है।'

मुहम्मद कासिम स्वाभिमानी व्यक्ति था उसने वैसे ही दुकान में बैठे-बैठे कहा—'ग़रज़ पड़ी है तो मोटर से उतरकर नीचे आ जाओ वर्ना रास्ता नापो।' यह है स्वाभिमान। व्यापार करता है—आज़ाद पेशा आदमी है, वह भला किसी रईस का गुलाम क्यों बने ? वह तो उस वक़्त...अरे भाई जलीस उठ खड़े हो गए। अमां यार बैठो। कहां जा रहे हो ? बैठो भई बैठो।"

मगर मैंने जवाब दिया कि "मुझे साढ़े ग्यारह बजे किसी से मिलना है। क्षमा करना जिया-उल-हसन ! मुहम्मद कासिम के स्वाभिमान की कहानी पूरी तरह न सुन सका। मगर क्या करूं, मजबूर हूं। ठीक साढ़े ग्यारह बजे उन साहब से मिलना ज़रूरी है और अब ग्यारह बजने में पंद्रह मिनट बाकी हैं। अच्छा फिर मुलाकात होगी। खुदा हाफ़िज़।"

इसके बाद मैं वहां से सिर पर पांव रखकर भागता हूं। यह झूठ है कि

मुझे किसी साहब से साढ़े ग्यारह बजे मिलना है। मगर यह बिल्कुल सच है कि मुझे घायल मोहनलाल या उसके ज़िंदादिल और हंसोड़ मामा डिप्टी दया नारायण स्वर्गीय, या छोटे-छोटे बच्चों वाले स्वर्गीय क़मरुद्दीन या डॉक्टर फ़ारुक हुसैन भूतपूर्व अर्थशास्त्र के प्रोफेसर और स्वाभिमानी तबला मर्चेंट में कोई रुचि नहीं है। मोहनलाल जिसे मैं जानता तक नहीं, भई अगर मोटर से गिर पड़ा तो मैं क्या करूं ? डिप्टी दया नारायण बड़े हंसोड़ और ज़िंदादिल आदमी थे तो वे होंगे। क़मरुद्दीन की मृत्यु बड़ी दर्दनाक थी तो भई उसकी मौत में मेरा क्या दख़्ल ? डॉक्टर फ़ारुक हुसैन ने त्यागंपत्र दे दिया तो मेरा क्या बिगड़ा। मुहम्मद कासिम तबला वाले अगर स्वाभिमानी हैं तो हुआ करें मुझे तो उनसे तबला दुरुस्त नहीं कराना है।

मुझे केवल अकेले जिया-उल-हसन ही से शिकायत नहीं है बल्कि जिया-उल-हसन के सारे भाइयों स शिकायत है। मेरा संबोधन जिया-उल-हसन के सगे या रिश्ते के भाइयों की ओर नहीं है बल्कि मेरा जिया-उल-हसन के पेशे-भाइयों अर्थात जिया-उल-हसन की तरह दिमाग़ चाटने वाले लोगों से है। दिमाग़ चाटना न केवल एक पेशा है बल्कि इसकी गिनती ललित कलाओं में होती है।

सैयद शाह जिया-उल-हसन के एक हमपेशा भाई अबुल फ़ज़्ल साहब हैं। यह अबुल फ़ज़्ल साहब किसी जिला की एक तहसील के पेशकार हैं। अपनी किसी-न-किसी कार्रवाई के सिलसिले में हर अठवाड़े-पंद्रहवाड़े शहर आते रहते हैं और जब भी मुझसे मिलते हैं तो पहला सवाल यह करते हैं, "मियां तुम कब आए ?"

मैं जवाब देता हूं—"जी मैं तो यहीं हूं। मुद्दत से यहां रहता हूं। मैं तो पांच साल से किसी छोटे से सफ़र पर भी नहीं गया।"

वे फ़र्माते हैं—"आह ! वे शायद आपके भाई हैं जो बम्बई में हैं।"

मैं कहता हूं—"जी मेरे तो कोई भाई बम्बई में नहीं हैं।"

वे हठ करने लगते हैं—"अरे कोई थे ना मियां तुम्हारे बम्बई में ?"

अब मैं उनसे किस तरह बहस करूं इसलिए झूठ-मूठ कहने पर मजबूर हो जाता हूं—"अच्छा आप आबिद हुसैन को पूछ रहे हैं ? जी वे तो बम्बई में एक्टर बन गए हैं।" (हालांकि आबिद हुसैन यहीं है और यहीं एक दफ्तर में मुलाज़िम है।)

वे खुश होकर फ़र्माते हैं—"हां मैंने कहा था ना। अच्छा अब आप क्या कर रहे हैं ?"

जी तो चाहता है कि कह दूं झक मार रहा हूं मगर चूंकि वे मेरे बुजुर्गों के मिलने वाले हैं इसलिए जवाब देता हूं—"जी एक अख़बार का एडिटर हूं।"

फ़रमाते हैं—"एडिटर हो। खूब अच्छा। आजकल अख़बारों में क्या छप रहा है ?"

ऐसे सवाल के बाद अपना और उनका जी एक कर देने को जी चाहता है मगर इंसान एक मजबूर व्यक्ति है और वे न केवल तहसील के पेशकार हैं बल्कि मेरे बुजुर्गों के मिलने वाले भी हैं।

वे जब कभी अपनी तहसील से शहर आते हैं तो पहले किए हुए प्रश्न हर बार दोहराते हैं और दो-तीन घंटे तक बराबर दिमाग़ चाटते रहते हैं, मगर परसों मैंने उन्हें बड़ा चकमा दिया। वे शहर आए थे। संयोग से आबिद रोड पर नज़र आ गए, मैं साइकिल पर जा रहा था। मुझे देखकर पुकारा, "मियां ! अरे ठहरो, ठहरो बात तो सुनो।"

मगर मैंने बिलकुल अनजान बनकर पैडल तेज़ किए और नामपली सड़क पर मुड़ गया हालांकि मुझे मुअज़्ज़म जाही मार्कीट जाना था।

जिया-उल-हसन के तीसरे भाई हमारे एक पड़ोसी बुजुर्ग भी मालगुजारी के विभाग के पेंशन याफ्ता हैं। बुढ़ापे के कारण जल्दी नींद नहीं आती। इसलिए नींद न आने का वक़्त मेरा दिमाग़ चाटने में गुज़ारते हैं। रोज़ाना रात का खाना खाने के बाद आ जाते हैं और आते ही पहला सवाल यह करते हैं—"सुनाओ बाबा ! आज अख़बार में क्या लिखा है ?"

मैं कोई अख़बार का हाफ़िज़ ही नहीं। इसलिए अख़बार जान-बूझकर उनकी तरफ़ बढ़ा देता हूं मगर वे अख़बार ज्यों का त्यों वापस करते हुए फ़र्माते हैं—"अख़बार तो मैं सुबह ही पढ़ चुका हूं। इसमें क्या रखा है ? कुछ तो सुनाओ स्टालिन हिंदुस्तान पर कब हल्ला बोलने वाला है ?"

मेरा इरादा है कि किसी दिन जब मेरे धैर्य का प्याला छलक जाएगा तो मैं उनसे साफ़-साफ़ कह दूंगा कि क़िबलः न तो स्टालिन को पागल कुत्ते ने काटा है कि वह हिंदुस्तान पर हमला करे और न मुझे कि मैं आपके साथ बैठकर दो-तीन घंटों तक अख़बार का पाठ पढ़ूं। आप पेंशन पाते हैं। आपको नींद न आने की शिकायत है तो फिर आप घर में बैठकर तारे गिनते रहिए मेरा जवान वक़्त क्यों नष्ट करते हैं। मेरा दिमाग़ कहां इतना फालतू है कि आप बैठे चाटा कीजिए। हज़रत मुझे सोने दीजिए। रात के ग्यारह बज रहे हैं। अपनी बुज़ुर्गी और मेरी आज्ञाकारिता से खुदा के लिए अनुचित लाभ न उठाइए।

जिया-उल-हसन के एक चौथे सहपंथी कलाकार हैं मगर उन्होंने बड़ी सादगी से अपना उपनाम बेकमाल रखा है। वह एक बहुत अच्छे शायर, बहुत अच्छे कहानीकार, बहुत अच्छे चित्रकार, बहुत अच्छे गायक और बहुत अच्छे लतीफे सुनाने वाले हैं, बुलबुल तरंग भी अच्छा बजा लेते हैं। आजकल नाच सीख रहे हैं मगर एक अच्छाई या बुराई यह है कि वे सुनाने की बीमारी से ग्रस्त हैं। जब कभी मैं उन्हें नज़र आ जाता हूं तो बस पकड़कर ज़बरदस्ती मोटर में बिठा

सीधा घर ले जाते हैं। आदेश होता है कि पहले सिग्रेट पीकर ताज़ा दम हो जाओ। चाय पीकर पहला ही सिग्रेट जलाता हूं कि वे अपनी ताज़ा ग़ज़ल या नज़्म शुरू कर देते हैं। अब मैं हूं कि बात-बेबात वाह-वाह कहने लगता हूं, पंद्रह-बीस नज़्मों का स्टाक ख़त्म हो गया तो वे अंदर से चमड़े का मोटा बैग ले आए। अब कहानियां शुरू होती हैं। रूमानी कहानियां, राजनैतिक कहानियां, ऐतिहासिक कहानियां, जासूसी कहानियां।

दो बज गए। अंदर से दोपहर का खाना आया। खाना खाते-खाते भी अपनी रचनाएं और उनके अस्तित्व में आने के संघर्ष पर वाद-विवाद होता है। खाना ख़त्म होने के बाद बचे निबंध, भाषण, प्रसंग, डायरी, कुछ बड़े व्यक्तियों के पत्र और कुछ काल्पनिक लड़कियों के प्रेम-पत्र। लीजिए अब पांच बज गए। शाम की चाय आती है। शाम का समय चूंकि गद्य और पद्य जैसे वज़नी प्रोग्रामों के लिए उचित नहीं होता इसलिए लतीफ़ेबाज़ी और बैतबाजी शुरू हो गई। रात के आठ बज गए। अंदर खाना खाते-खाते टेबल-टाक होती है। नौ बज जाते हैं अब ज़रा शांति और सन्नाटे का वातावरण छा जाता है मगर इस पर भी चित्रकला की कलाकृतियां दिखाने लगे—

"यह ताजमहल है, यह खजूरों के झुंड हैं। यह नसीम जूनियर की तस्वीर है। यह एक लड़की की तस्वीर है जिसके चेहरे पर प्रेम में असफलता की प्रभावान्वितियां दिखाने की मैंने कोशिश की है। मेरी यह तेंदुए की तस्वीर है—अब के साल बम्बई की आर्ट एग्जिबीशन में भेजी जाने वाली है।"

खुदा-खुदा करके रात के दो बज गए। अब बुलबुल तरंग पर भैरवी बजाने लगे। गाने-बजाने की मजलिस अभी जारी ही थी कि निकट के किसी टापे से मुर्ग़ा बोल पड़ा। एक मस्जिद से अज़ान देने वाले मौलवी की अज़ान गूंजी। फर्माया—"अरे देखा तुमने ? आर्टिस्ट को सुबह-शाम की कोई ख़बर नहीं होती। अच्छा। अरे तुम्हारी आंखें लाल हो रही हैं। अब तुम सो जाओ। मैं ज़रा ऊषा का नज़्ज़ारा करूं।"

मैं सोचता हूं कि क्या मैं सो जाऊं ? मगर शायद मैं न सो सकता हूं न सोच सकता हूं क्योंकि मेरे सिर में जितना दिमाग था आर्टिस्ट ने सारे का सारा चाट लिया। अब मुझे क्या करना चाहिए।

अब मुझे यह करना चाहिए कि जब भी मुझे दोबारा आर्टिस्ट साहब से मिलना पड़े तो पहले ही अपने बीवी-बच्चों को सदउपदेश कर आऊं ताकि फिर मैं भी आर्टिस्ट बन जाऊं और मुझे सुबह-शाम के चक्र की खबर ही न हो। स्पष्ट है कि जब सारा दिमाग़ चाट लिया जाएगा तो फिर सुबह-शाम के चक्र की खबर ही न होगी।

जिया-उल-हसन साहब के पांचवें भाई चौधरी रामकिशनजी हैं। बचपन में

मेरे साथ प्राइमरी क्लास में पढ़ते थे। प्राइमरी पास करने के बाद वे अपने बाबा की कपड़े की दुकान पर बैठ गए। फिर ज़माना गुज़र गया। मैंने बी. ए. पास कर लिया। इसका रामकिशनजी को भी पता चल गया। वे मुझे बड़ा योग्य आदमी समझने लगे। अपने कारोबारी पत्र पढ़ाने और लिखाने के अलावा अपने राजफोड़े के इलाज से लेकर अपनी लड़की की शादी तक हर मामले में मुझसे परामर्श करते हैं। उनके वार्तालाप में बार-बार दोहराये जाने वाले वाक्य यह हैं—

"भई तुम ज्ञान और साहित्य की खूब चर्चा करते हो, कुछ बताओ तो सही कि क्या देसी कपड़ों के साथ विलायती कपड़ों का भी व्यापार करूं ?"

"क्या छोटे लड़के को गिरजे के स्कूल में दाखिल कराऊं या सरकारी स्कूल में भर्ती कराऊं ?"

"क्या राजफोड़े का आप्रेशन कराऊं या दवाइयां ही खाता रहूं ?"

"क्या दीवानखाने की दीवार ईंटों से चुनवाऊं या लकड़ी की जाली ठुकवा दूं ?"

"क्या हुक़्क़ा छोड़कर सिग्रेट शुरू कर दूं या सिर्फ़ पान खाऊं ?"

मतलब यह कि रामकिशन प्रतिदिन मुझसे मेरी योग्यता की परीक्षा लेने के लिए कोई न कोई परामर्श करने अवश्य आते हैं और केवल इसलिए कि मैं उनके कथनानुसार ज्ञान और साहित्य की खूब चर्चाएं करता हूं और मेरी खोपड़ी में बहुत बड़ा दिमाग़ है। अब मैं रामकिशनजी को किस तरह समझाऊं कि मेरी खोपड़ी में जितना कुछ दिमाग़ था वह जिया-उल-हसन ने, तहसील के पेशकार ने, पड़ोसी बुजुर्ग ने और खुद आपने चाट डाला है। अब मैं आपको क्या परामर्श दे सकता हूं कि राजफोड़े का आप्रेशन कराना चाहिए या नहीं।

इसलिए अब मुझे क्षमा कीजिए, इजाज़त दीजिए—खुदा हाफ़िज़ !

इब्न-ए-इंशा

जरा फ़ोन कर लूं

जब तक आपके घर में टेलीफ़ोन न हो आप अंदाज़ा नहीं कर सकते कि आप जनता, विशेषकर अपने मुहल्ले वालों में कितने लोकप्रिय हैं। हमें भी इसका पता उस वक़्त चला जब हम पिछले दिनों बीमार होकर बिस्तर पर लेट गए।

चमड़े के व्यापारी शेख नबी बख़्श हमारे मुहल्लादार हैं। उनसे थोड़ी जान-पहचान है। गाढ़ी छनने वाली कोई बात नहीं। हमें उनके सदाचार का भी अंदाज़ा न था। हमारे बीमार होने के बाद सबसे पहले वही तशरीफ़ लाए। हमारी पट्टी के साथ लगकर बैठ गए। मिजाजपुर्सी करने वालों का मुंह बनाया और पूछा, "क्या शिकायत है ?"

हमने कहा, "खुदा की क़सम हमें आपसे कोई शिकायत नहीं।"

फ़र्माने लगे—"मैं तो आपकी बीमारी का पूछ रहा हूं।"

तब हमने बताया कि मामूली खांसी है, बुख़ार है।

बोले—"इसको मामूली न जानिएगा। मेरी पत्नी के भतीजे को भी यह बीमारी हुई थी। आप ही की उम्र का रहा होगा, खुदा उस पर रहम करे बड़ा अच्छा आदमी था।"

"मर गया ?" हमने बौखलाकर पूछा।

फर्माया, "हमारे लिए तो मर ही गया। सब कुछ छोड़-छाड़ के कैनेडा चला गया। वहां सुना है शादी कर ली है। हमें तो अब ख़त भी नहीं लिखता है।"

हमने नया जीवन पाकर इत्मीनान की सांस ली। कुछ रश्क उनकी पत्नी के भतीजे की किस्मत पर आया। ख़ैर हमने उन बुज़ुर्ग से कहा कि "आपने यों ही मिजाजपुर्सी के लिए आने का कष्ट किया। बहुत-बहुत शुक्रिया।"

उठते-उठते संयोग से उनकी नज़र हमारे फ़ोन पर पड़ गई। बोले—"अपनी दुकान पर फ़ोन कर लूं ?"

जो व्यक्ति इतनी मुहब्बत से हाल पूछने आए उससे क्या संकोच हो सकता है। हमने कहा—"शौक से कीजिए।"

वे गए ही होंगे कि अवकाश प्राप्त थानेदार और वर्तमान ठेकेदार मीर बाक़िर अली संदीलवी लाठी टेकते आए और बोले—"सुना था आपके दुश्मनों की तबीयत़ नासाज़ है ?"

"हमारे दुश्मनों की तो नहीं हमें ज़रूर खांसी-बुख़ार है।" हमने

स्पष्ट किया।

बड़े स्नेह से हमारी नब्ज़ टटोलते हुए बोले—"कुछ दवा-दारू करो। सावधानी बरतो। तुम जैसा लेखक और साहित्यकार कम-से-कम हमारे मुहल्ले में तो कोई और न होगा। अगर खुदा न करे कोई हरज-मरज हो गया तो साहित्य को अपूर्ति योग्य हानि हो जाएगी।"

उन्होंने कुछ कहा हम अपनी वहशत में कुछ और समझे चुनांचे ऊंची आवाज में कहा—"जनाब यह सुनकर अफ़सोस हुआ कि आपके कान बहरे हो रहे हैं, इनमें नियमित रूप से चमेली का तेल गर्म करके डाला कीजिए। अब रहा नुक़सान सो ठेकेदारी में घाटा होता ही है।"

इस पर हमारे एक दोस्त ने, जो हमारे पास बैठे थे, हमें झंझोड़ा और मीर साहब से क्षमा याचना की कि क्षमा कीजिएगा यह शख़्स यों ही बहकी-बहकी बातें किया करता है। आपकी मिज़ाजपुर्सी का शुक्रिया।

इस पर उन्होंने फ़र्माया कि मिज़ाजपुर्सी तो एक मुसलमान होने और मुहल्लेदार होने के नाते उनका अनिवार्य फ़र्ज़ था, इसमें कष्ट की कोई बात नहीं। फिर उठते-उठते बोले—"मेरा लड़का नालायक सुबह से भट्टे पर गया हुआ है। मैं यहां ईंटों के ट्रक का इंतज़ार कर रहा हूं। इजाज़त हो तो उसे फ़ोन कर लूं।"

"शौक़ से कीजिए" हमने कहा—"आप ही का फ़ोन है।"

इसके बाद 'के. बख़्श' के आने की सूचना मिली। आपके नाम से कौन परिचित नहीं। सईद मंज़िल के सामने बैठते हैं और क़िस्मत का हाल बताते हैं। मुकद्‌दमा, बीमारी, रोज़गार हर समस्या पर उनका परामर्श लाभदायक रहता है। दुष्कर बीमारियों के निराश मरीजों का इलाज भी करते हैं, नाम करीम बख़्श है और प्रोफ़ेसर बनने से पहले हमारे एक रिश्तेदार के यहां बावर्ची थे। उनसे वाकफियत उन्हीं दिनों से है। आए, बैठे, हमारा हाल पूछा। फिर हमारे डॉक्टर का नाम-पता पूछा। फिर डॉक्टरों और डॉक्टरी इलाज के तरीके पर कुछ चार शब्द कहे जो मुद्रण योग्य नहीं। इसके बाद रोग निदान किया और कहा तुम्हारे शरीर में शक्कर की कमी है और गला खराब है, अपनी परीक्षितों में से भी एक चीज भेजने का वादा किया जो मेंढक की चर्बी, गंधक, लाल टिड्डे के अंडों से बनती और उल्लू के भेजे के साथ बासी मुंह खानी पड़ती है। यह भी टेलीफ़ोन पर एक जगह आर्डर दे गए कि आधा सेर घी कवार और नेवले मुझे कल मेरे फुटपाथ पर भिजवा दिए जाएं।

हम तो लोगों के सदाचार और शिष्टाचार के अभारी होते रह गए। हमारे भाई ने हमारे न-न करते हुए भी कमरे में नोटिस लगा दिया कि जो सज्जन मिज़ाजपुर्सी को आएं वे फ़ोन को हाथ न लगाएं और जो फ़ोन करने आएं वे

तबीयत के बारे में न पूछें।

हम नौकरी-पेशा आदमी हैं। रात के वक़्त घर पर होते हैं। खुदा जाने लोगों को कैसे वहम हो गया कि हमने मैटर्निटी होम खोल रखा है, हालांकि पिछले दिनों परिवार नियोजन विभाग ने प्रमाण पत्र प्रदान किया है कि लोग तो बच्चों के मामले में सावधानी बरतते हैं आप उनसे भी ज्यादा दूरदर्शी निकले। ख़ैर दिन में चार-छः फ़ोन ज़रूर इस प्रकार के आते हैं।

"ज़रा मेरी श्रीमतीजी को बुला दीजिए।"

"मेरे यहां लड़का हुआ या लड़की ? इतनी देर क्यों हो रही है ?"

"ज़रा एम्बुलेंस भेज दीजिए। जल्दी कीजिए। मैं सेठ भोलू भाई मिट्टी के तेल वाला खारादर से बोल रहा हूं" हम अगर कहें कि एम्बुलेंस हमारे पास नहीं है और न ही हमें आपकी श्रीमतीजी से परिचय है, न हम आपके घर में लड़के और लड़की की वृद्धि के अभिलाषी हैं तो जवाब मिलता है यह क्या मैटर्निटी होम है या यतीमख़ाना ?

कई बार जी चाहा उनसे कहें कि आपके बच्चों के लिहाज से इसके यतीमख़ाना होने में आपका ही नुक़्सान है लेकिन फिर संक्षिप्त में अर्ज़ करते हैं कि जी यह मैटर्निटी होम नहीं एक ब्रह्मचारी एकल आदमी का घर है। यद्यपि कराची का जच्चाघर देखने के बाद जी हमारा भी यही चाहता है कि काश हमारा घर न होता मैटर्निटी होम होता। जिस जगह के लिए यह टेलीफ़ोन किए जाते हैं उसके और हमारे फोन में एक अंक का अंतर है।

यही नहीं एक हलवाई का नम्बर भी कुछ ऐसा ही है। हमें प्रायः फ़र्माइशें इस प्रकार की आती हैं कि पंद्रह सेर लड्डू भेज दीजिए और एक टोकरा बालूशाही का भी। पहले की तरह चर्बी में तल के न भेज दीजिएगा। एक बार इन हलवाई साहब से हमारी भेंट भी हुई। उन्होंने बताया कि प्रायः मुशायरों के लिए ग़ज़लों की फ़र्माइश हमसे की जाती है और पत्रिकाओं वाले तो हमेशा सिर रहते हैं कि आपकी रचनाओं की प्रतीक्षा है, वार्षिक अंक निकल रहा है जल्दी कीजिए।

कुछ लोग धैर्य वाले होते हैं, हमें सॉरी रांगनम्बर कहने का अवकाश मिल जाता है लेकिन कुछ व्यक्तियों को जल्दी होती है। ऐसे ही एक साहब का कल फ़ोन आया।

"लिखिए चार छोलदारियां।"

हमने अर्ज़ किया, "क्षमा कीजिएगा–"

बात काटकर बोले–"बातों का वक़्त नहीं लिखते जाइए, बारह डिनर सेट, अच्छे हों। पहले की तरह फटीचर न हों।"

हमने फिर खंखारकर कहा–"जी सुनिए तो...."

सख़्ती से बोले–"चार चांदनियां भी डाल दीजिए साफ़ हों। सालन गिरी

नहीं चाहिए। हमारा पैसा हलाल का पैसा है।''

हमने फिर कुछ कहना चाहा लेकिन....लेकिन उधर से हुक्म हुआ कि पहले उनकी फ़र्माइश नोट की जाए। फिर बात की जाए।

''अट्ठारह डोंगे, 22 प्लेटें, पांच लालटेन, डेढ़ सौ चम्चे, दस जग...''

हम सब लिखते गए, जब वे ज़रा दम लेने को रुके तो हमने कहा—''जनाब हम फ़क़ीर आदमी हैं हम इतनी सारी चीजें—और हूबहू यही कहां से लाएंगे ?''

उधर से सवाल हुआ—''आप हाजी चिराग़दीन एण्ड संस नहीं क्या ?''

हमने कहा—''जी नहीं—काश ! होते।''

भड़ककर बोले—''आपने पहले क्यों नहीं बताया ? अच्छे आदमी हैं आप।''

इम्तियाज़ अली ताज

चचा छक्कन ने तस्वीर टांगी

चचा छक्कन कभी-कभार कोई काम अपने ज़िम्मे क्या ले लेते हैं घर-भर को तिगनी का नाच नचा देते हैं। अबे लौंडे, जा बे लौंडे, यह कीजियो वह दीजियो, घर-बाज़ार एक हो जाता है। दूर क्यों जाओ परसों का जिक्र है, दुकान से तस्वीर का चौखटा लगकर आया। उस वक़्त तो दीवानख़ाने में रख दी गयी। कल शाम कहीं चची की नज़र उस पर पड़ी। बोली—"छुट्टन के अब्बा, तस्वीर कब से रखी हुई है। ख़ैर से बच्चों का घर ठहरा। कहीं टूट-फूट गयी तो बैठे-बिठाये रुपये-दो रुपये का धक्का लग जाएगा। कौन टांगेगा इसको ?"

"टांगता और कौन मैं खुद टांगूंगा। यह कौन-सा जान जोखम का काम है। रहने दो मैं अभी ख़ुद ही किये लेता हूं।"

कहने के साथ ही शेरवानी उतार चचा तस्वीर उतारने लग गये। अमामी से कहा—"बीबी से दो आने पैसे लेकर कीलें ले आ।"

इधर वह दरवाज़े से निकला उधर मूदे से कहा—"मूदे ! मूदे ! जाना अमामी के पीछे, कहियो तीन इंच की हों कीलें। भागकर जा। जा लीजियो उसे रास्ते में ही।"

लीजिए तस्वीर टांगने का आरंभ हो गया और अब घर-भर की शामत।

नन्हे को पुकारा—"ओ नन्हे ! जाना ज़रा मेरा हथौड़ा ले आना। बन्नो ! अपने बस्ते में से फुटा निकाल लाओ और सीढ़ी की भी तो ज़रूरत होगी हमको। अरे भई लल्लू ! ज़रा तुम जाकर किसी से कह देते कि सीढ़ी यहां आकर लगा दे और देखना वह लकड़ी के तख़्ते वाली कुर्सी भी लेते आते तो खूब होता। छुट्टन बेटे ! चाय पी ली तुमने। ज़रा जाना तो अपने उन पड़ोसी मीर बाकर अली के घर। कहना अब्बा ने सलाम कहा है और पूछा है आपकी टांग अब कैसी है ? और कहियो कि वह जो है न आपके पास क्या नाम है उसका ? ए लो भूल गया पल्लोल कि टल्लोल ? अल्लाह जाने क्या था ? ख़ैर वह कुछ भी हो तू यूं कह दीजियो कि वह जो आपके पास है न जिससे सीध मालूम होती है वह ज़रा दे दीजिए। तस्वीर टांगनी है। जाइयो मेरे बेटे ! पर देखना सलाम ज़रूर करना और टांग का पूछना न भूल जाना—यह तुम कहां चल दिये लल्लू। कहा जो है ज़रा यहीं ठहरे रहो। सीढ़ी पर रोशनी कौन दिखाएगा हमको ? आ गया अमामी ? ले आया कीलें ? मूदे मिल गया था ? तीन-तीन इंच ही

की हैं न ? बस बहुत ठीक है। ऐ लो सुतली मंगाने का तो ख्याल ही न रहा। अब क्या करूं, जाना मेरे भाई जल्दी से। हवा की तरह जा और देखियो बस गज़ सवा गज़ हो सुतली, न बहुत मोटी हो न पतली। कह देना तस्वीर टांगने को चाहिए। ले आया ओ बद्धू। बद्धू कहां गया ? बद्धू मियां ! इसी वक्त सबको अपने-अपने काम की सूझी है। यूं नहीं कि जरा आकर हाथ बटायें। यहां आओ तुम कुर्सी पर चढ़कर मुझे तस्वीर पकड़ाना।''

लीजिए साहब खुदा-खुदा करके तस्वीर टांगने का समय आया मगर बदशगुनी हो गयी। चचा उसे उठाकर ज़रा वज़न कर ही रहे थे कि हाथ से छूट गयी। गिरकर शीशा चूर-चूर हो गया। 'हई हे' कहकर सब एक-दूसरे का मुंह तकने लगे। चचा ने कुछ लज्जित होकर किरचों का मुआयना शुरू कर दिया। वक्त की बात, अंगुली में शीशा चुभ गया। खून की नाली बहने लगी। तस्वीर को भूल अपना रूमाल ढूंढ़ने लगे। रूमाल कहां से मिले ? रूमाल था शेरवानी की जेब में। शेरवानी उतारकर न जाने कहां रखी थी ? अब जनाब ने तस्वीर टांगने का सामान तो ताक पर रखा और शेरवानी की ढुंढ़िया पिट गयी। चचा मियां कमरे में नाचते फिर रहे हैं। कभी इससे टक्कर खाते हैं कभी उससे।

''सारे घर में किसी को भी इतनी फुर्सत नहीं कि मेरी शेरवानी ढूंढ़ निकाले। उम्र-भर ऐसे निकम्मों से पाला न पड़ा था। और क्या झूठ कहता हूं कुछ ? छः-छः आदमी हैं और एक शेरवानी नहीं ढूंढ़ सकते हैं जो अभी पांच मिनट भी तो नहीं हुए मैंने उतारकर रखी है। भई बड़े...''

इतने में आप किसी जगह से बैठे-बैठे उठते हैं और देखते हैं कि शेरवानी पर ही बैठे हुए थे। अब पुकार-पुकारकर कह रहे हैं—''अरे भई रहने देना। मिल गई शेरवानी। ढूंढ़ ली हमने। तुमको तो आंखों के सामने बैल भी खड़ा हो तो नज़र नहीं आता।'' आधे घंटे तक अंगुली बंधती-बंधाती रही। नया शीशा मंगाकर चौखटे पर जड़ा और तमाम किस्से तय करने पर दो घंटे बाद फिर तस्वीर टांगने का सवाल पेश हुआ। औज़ार आये। सीढ़ी आयी, चौकी आई, शमा लायी गयी। चचाजान सीढ़ी पर चढ़ रहे हैं और घर-भर (जिसमें मामा और कहारी भी शामिल हैं) आधे दायरे की शक्ल में मदद देने को कील-कांटे से लैस खड़े हैं। दो आदमियों ने सीढ़ी पकड़ी तो चचाजान ने उस पर कदम रखा। ऊपर पहुंचे। एक ने कुर्सी पर चढ़कर कीलें बढ़ायीं। एक ले ली। दूसरे ने हथौड़ा ऊपर पहुंचाया। संभाला ही था कि कील हाथ से छूटकर नीचे गिर पड़ी। खिसियानी आवाज़ में बोले—''ए लो अब कम्बख़्त कील छूटकर गिर पड़ी। देखना कहां गयी ?''

अब जनाब सबके सब घुटनों के बल टटोल-टटोलकर कील तलाश कर रहे हैं और चचा मियां सीढ़ी पर खड़े लगातार बड़बड़ा रहे हैं—''मिली। अरे

कम्बख़्तो ढूंढ़ी। अब तक तो मैं सौ बार तलाश कर लेता। अब मैं रात-भर सीढ़ी पर खड़ा-खड़ा सूखा करूंगा। नहीं मिलती तो दूसरी ही दे दो अंधो !"

यह सुनकर सबकी जान में जान आती है तो पहली कील ही मिल जाती है। अब कील चचाजान के हाथ में पहुंचाते हैं तो मालूम होता है कि इस अर्से में हथौड़ा गायब हो चुका है।

"यह हथौड़ा कहां चला गया ? कहां रखा था मैंने ? लाहौल विला कुव्वत ! उल्लू की तरह आंखें फाड़े मेरा मुंह क्या ताक रहे हो। सात आदमी हो किसी को मालूम नहीं कि हथौड़ा मैंने कहां रख दिया।"

बड़ी मुसीबतों से हथौड़े का पता चला और कील गड़ने की नौबत आयी। अब आप यह भूल बैठे हैं कि मापने के बाद कील गाड़ने को दीवार पर निशान किस जगह किया था। सब बारी-बारी कुर्सी पर चढ़कर कोशिश कर रहे हैं कि शायद निशान नज़र आ जाये। हर एक को अलग-अलग निशान दिखायी देते हैं। चचा सबको बारी-बारी उल्लू, गधा कह-कहकर कुर्सी से उतर जाने की सजा दे रहे हैं। आख़िर फिर फुटा लिया और कोने से तस्वीर टांगने की जगह को दुबारा मापना शुरू किया। दूसरी तस्वीर कोने से 35 इंच के फ़ासले पर लगी हुई थी। बारह और बारह और कितने इंच और ?

बच्चों को ज़बानी हिसाब का सवाल मिला। ऊंची आवाज़ में हल करना शुरू किया और जवाब निकला तो किसी का कुछ था और किसी का कुछ। एक ने दूसरे को ग़लत बताया। इसी तू-तू मैं-मैं में सब भूल बैठे कि असल सवाल क्या था ? नये सिरे से माप लेने की ज़रूरत पड़ गयी। अबके चचा फुटे से नहीं मापते। सुतली से मापने का इरादा रखते हैं। सीढ़ी पर पैंतालीस दर्जे का कोण बनाकर सुतली का सिरा कोने तक पहुंचाने की कोशिश में हैं कि सुतली हाथ से छूट जाती है। आप लपककर इसे पकड़ना चाहते हैं कि इसी कोशिश में ज़मीन पर आ रहते हैं। कोने में सितार रखा था। उसके तमाम तार चचाजान के बोझ से एकबारगी झनझनाकर टुकड़े-टुकड़े हो जाते हैं।

अब चचा की जबान से जो मंजे हुए शब्द निकलते हैं सुनने के काबिल होते हैं। मगर चची रोक देती है और कहती है—"अपनी उम्र का नहीं तो इन बच्चों का ही ख़्याल करो।"

बड़ी मुश्किल के बाद चचाजान फिर से कील गाड़ने की जगह निश्चित करते हैं। बाएं हाथ से उस जगह कील रखते हैं और दायें हाथ से हथौड़ा संभालते हैं। पहली ही चोट जो पड़ती है तो सीधी हाथ के अंगूठे पर। आप 'सी' करके हथौड़ा छोड़ देते हैं। वह नीचे आकर गिरता है किसी के पांव पर। "हाय ! हाय !—ओफ़ ओह। और मार डाला" शुरू हो जाती है। चची जल-भुनकर कहती है—"यूं कील गाड़ना हुआ करे तो मुझे आठ दिन पहले ख़बर दे दिया कीजिए,

मैं बच्चों को लेकर मायके चली जाया करूं और नहीं तो।"

चचा शर्मिंदा होकर जवाब देते हैं—"यह औरत ज़ात भी बात का बतंगड़ बना लेती हैं, यानी हुआ क्या जिस पर यह ताने दिए जा रहे हैं। भला साहब ! कान हुए। आइन्दा हम किसी काम में दख़ल न दिया करेंगे।"

अब नये सिरे से कोशिश शुरू हुई। कील पर दूसरी चोट जो पड़ी तो उस जगह का पलस्तर नर्म था। पूरी की पूरी कील और आधा हथौड़ा दीवार में। और चचा अचानक कील गड़ जाने से दीवार से टकराये। अगर नाक शर्म वाली होती तो पिचककर रह जाती। इसके बाद फिर से फुटे और रस्सी की तलाश हुई और कील गाड़ने की नयी जगह निश्चित हुई। और कोई आधी रात का समय होगा कि ख़ुदा-ख़ुदा करके तस्वीर टांगी। वह भी कैसी टेढ़ी-मेढ़ी और इतनी झुकी हुई कि जैसे अब सिर पर आयी कि अब सिर पर आयी। चारों तरफ गज़-गज़ भर दीवार की यह हालत गोया चांदमारी होती रही है। चचा के सिवाय बाकी सब थकान से चूर नींद में झूम रहे हैं। अब आखिरी सीढ़ी पर धम्म से जो उतरे हैं तो कहारी गरीब के पांव पर पांव पड़ा। गरीब तड़प ही तो उठी। चचा उसकी चीख सुनकर ज़रा घबराये तो सही मगर पल-भर में दाढ़ी पर हाथ फेरकर बोले—"इतनी-सी बात थी, लग भी गयी। लोग इसके लिए मिस्त्री बुलवाया करते हैं।"

ए. हमीद

क़िस्सा पहले दरवेश का

पहले दरवेश ने दूसरे दरवेश की दाढ़ी पर हाथ फेरते हुए सिगरेट सुलगाया और अपने क़िस्से का आरंभ शायद ग़ालिब के इस शेर से किया—

अच्छे ईसा हो मरीज़ों का ख़्याल अच्छा है।
वह अलग बांधकर रखा है जो माल अच्छा है।।

तीनों दरवेश इस शेर पर वाह-वाह करते हुए उठे और पहले दरवेश का सिर धुनने लगे। पहले दरवेश की पगड़ी खुल गई। उसने पगड़ी बांधते हुए आंखों में आंसू लाते हुए कहा :

"भाइयो, इस गुलाम नाचीज़ की कहानी बड़ी दुखभरी है। इस कदर दुखभरी कि पत्रिका 'शाम-सवेरा' के सम्पादक ने इसे केवल इसलिए छापने से इन्कार कर दिया था कि इसे पढ़कर कातिब के आंसू नहीं थमते थे। मेरी दास्तान-ए-ग़रीब हमज़ा एक ऐसे शहर के रेलवे स्टेशन से शुरू होती है जो हमसे थोड़ी दूर हमारे इर्द-गिर्द फैला हुआ है। मैं पहली बार इस शहर में दाख़िल हुआ तो शरीफ़ आदमियों का लिबास पहने हुए था। इसलिए स्टेशन पर ही पकड़ लिया गया और जेलखाने में डाल दिया गया। दूसरी बार मैं गिरहकट के भेस में जाहिर हुआ तो रेलवे स्टेशन पर मेरी खूब आवभगत और जावभगत हुई। लोगों ने अत्यधिक स्नेह से मेरे गले में इतने हार डाले कि मेरा चेहरा इनमें छिप गया और जब मेरा चेहरा छिप गया तो एक आदमी ने अधिक श्रद्धा से मजबूर होकर मेरी दोनों जेबें काटीं और इनमें से होटलों के बिल निकालकर ले गया। एक और आदमी भीड़ को चीरता हुआ मेरी तरफ बढ़ा। करीब आकर उसने अपने रूमाल से मेरी दाहिनी मूंछ झाड़ी और इसको चूमा और जेब से समोसा निकालकर खाने लगा। मैंने पूछा :

—भाई यह बोसा (चुंबन) और समोसा क्या हुआ ?

इस पर वह मर्द-ए-बदलगाम लेकिन खुशकलाम (मृदुभाषी) यों बोला :

—वह जो ग़मज़ा और शुतर्गमज़ा होता है !

मैं दिमाग ही दिमाग में इस आदमी की अकल पर चकित रह गया। इतने में लोग मुझे धकेलते हुए स्टेशन से बाहर ले आये। बाहर आकर इनमें से हरेक ने मुझसे बारी-बारी हाथ मिलाया और मेरे गले से अपना-अपना हार उतारते चलते बने।

एकाएकी एक तांगा मेरे करीब से गुज़रा जिसे देखकर मेरे कंधों के तोते उड़ गये। इसलिए कि उसकी पिछली सीट पर एक लम्बे मुंह वाला घोड़ा हाजियों वाला पीला रूमाल सिर पर बांधे ऐनक लगाये अख़बार पढ़ रहा था। मैं हैरान हो रहा था कि इलाही मिट न जाये दर्दे-दिल—यह मैं कौन से शहर में आ गया हूं।

...ख़ैर, तो मेरे भाइयो, मैं वहां से एक बाज़ार की तरफ़ चल पड़ा। एक जगह मुझे कुछ भीड़ नज़र आयी। पास जाकर क्या देखता हूं कि एक कुत्ता ज़मीन पर अधमुर्दा-सा लेटा है और उसकी टांग में से खून बह रहा है। पता करने पर मालूम हुआ कि उसे एक आदमी ने काट खाया है। करीब तीन-चार कुत्ते खड़े थे। एक कुत्ते ने कान में उंगली फेरते हुए दूसरे कुत्ते से कहा :

—इसे फ़ौरन टीके लगवाने चाहिए।

इतना सुनकर मैं चुपके से एक तरफ़ खिसक गया क्योंकि मेरे आस-पास बहुत आदमी खड़े थे।

जिस बाज़ार से मैं गुज़र रहा था वह बड़ा रौनक वाला था। दोनों तरफ़ की दुकानें ख़ूबसूरत और सजी-सजायी थीं। क्योंकि रमज़ान शरीफ़ का महीना था इसलिए लोगों की भीड़ रेस्तराओं में दाख़िल हो रही थी। एक बहुत बड़े रेस्तरां के दरवाजे पर छोटा-सा बोर्ड लटक रहा था। जिस पर मोटे अक्षरों में लिखा था :

—यह होटल रमज़ान शरीफ़ के एहतराम (सम्मान) में बन्द है।

नोट : खाना खाने के लिए पिछली गली से तशरीफ़ लायें।

मैं अभी बोर्ड पढ़ ही रहा था कि करीब की दुकान में से दो नंगे-धड़ंगे आदमी भागते हुए निकले और सामने वाली गली में गुम हो गये। मैंने ग़ौर से देखा तो दुकान की पेशानी (मस्तक) पर सुर्ख शब्दों में लिखा था :

—यहां भागते चोरों को लंगोटियां बिकती हैं।

मैं वहां से भागने ही लगा था कि अचानक मुझे अपनी लंगोटी का ख़्याल आ गया और मैं पहले से भी ज़्यादा धीरे चलने लगा। कुछ दूर चलने पर मैंने देखा कि वे आदमी किसी बात पर बड़ी गर्मा-गर्मी से झगड़ा कर रहे थे। एक आदमी दूसरे से कहने लगा :

—मैं तुम्हारी ईंट से ईंट बजा दूंगा।

दूसरे आदमी ने बड़ी लापरवाही से कहा :

—देख लूंगा जब तुम ईंट से ईंट बजाओगे।

इस पर पहले आदमी ने आगे बढ़कर सड़क पर से दो ईंटें उठायीं और इन्हें हाथों में लेकर धीरे-धीरे बजाने लगा। इसके बाद उसने अपने हाथ झाड़े और एक ओर चल पड़ा। बस फिर क्या था ? दूसरे लोग हाथ झाड़कर उसके पीछे पड़ गये। इसी भीड़ में अचानक एक अल्पायु लड़का एक बुजुर्ग सूरत आदमी को कान से पकड़कर खींचता हुआ बाहर निकाल लाया और आंखें लाल करता

हुआ गरजा :

—अब्बाजान मैंने आपसे कितनी बार कहा है कि दुपहर के समय घर से बाहर न निकला करें। मगर आप सुनी-अनसुनी कर देते हैं।

उस बुजुर्ग सूरत आदमी ने मुंह लटकाकर और कांपते हुए कहा :

—बेटा! मैं तो 'ज़मींदार' अख़बार लेने आया था।

लड़के ने कान छोड़कर अपनी कमीज़ का कालर ठीक किया और कहा :

—अब सीधे घर जाइये। और स्कूल का सबक याद कीजिये। माई गुडनेस ! कैसे मां-बाप से पाला पड़ा है ?

...मेरे हमशक्ल और मेरे हमपेशा भाइयो ! मैं भाइयों की दुकान की कसम खाकर कहता हूं कि मैं हैरान रह गया और वहां से जल्दी-जल्दी भाग निकला। आगे बड़े चौक के बीच में खूबसूरत फ़व्वारा लगा था जिससे पानी बिना पानी की मछली की तरह तड़प-तड़पकर बाहर उबल रहा था। फ़व्वारे के नीचे एक परिन्दा बैठा था जो अपने परों पर पानी नहीं पड़ने देता था। उसके ऊपर एक और परिन्दा पेड़ की टहनी पर बैठा था। तराजू उसके हाथ में था और वह पलड़ों में पर डाले उन्हें तोल रहा था। फ़व्वारे के दाहिनी ओर मैंने हरी-हरी घास पर एक बड़े ही प्यारे और मासूम सूरत गुड्डे से बच्चे को देखा जो छोटे-छोटे खिलौनों से खेल रहा था और स्वयं ही हंस रहा था। बच्चा मुझे इतना प्यारा लगा कि मैं जो कभी बच्चों को प्यार नहीं करता उसके पास जाकर बैठा गया। मैंने बड़े प्यार से उसकी ठोड़ी को उंगली से छूते हुए कहा :

—हैलो बेबी ! हैलो स्वीट बेबी ! हैलो किड्डी ! बिस्कुट खाओगे ?

बच्चे ने अचानक खिलौने हाथ से रख दिये। निक्कर की जेब से लायब्रेरी फ्रेम वाली ऐनक निकालकर आंखों पर लगायी। और मुझे घूरते हुए भारी आवाज़ में बोला :

—मिस्टर मुझसे बेतकल्लुफ़ होने की कोशिश न करो।

ए अल्लाह के दरवेशो ! इतना सुनना था कि मेरी पगड़ी उछलकर मुझसे दूर जा गिरी। जब मैं वहां से भागने लगा तो बच्चे ने ठंडी आह भरकर यह शेर पढ़ा—

खिलौने देकर बहलाया गया हूं।
मैं खुद 'लाया' नहीं 'आया' गया हूं।

और होश अभी ठिकाने पर नहीं आये थे। मैं उन्हें ठिकाने लाने के लिए एक बैंच पर जाकर बैठ गया। जब मेरे होश पूरे तौर पर ठीक हुए तो क्या देखता हूं कि मेरे पास ही एक बूढ़े बुजुर्ग पगड़ी पहने बैठे हुए हैं और कुछ पढ़ रहे हैं। उनका मुंह किताब ने ढांप रखा था। मैंने सोचा कि चलो इनसे ज़रा दो बातें ही कर लें। मैंने गला साफ़ करते हुए कहा :

—क्यों साहिब ! आज मौसम कैसा है ?

दूसरी तरफ़ से कोई जवाब न मिला। मैंने कान साफ़ करते हुए अपना सवाल फिर दोहराया। जवाब में वही खामोशी रही। मेरे तीसरी बार सवाल करने पर ये बुज़ुर्ग किताब परे हटाकर मुझे आक्रोश-भरी दृष्टि से घूरने लगे। मेरे बैंच के पांव तले से ज़मीन निकल गयी। क्योंकि वे बुज़ुर्ग मुंह में चूसनी लिये जल्दी-जल्दी शहद चूस रहे थे। मैं वहां से सिर पर जूते रखकर भागा और शहर की सबसे बड़ी सड़क पर आकर दम लिया। लेकिन यहां आकर विचित्र ही तमाशा देखा। चौक में ट्रैफ़िक का सिपाही अनगिनत साइकिल सवारों के बीच खड़ा उनका चालान कर रहा था। यद्यपि धूप काफ़ी रौशन थी फिर भी उन लोगों का चालान केवल इसलिए हो रहा था कि वे सुबह के समय बग़ैर बत्ती के साइकिल चला रहे थे। एक कोचवान मेरी पगड़ी देखकर तांगा मेरे पास लाकर बोला :

—दाता के दरबार चलियेगा जनाब ?

मेरे इन्कार पर कोचवान ने अनुरोध करते हुए कहा—सरकार पलक झपकते में पहुंचा दूंगा। पन्द्रह हार्स पावर का घोड़ा है।

मैंने डरकर घोड़े की तरफ़ देखा। घोड़े ने गर्दन घुमाकर मुझे देखा और नाक चढ़ाकर बोला :

—झूठ बकता है। मैं सिर्फ़ एक हार्स पावर हूं।

ज्यूं-ज्यूं शाम हो रही थी मेरे दरवेश भाइयो, मेरे दिल को यह चिन्ता लगी हुई थी कि रात कहां गुज़ारी जाये। घूमते-घूमते मैं शहर की चारदीवारी में आ गया। यहां एक जगह कव्वाली हो रही थी। तबले बज रहे थे और कव्वाल झूम-झूमकर यह दोहा बार-बार पढ़ रहे थे :

इक माजरा सुनाता हूं हुस्न-ओ-इश्क का।
लैला का एक आशिक दीवाना कैस था।
बाद-ए-फ़ना थे दोनों के मरकद जुदा-जुदा
लेकिन दोनों कबरों से आती थी यह सदा
(क्या ?—)
तेरे मुखड़े ते काला काला तिल वे
वे मुंड्या स्यालकोटिया

पहले कव्वाल उठे तो एक और कव्वाल साहब तशरीफ़ लाये जो टेलरमास्टर थे। उन्होंने बैठते ही गाना शुरू कर दिया :

मैंने लाखों के कोट सिंये सितमगर तेरे लिए

इस पहली ही पंक्ति से लोग इतने प्रभावित हुए कि उन्होंने उठकर नाचना शुरू कर दिया और अपने-अपने कोट फाड़ डाले। दर्ज़ी कव्वाल के शागिर्द आगे

बढ़े और आन की आन में सारे कोट इकट्ठे करके ले गये। मैंने अपने कोट के बटन बंद किये और आगे चल पड़ा।

ए मेरे प्यारे चौथे दरवेश ! इससे पहले कि मैं कहानी का आखिरी हिस्सा बयान करूं तू अपनी वास्कट की अंदर की जेब में अपना दाहिना हाथ डालकर बगले का एक सिगरेट निकालकर मुझे पिला ताकि मेरा मन प्रसन्न हो।"

इस पर चौथे दरवेश ने रोनी सूरत बनाते हुए बगले का सिगरेट निकाला और पहले दरवेश को दिया। बगले के सिगरेट का कश खींचकर पहला दरवेश एक टांग पर खड़ा हो गया और अपनी दास्तान बयान करने लगा :

"भाइयो शाम हो चुकी थी। मैंने कहीं से सुन रखा था कि इस शहर में शाम के समय खुशहाल लोग दस्तरख़ान पर खाना चुनकर मेहमानों की तलाश में गलियों में चक्कर लगाया करते हैं। इसी उम्मीद में मैं भी गलियों में घूमने लगा। एक गली का मोड़ मुड़ते हुए अचानक किसी ने मेरे मुंह में कपड़ा ठूंसा और दो आदमी मुझे उठाकर किसी रहस्यमयी होटल में ले गए। मुझे कुर्सी पर बिठलाकर एक ने पिस्तौल निकालकर बाहर रख दिया और बाकी दोनों आदमी कुर्सियां खींचकर मेज़ के गिर्द बैठ गये। एक ने कहा :

—हमें खाना खिलाओ या हमारी गोलियां ठण्डी करो।

मैं सन्नाटे में आ गया। उन्होंने इस दौरान में तरह-तरह के खानों का आर्डर दिया और खा-पीकर बिल मेरे हवाले करके चलते बने। मैंने उठते हुए बिल होटल के मैनेजर के हवाले कर दिया और होटल के मैनेजर ने मुझे पुलिस के हवाले कर दिया और पुलिस मुझे हवालात में ले गयी। संयोग देखिए कि मुझे ख़्याल आया कि मेरी टोपी में एक कीमती पत्थर जड़ा हुआ है। उसे बेचकर जौहरी से मैंने साढ़े ग्यारह रुपए प्राप्त किए। पांच रुपए हवालात के दारोग़े को दिए। पांच रुपए में इन लोगों का बिल अदा किया जो अतिथेय की तलाश में रात को गलियों में घूमा करते हैं और बाकी पैसे जेब में डालकर पास के काफ़ी हाउस में जा बैठा और चाय पीने लगा।

मेरे बिल्कुल सामने एक लम्बी नाक वाला आदमी प्लेट में बर्फ़ डाले उसके साथ रोटी खा रहा था। एक और आदमी आइसक्रीम में खीरे के टुकड़े डालकर खा रहा था। बची हुई आइसक्रीम उसने अपने बटुवे में डाली। बूट के तस्मे खोलकर रुपए का नोट निकाला, बिल पर हस्ताक्षर किए और होटल से बाहर निकल गया। एक नौजवान लड़का चाय की प्याली सामने रखे ज़ोरों से रो रहा था और बार-बार ऐशट्रे उठाकर आंसुओं की बूंदें गिरा रहा था। सिगरेट अभी ख़त्म भी न हुआ था कि उसने उसे चाय के प्याले में डालकर बुझा दिया। इधर-उधर देखकर ऐशट्रे जेब में डालकर चलता बना। जहां वह बैठा था उसके बिल्कुल ऊपर लिखा था :

कृपया सिगरेट प्यालों में मत बुझाइये और अगर आप ऐसा करने पर मजबूर हैं तो बैरे को कहिए चाय ऐशट्रे में लाये।

मैं उठने ही वाला था कि गंजे सिरों वाले दो आदमी बड़ी-बड़ी बातें करने वाले अंदर आए। बड़ी एतिहात से मेज़ के गिर्द बैठकर उन्होंने एक प्लेट बकरी के मग़ज़ का आर्डर दिया और जब मग़ज आया तो बड़ी ख़ामोशी से मग़ज़ खाने लगे। इस होटल से बाहर निकलकर मैंने सोचा कहां जाऊं, किधर जाऊं ? दो लेखक मेरे पास से गाते हुए गुज़र गए :

मन का पंछी बोल उठा है
बोल सजन तेरी जेब में क्या है ?—जेब में क्या है ?
मेरी जेब की बात न पूछो
हाय कोई पैसा नहीं....

अब मेरे सामने कोई मंज़िल न थी। इसलिए मैंने यहां बिना मक़सद के घूमना शुरू कर दिया। मिसरीशाह के सामने बाग़ में मुझे पुलिस के दो सिपाहियों ने रोका लिया।

—कौन हो तुम ?

मैंने कहा पहला दरवेश।

मेरा इतना ही जवाब सुनकर वे मुझे पकड़कर थाने में ले गए और आवारागर्दी के जुर्म में मुझे हवालात में बंद कर दिया गया। इस हवालात में मेरी मुलाकात एक ऐसे आदमी से हुई जो हत्या के जुर्म में वहां रातभर के लिये रखा गया था। उस पर अभियोग यह लगाया गया था कि उसने एक आदमी से नेकी की थी और फिर उस आदमी को दरिया में डाल दिया था।

रातभर मैं उस आदमी से डरकर कोने में दुबका बैठा रहा और वह आदमी चीख़-चीख़कर पुकारता रहा—नेकी कर दरिया में डाल।

खुदा-खुदा करके सुबह हुई और पुलिस वालों ने मुझे छोड़ दिया। बाहर निकलकर मैं क्या देखता हूं कि मेरे पीछे दुम निकल आई है। मैंने जल्दी से उसे दबाया और स्टेशन की तरफ़ भाग उठा। कहीं गाना हो रहा था :

तेरी गठरी को लागा चोर
मुसाफिर भाग ज़रा.....

और ए मेरे दरवेश भाइयो ! अब मैंने इस तकिये में आकर दम लिया है और इंशाअल्लाह इसी जगह दम दूंगा।''

यह क़िस्सा सुनकर दो दरवेश तो एक-दूसरे का मुंह देखने लगे और तीसरे दरवेश ने उछलकर कहा :

''भाई ! खुदा के लिए मुझे यह क़िस्सा लिखने दो। मैं नया-नया अख़बार का एडिटर हुआ हूं।''

कृश्न चन्दर

मेरा मनपसंद पृष्ठ

लोग सुबह उठते ही जम्हाई लेते हैं। कुछ लोग बिस्तर से उठते ही कसरत करते हैं। कुछ लोग गर्म चाय पीते हैं। मैं अख़बार पढ़ता हूं और जिस दिन फुर्सत ज़्यादा हो उस दिन तो मैं अख़बार को शुरू से लेकर आख़िर तक इश्तहारों, अदालत के सम्मनों तक पूरा पढ़ डालता हूं।

यूं तो अख़बार सारे का सारा अच्छा होता है। लेकिन आम लोगों के लिए अख़बार का हर पृष्ठ इतना रुचिकर नहीं होता। मैंने ऐसे लोग भी देखे हैं जो अख़बारों में सिर्फ़ रेस का नतीजा देखते हैं या वह पृष्ठ जिस पर रुई, तिल, पीतल, लोहा, तांबा, पटसन, सोना, चांदी, गुड़, पापड़ और आलुओं के सूखे, कटे हुए टुकड़ों के भाव दर्ज होते हैं और ऐसे भी लोग हैं जो अख़बार का पहला पृष्ठ ही पढ़ते हैं जिस पर अक्सर बड़ी-बड़ी भयानक ख़बरें, मोटे-मोटे अक्षरों में दर्ज होती हैं। और कत्ल और डाका और बेईमानी और खून-ख़राबे की घटनाओं को बड़ी-बड़ी सुर्ख़ियों में छापा जाता है। कुछ लोग अख़बार के हाथ में आते ही उसका सम्पादकीय खोलकर पढ़ते हैं जिसमें आज एक चीज़ के पक्ष में लिखा गया है तो कल उसी ज़िम्मेदारी से उस चीज़ के विरुद्ध लिखा जाएगा। और अगर पहले दिन आप उस चीज़ के पक्ष में होंगे तो दूसरे दिन उसके विरोधी हो जाएंगे। यार लोगों ने इस स्थिति का नाम जनमत रख छोड़ा है। ख़ैर अपनी-अपनी सूझ-बूझ।

सच पूछिये तो मुझे अख़बार के इन पृष्ठों में से कोई पृष्ठ पसंद नहीं। रेस के टिप अक्सर ग़लत निकलते हैं। मैं कई बार ग़प्पा खा चुका हूं। और रेस के अख़बारी एक्सपर्ट की जान को रो चुका हूं। रुई, पटसन और पापड़ के भाव भी बदलते देखे हैं। सोना तो ख़ैर सोना है लेकिन चांदी का भाव भी आजकल यूं बढ़ रहा है कि समझ में नहीं आता कि कौन-सी धातु अच्छी है—सोना या चांदी ? यही हाल मिलों, कारख़ानों, बैंकों के शेयर्स का है। इनमें इतनी ज़्यादा तेज़ी-मंदी दिखायी देती है कि मैंने तो अब यह पृष्ठ ही पढ़ना छोड़ दिया है। पहला पृष्ठ भी मैंने पढ़ना छोड़ दिया है। कभी यह मेरा मनपसंद पृष्ठ था लेकिन लगातार दो साल तक इस पृष्ठ की खूनी और थरथरा देने वाली चीज़ें पढ़कर मुझे दिल के दौरे पड़ने लगे हैं और अब डॉक्टरों ने मुझे यह पृष्ठ पढ़ने से मना कर दिया है और जो लोग यह नहीं चाहते हैं कि उनके दिल की हरकत

एकदम बंद हो जाये उनके लिए भी परहेज़ लाभदायक रहेगा।

आजकल मेरा मनपसंद पृष्ठ वह है जो पहला पृष्ठ उलटने के तुरंत बाद आता है। दूसरा पृष्ठ जिस पर सिर्फ़ इश्तहार होते हैं। मेरे ख़्याल में अख़बार का यह सबसे सच्चा, सबसे अच्छा, सबसे उम्दा और सबसे दिलचस्प पृष्ठ होता है। ये इन्सानों के लेन-देन और तिजारती कारोबार का पृष्ठ है। उनकी निजी मसरूफ़ियतों और कोशिशों का प्रतिबिम्ब है। और उनकी ज़िन्दगी के ठोस और सामाजिक यथार्थ का प्रतिनिधि है। यहां पर आपको कार वाले और बेकार टाइपिस्ट और मिल-मालिक, मकान की तलाश करने वाले, और मकान बेचने वाले, गैरेज ढूंढने वाले और निजी लायब्रेरी बेचने वाले, कुत्ते पालने वाले और चूहे मारने वाले, सरसों का तेल बेचने वाले और इंसानों का तेल निकालने वाले, पचास लाख की मिल खरीदने वाले और पचास रुपये की ट्यूशन करने वाले सभी भागते-दौड़ते, चीख़ते-चिल्लाते, रोते-हंसते नज़र आते हैं। यह हमारी ज़िंदगी का सबसे जीता-जागता पृष्ठ है। जिसका हर इश्तहार एक पूरी कहानी है और हर लाइन एक शेर। यह हमारी दुनिया की सबसे बड़ी सैरगाह है। जिसकी रंगारंग कैफ़ियतें मुझे घंटों अभिभूत किये रखती हैं। आइये आप भी मेरे इस मनपसंद पृष्ठ की दिलचस्पियों में शामिल हो जाइये। देखिये यह निजी कालम है।

नायलोन जुराबों का स्टाक आ गया है। व्यापारी फ़ौरन ध्यान दें। आप कहेंगे यह तो कोई निजी दिलचस्पी की चीज़ नहीं है। भई हमें नायलोन जुराबों से क्या लेना। यह सही है लेकिन ज़रा औरत के दिल से पूछिये जो यह ख़बर सुनकर ही ज़ोर से धड़क उठा होगा और टांगें खुशी से नाचने लगी होंगी। आजकल औरत के दिल में नायलोन जुराब की वही क़दर-क़ीमत है जो किसी ज़माने में मोतियों की माला की होती थी। आगे चलिये।

डार्लिंग फ़ौरन ख़त लिखो। द्वारा एस. डी. खरोंजा, नीलामपुर। कौन डार्लिंग है वह ? किस मुसीबत में है वह ? वह क्यों उसके घर या किसी दोस्त या सहेली के यहां ख़त नहीं भिजवा सकता ? अख़बार में यह इश्तहार क्यों दे रहा है ? कि बेचारा देखिये कैसी-कैसी मजबूरियां होंगी उसे—बेचारी लड़की के लिए भी। वह भी मेरी तरह हर रोज़ अख़बार खोलती होगी। उसमें निजी कालम देखती होगी और अपने लिए कोई ख़बर न पाकर कैसी उदास और दुखी हो जाती होगी। और आज जब वह निजी कालम में यह ख़बर पढ़ेगी तो कैसे चौंक जाएगी। खुशी से उसका चेहरा चमक उठेगा। आनंद की सुनहरी रोशनी उसकी आत्मा के कण-कण को चमका देगी। और वह अनायास अख़बार को अपने कलेजे से लगा लेगी और उसकी लम्बी-लम्बी पलकें उसके गालों पर झुक जाएंगी। यानी उसकी लम्बी पलकें हुईं तो और यह भी हो सकता है कि उसकी पलकें बहुत छोटी-छोटी हों। जैसे चुहिया के बाल होते हैं। और माथा घुटा हुआ हो। कुछ

भी हो वह एस. डी. खरोंजा की डार्लिंग है। एस. डी. खरोंजा कौन है ? अब इसके बारे में आप अंदाज़ा लगाइये। सम्भव है वह कोई भड़भूजा हो ? या मामूली क्लर्क हो ? या हुलास मोनी गोलियां बेचने वाला हो ? या नीलामपुर में रसगुल्ले और बंगाली मिठाई की दुकान करता हो। या किसी बड़ी मिल का मालिक हो। वह सब कुछ हो सकता है। और अब सोचते जाइये। देखिये ज़िंदगी कितनी दिलचस्प होती जा रही है।

इससे अगला कालम देखिये। यह मकानों का कालम है। यह भी बड़ा दिलचस्प है। क्योंकि आजकल मकान कहीं ढूंढे से भी नहीं मिलते। लेकिन यहां आपको हर तरह के मकान मिल जाएंगे।

मेरे पास समुद्र के किनारे एक बंगले में एक अलग कमरा है। लेकिन मैं शहर में रहना चाहता हूं। अगर कोई साहब मुझे शहर के अंदर एक अच्छा कमरा दे सकें तो मैं उन्हें समुद्र के किनारे का अपना कमरा दे दूंगा। और साथ ही इसका सब सामान भी जिसमें एक सोफ़ा, दो टेबल और एक पीतल का लोटा शामिल है।

लीजिये अगर आप शहरी ज़िंदगी से उकता गये हैं तो समुद्र के किनारे जाकर रहिये। अगर आप समुद्र के किनारे रहने से घबराते हैं तो शहर में जाकर रहिये। पीतल का लोटा तो कहीं भी रह सकता है।

यह दूसरा इश्तहार देखिये :

किराये के लिए ख़ाली है। नया मकान, आठ कमरे, दो किचन, पांच गुसलख़ाने, गैरेज भी है। पर मकान के ऊपर छत नहीं है मगर अगले महीने तक तैयार हो जायेगी। किरायेदार फ़ौरन ध्यान दें।

आप यह पढ़कर फ़ौरन ध्यान देते हैं बल्कि कपड़े बदलकर चलने के लिए तैयार भी हो जाते हैं कि इतने में आपकी नज़र अगली लाइन पर पड़ती है। लिखा है :

किराया वाजबी मगर साल-भर का पेशगी देना होगा। सालाना किराया अठारह हज़ार।

और आप फिर बैठ जाते हैं और अगला इश्तहार देखते हैं। लिखा है : उम्दा खाना, सुन्दर दृश्य, खुला कमरा, फ़र्नीचर से सजा हुआ। बिजली-पानी मुफ़्त। किराया सब मिलाकर साढ़े तीन सौ रुपये महीना।

आप खुशी से चिल्ला उठते हैं। मिल गया, मुझे एक कमरा मिल गया। और कितना सस्ता और उम्दा और खाना साथ में। वाह-वाह ! आप फ़ौरन ख़त लिखने की सोचते हैं और फिर कलेजा पकड़कर बैठ जाते हैं क्योंकि आगे लिखा है :

दिलकुशा होटल दार्जिलिंग।

जाहिर है कि आप बम्बई में नौकर हैं। दिलकुशा होटल दार्जिलिंग में रहकर आप बम्बई में नौकरी नहीं कर सकते।

अगला कालम देखिये। यह अगले दो कालम 'जरूरत है' के इश्तहारों से भरे पड़े हैं। जिनमें एक खूबसूरत टाइपिस्ट गर्ल की ज़रूरत है। एक बूढ़े मद्रासी एकाउंटेंट की ज़रूरत है, जो कन्नड़ भाषा के अलावा तमिल, तेलुगू, मलयालम और अरबी भी जानता हो। तनख़ा सत्तर रुपये माहवार। एक कम्पाउंडर की ज़रूरत है जो कम से कम एम. बी. बी. एस. हो और अगर विदेश से एल. आर. सी. पी. और एफ. आर. एस. सी. भी हो तो उसे पांच रुपये सालाना तरक्की भी दी जाएगी। एक चपरासी की ज़रूरत है जिसे चालीस रुपये तनख़ा दी जाएगी। उर्दू अख़बार के लिए एक एडिटर की ज़रूरत है जिसे तीस रुपये माहवार तनख़ा दी जायेगी। एक साहब को सेक्रेटरी की ज़रूरत है जो उनके लिए तक़रीरें लिख सके। एक जादूगर की ज़रूरत है जो उनका दिल बहला सके। एक लेडी कम्पैनियन की ज़रूरत है जो घोड़े की सवारी जानती हो और गुलमर्ग के होटलों की जानकारी रखती हो। एक फ़िटर की ज़रूरत है जो बड़े सूराख़ में छोटी कील गाड़ सके। एक इंजीनियर की ज़रूरत है जो छोटी कील के लिए बड़ा सूराख कर सके। एक बावर्ची की ज़रूरत है जो गोश्त के बग़ैर शामी कबाब बना सके। एक धोबी की ज़रूरत है जो कमीज फाड़ दे लेकिन बटन साबुत रखे। यही वह कालम है जिसे पढ़कर मुझे अपने समाज की विभिन्नता और उसकी ऊंच-नीच और ज़ोर-ज़बरदस्ती का अंदाज़ा होता है। जो कुछ दुनिया में आपके इर्द-गिर्द हो रहा है इसकी सच्ची तस्वीर आपको इन्हीं कालमों में मिलती है। अख़बार के बाक़ी पृष्ठ तो ख़ामख़ा बेकार झूठ बोलकर हमारा समय बरबाद करते हैं। इसका अगला कालम मोटरों, किताबों और कुत्तों का है। इसमें आप देखेंगे कि एक ही मॉडल की नयी गाड़ी है। मगर वह अलग-अलग दामों में बिक रही है। सेठ हुसनलाल की गाड़ी सात हज़ार में बिकाऊ है क्योंकि वह उसे बेचकर कोई दूसरा मॉडल लेना चाहते हैं और वही गाड़ी मिस्टर मैक्डानल्ड के पास है और वह उसे 2,000 में बेचे दे रहे हैं क्योंकि मि. मैक्डानल्ड विलायत जा रहे हैं। एक खूबसूरत कुत्ता है जो डेढ़ सौ में बिकता है। शेक्सपियर के ड्रामों का सचित्र सेट है जो दस रुपये में जा रहा है। यह मैंने कई बार देखा है कि कुत्तों के दाम किताबों से कहीं ज़्यादा हैं। और यह भी कि इस कालम में मोटरों और कुत्तों के ख़रीदने और बेचने वाले तो बहुत मिलते हैं लेकिन किताबों के सिर्फ़ बेचने वाले तो नज़र आते हैं ख़रीदने वाला कोई नहीं। जितने इश्तहार हैं उससे हमें अपने देश के महान कल्चर का अंदाज़ा होता है।

इस पृष्ठ का सबसे आख़िरी कालम जिसे मैं सबसे पहले पढ़ता हूं शादी का कालम है। वर की ज़रूरत है एक नौजवान खूबसूरत अठारह वर्षीय ग्रेजुएट

लड़की के लिए।

वर की ज़रूरत है एक खूबसूरत, सुशिक्षित लड़की के लिए जो नाचना-गाना भी जानती है और साहित्य में रुचि भी रखती है।

वर की ज़रूरत है एक खूबसूरत ख़ानदानी लड़की के लिए जिसका बाप एक मिल-मालिक है। लड़का अच्छा होना चाहिए। जाति-पाति की कोई रोक नहीं।

और मैं भी जाति-पाति की परवाह किए बग़ैर हर जगह दरख़ास्त भेजने की सोचता हूं कि इतने में मेरी पत्नी मेरे सिर पर आकर खड़ी हो जाती है और मुझसे पूछती है कि क्या पढ़ रहे हो ? और मैं एक उदास मुस्कुराहट से अपना मनपसंद पृष्ठ बंद कर देता हूं।

कन्हैयालाल कपूर

आलोचक

आजकल एक व्यक्ति बड़ी तत्परता से मेरा पीछा कर रहा है। कॉफ़ी हाउस, सड़क पर, किसी सभा गोष्ठी में जहां कहीं मेरी उसके साथ मुठभेड़ होती है, वह छूटते ही मुझसे एक सवाल करता है—"साहब ! आपको प्रेमचंद का कौन-सा उपन्यास पसंद है ?" देखने में यह सीधा-सादा सवाल है। जिसका जवाब देना मुश्किल नहीं लेकिन जिस व्यक्ति ने प्रेमचंद का कोई उपन्यास न पढ़ा हो उसके लिए कुछ इतना आसान भी नहीं। यह सच है कि पिछले दिनों प्रेमचंद की दूसरी बरसी के अवसर पर मैंने एक लेख पढ़ा था। शीर्षक था—प्रेमचंद उपन्यासकार की हैसियत से। यह लेख बड़ा सराहा गया। अध्यक्ष महोदय ने तो यहां तक कह दिया कि प्रेमचंद पर ऐसा उत्तम लेख उर्दू भाषा में न लिखा गया है न लिखा जाएगा और बहुत हद तक यद्यपि अचेतन में अध्यक्ष महोदय ठीक कह रहे थे क्योंकि मैंने सारे का सारा लेख एक अंग्रेजी किताब से, जो किसी आधुनिक आलोचक ने ओ. हेनरी पर लिखी थी, चुराया था; अलबत्ता इस में थोड़ी-सी तब्दीली ज़रूर की थी अर्थात जहां-जहां ओ. हेनरी का नाम आता था वहां प्रेमचंद लिख दिया था। इसकी समाप्ति पर यह व्यक्ति मुझे मिला और मुबारकबाद देने के बाद उसने कहा—"पिछले पंद्रह वर्षों से प्रेमचंद पर एक पुस्तक लिखने की कोशिश कर रहा हूं। मैं इस विषय पर आप से विस्तारपूर्ण बहस करना चाहता हूं।" औपचारिक रूप से मैंने बड़ी प्रसन्नता प्रकट करते हुए कहा—"बड़े शौक़ से, आप कभी ग़रीबख़ाने पर तशरीफ़ लाइए।" कुछ दिनों बाद वह सचमुच मेरे मकान पर आ धमका तो मेरे होश उड़ गए। बात वास्तव में यह है कि मैंने प्रेमचंद का कोई उपन्यास शुरू से आख़िर तक नहीं पढ़ा। किसी की भूमिका देखी है, किसी का पहला अध्याय पढ़ा है, किसी का अंतिम। ख़ैर उस दिन तो मैंने उसे यह कहकर टाल दिया कि मुझे आज जुकाम है और जब जुकाम हो तो अच्छी चीज़ भी बुरी लगती है चाहे वह प्रेमचंद का उपन्यास ही क्यों न हो। मगर जब इतवार के दिन वह फिर प्रकट हुआ तो कुछ समझ में न आया कि क्या करूं ? मैंने उसे इधर-उधर की बातों में लगाने की कोशिश की। पूछा, "आपको विलायती शलग़म पसंद है या देसी ? आपकी पतंगबाज़ी में रुचि है या बटेरबाज़ी में ? आपकी पतलून नई है या सैकेंड हैंड ?" लेकिन वह कम्बख़्त हर तीसरे मिनट के बाद अपना सवाल दोहराता, "आपने यह नहीं

बताया कि आपको प्रेमचंद का कौन-सा उपन्यास पसंद है ?"

आख़िर एक बार मैंने हिम्मत करके कह दिया—"मुझे प्रेमचंद के तमाम उपन्यास पसंद हैं।"

उसने आश्चर्य प्रकट करते हुए कहा—"यह कैसे हो सकता है ? आखिर सारे उपन्यास तो अव्वल नहीं हो सकते।"

मैंने गंभीरता से कहा, "तो आप यह जानना चाहते हैं कि मेरे ख़्याल में प्रेमचंद का कौन-सा उपन्यास अव्वल का दर्जा रखता है ?"

उसने स्वीकारोक्ति में सिर हिलाया।

मैंने आहिस्ता से कहा—"चौगान-ए-हस्ती।"

फर्माने लगे—"क्यों पसंद है ?"

मैंने चेहरे पर गम्भीरता के लक्षण पैदा करते हुए कहा—"देखिए यह उपन्यास सब शरीफों को पसंद है। संभव है आपको पसंद न हो लेकिन इसका यह मतलब तो नहीं कि मुझे भी अच्छा न लगे।"

"छोड़िए इस बात को।" उसने जल्दी से कहा—"यह बताइए कि इस उपन्यास में आपको कौन-सा चरित्र पसंद है ?"

"नायक का।"

"नायक के अलावा ?"

"नायिका का।"

"नायिका के अलावा ?"

"नायिका के अलावा मुझे कोई चरित्र पसंद नहीं।"

"कारण ?"

"कारण यह है कि नायक और नायिका के अलावा जितने भी चरित्र हैं मैं उन्हें चरित्र ही नहीं समझता।"

"आप उन्हें क्या समझते हैं ?"

"घसियारे।"

खुशकिस्मती से इस अवसर पर एक मित्र तशरीफ़ ले आए और मैंने उनसे क्षमायाचना चाही। कुछ दिन आराम से गुज़रे। इसके बाद वह फिर तशरीफ़ ले आए और कहने लगे उस दिन आपके उत्तर इस कदर अस्पष्ट थे कि मेरी तसल्ली नहीं हुई। आज मुझे विस्तार से बताइए कि आप "चौगान-ए-हस्ती" को क्यों अव्वल मानते हैं ?

मैंने चौगान-ए-हस्ती की प्रशंसा में चंद औपचारिक वाक्य कहे—"देखिए इस उपन्यास में प्रेमचंद ने जीवन का चित्रण किया है। कुछ स्थानों पर वह शेक्सपियर से ऊंचा दिखाई देता है। चरित्र-चित्रण में वह फील्डिंग, स्काट, जेम्स जायस से भी बाज़ी ले गया है। शैली में हमें वह टामस हार्डी, मेरी डैथ और

विर्जिन वुल्फ़ की याद दिलाता है। दो-एक अध्यायों में उसने चार्ल्स डिकंज़, थैकरे, मोपासां और मैक्सिम गोर्की से टक्कर ली है।"

उसने संदिग्ध दृष्टि से मेरी ओर देखा, कहा—"उदाहरणार्थ कौन से अध्याय में ?"

मैंने अपनी घबराहट को छुपाते हुए जवाब दिया—"मेरे ख़याल में अंतिम अध्याय में या शायद पहले अध्याय में—"

उसने "चौगान-ए-हस्ती" खोलकर मेरे सामने रख दी और कहा—"आप दृढ़ता से फ़र्माइए पहले अध्याय में या अंतिम में ?"

मैंने माथे से पसीना पोंछा और जल्दी से घड़ी की तरफ़ देखते हुए कहा—"क्षमा कीजिएगा इस समय मुझे रेलवे स्टेशन पहुंचना है, मेरी मौसी का भाई फ्रंटियर मेल से आ रहा है। आप फिर किसी समय तशरीफ़ लाइएगा।"

एक सप्ताह के बाद वह फिर मुझे मेरे घर पर मिला। उस दिन मैंने झूठी व्यस्तता का बहाना बनाया—"मुझे आज एक मिनट की फुर्सत नहीं। भैंस बीमार है। उसे हस्पताल ले जाना है। आल इंडिया लखनऊ के लिए 22 पृष्ठों का एक फीचर लिखना है। बच्चों के लिए ख़रगोश खरीदना है।"

उसने गंभीरता से कहा—"कोई हरज नहीं। मैं परसों हाज़िर हूंगा।"

"परसों न आइएगा मैं रावलपिंडी जा रहा हूं ?"

"बहुत अच्छा। इतवार को सही।"

"देखिए इतवार को मेरे भतीजे की शादी है। उस दिन तशरीफ़ न लाइएगा।"

"सोमवार आ जाऊं ?"

"मेरे एक प्रिय मित्र सख़्त बीमार हैं। शायद वे सोमवार को चल बसें इसलिए सोमवार को न आइएगा।"

"मंगलवार को आ सकता हूं ?"

"हां, हां। मंगलवार को ज़रूर आइएगा लेकिन शाम को।"

मंगलवार की शाम को मैं एक दोस्त के घर में छुपकर बैठा रहा और इस तरह उस दिन यह बला टल गई। कुछ दिनों बाद उसने मुझे कॉफ़ी हाउस में आ दबोचा और पूछा—"चौगान-ए-हस्ती और "गोदान" में आप किस उपन्यास को प्राथमिकता देते हैं ?"

मैंने कहा—"गोदान मुंशीजी का अंतिम उपन्यास है। इस लिहाज़ से मैं उसे चौगान-ए-हस्ती पर प्राथमिकता देता हूं।"

"यह तो कोई उचित कारण नहीं।"

"उचित कारण क्यों नहीं। आख़िर जो ड्रामे शेक्सपियर ने अंतिम दिनों में लिखे हैं उन्हें हमेशा उन ड्रामों पर प्राथमिकता दी जाती है जो उन्होंने आरंभिक

जीवन में लिखे।''

''लेकिन इससे आप क्या यही व्यापक नियम बना सकते हैं कि लेखिक की अंतिम किताब उसकी पहली किताबों से बेहतर होती है ?''

''क्यों नहीं।''

''आप किस एतबार से चौगान-ए-हस्ती को गोदान से बेहतर समझते हैं ?''

''इसलिए कि....इसलिए कि....इसका अंत बेहतर हुआ है।''

''किस लिहाज से ?''

''इसलिए कि जब हम गोदान पढ़ते हैं तो यह महसूस होता है कि इसका वही अंत होना चाहिए था—जो है।''

उसकी तसल्ली न हुई उसने फिर किसी दिन इस विषय पर बहस करने के लिए मुझसे समय मांगा। उस दिन के बाद वह कई बार मेरे मकान पर आया और हर बार मैंने अंदर से कहलवा भेजा कि मैं घर पर नहीं हूं। आजकल वह मेरे मकान पर नहीं आता लेकिन जहां कहीं मुझसे मिलता है, पूछता है—''आपने विस्तार से नहीं बताया कि आपको प्रेमचंद का कौन-सा उपन्यास पसंद है ?'' और मैं झट यह कहकर कि—''इस समय मुझे ज़रा जल्दी है'' कन्नी काट जाता हूं। कभी सोचता हूं किसी दूसरे शहर चला जाऊं। कभी ख़याल आता है कि उससे एक दिन साफ़-साफ़ कह दूं कि मैंने प्रेमचन्द का कोई उपन्यास नहीं पढ़ा लेकिन फिर सोचता हूं उस लेख का क्या बनेगा जो मैंने प्रेमचन्द की दूसरी बरसी के अवसर पर पढ़ा था।

चिराग़ हसन हसरत

चिड़ा

यह समझिए कि यह चिड़ा जिसकी कि कहानी मैं बयान करने वाला हूं, यलद्रम के खयालिस्तान वाला चिड़ा नहीं है जो अपनी प्यारी चिड़िया के पीछे कभी दालान में कभी आंगन में फुदक-फुदककर अपनी रामकहानी सुनाता फिरता है। चिड़ा नाम है हमारे गणित के अध्यापक का जिनके कारण मुझे स्कूल से कान पकड़कर निकाल दिया गया और मैं परीक्षा में न बैठ सका।

गणित का अध्यापक इस नाम से क्योंकर मशहूर हुआ ? यह एक अजीब कहानी है। यह तो आप अच्छी तरह जानते हैं कि विद्यार्थी हर अध्यापक का कोई-न-कोई नाम ज़रूर रख देते हैं। चुनांचे मेरे विद्यार्थी काल में भी अध्यापकों के अजीब-ओ-ग़रीब नाम थे जिनमें से 'भूरा रीछ', 'चिलगोज़ा', 'चीनी', 'डाइन' और 'गतका' वर्णनीय हैं। मैं नाम तजवीज करने में सब लड़कों से बढ़-चढ़कर हिस्सा लेता था अतः जब मैं दसवीं जमात में दाख़िल हुआ और गणित के अध्यापक को ग़ौर से देखा तो उनकी छोटी-छोटी आंखों, गंजे सिर, बिना दाढ़ी के चेहरे, चिड़े की चोंच-सी नाक, चैक के कोट और फुर्ती को देखकर मैंने तुरंत उनका नाम सोच लिया और मौक़े की तलाश में रहा।

संयोग से एक दिन सारे अध्यापक हुक्काखाना में बैठे इधर-उधर की बातें कर रहे थे कि मैं किसी काम को उधर से गुज़रा। एक अध्यापक ने मुझे चिलम भरने का आदेश दिया। मैं चिलम भरने लगा और कान उधर की बातों पर लगा दिए। मेरी खुशकिस्मती समझिए कि उस समय वार्तालाप का विषय अध्यापकों के उन नामों का औचित्य था जो लड़कों ने प्यार या घृणा से प्रस्तावित कर रखे थे। इतने में किसी ने हमारे गणित के अध्यापक से पूछा—"क्योंजी ! आपका भी कोई नाम प्रस्तावित किया है या नहीं ?"

"किस कम्बख़्त की मजाल है कि मेरा नाम रखे।"

उस्ताद चिलगोज़ा ने मेरी तरफ़ देखकर कहा—"क्यों बे नटखट इनका नाम क्या है ?"

मेरी ज़बान से अनायास निकल गया—"चिड़ा।"

कमरे में कहकहा बुलंद हुआ। उस्ताद चिड़ा मेरी तरफ़ झपटे। मगर मैं नौ-दो ग्यारह हो गया। आधे घंटे के अंदर स्कूल में "चिड़ा" का नाम बच्चे-बच्चे की ज़बान पर था।

दूसरे दिन बदकिस्मती से हमारा फारसी का अध्यापक न आया। उसकी जगह गणित का अध्यापक पढ़ाने आया। आप कक्षा में तशरीफ़ लाए और आते ही ब्लैकबोर्ड पर लिखा-आज चांद निकला।

फिर मेरी तरफ़ देखकर कहने लगे—''फ़ारसी में अनुवाद करो।''

मैं बड़ी शान से उठा, कुछ क्षण तक ब्लैकबोर्ड पर नज़र जमाए खड़ा रहा। थोड़ी देर सोचता रहा फिर सिर खुजाया और बड़े विश्वास से कहा : ''इमरोज़ चांद चढ़ीद।''

सारी कक्षा हंसने लगी, उस्ताद चिड़ा भी हंसी न रोक सके। मैंने माथे पर बल डालकर कहा—''हंसते क्यों हो, क्या चढ़ीदन उद्गम से चढ़ीद...'' लड़के फिर हंसने लगे और मैं चिड़ा के बैंत का निशाना बन गया।

वैसे तो वे गणित के अध्यापक थे मगर गणित नाम को भी न आता था। यही वजह थी कि आप ज़्यादातर कक्षा में बेकार बैठे रहते थे और लड़के बैठे शेर पढ़ते रहते थे। हां गणित का एक नियम पायथागोरस है, उस्ताद चिड़ा को अत्यंत मुहब्बत थी इससे। आपकी आदत थी कि थोड़ा-सा सवाल हल किया और फिर यह कह दिया—बस आगे पायथागोरस लगा लो।

मैं भांप गया कि यहां पानी मरता है और जिस दिन से मुझे फ़ारसी के अनुवाद पर पीटा गया था मैंने जी में बदला लेने की ठान ली थी। आख़िर एक दिन मुझे अवसर मिल गया। आपने ब्लैकबोर्ड पर एक सवाल हल करना शुरू किया, सवाल जटिल था इसलिए आपने अधूरा ही छोड़ दिया और विद्यार्थियों की ओर संबोधित होकर कहा—''तुममें से कौन इसे हल करेगा ?''

लड़के एक-दूसरे का मुंह तकने लगे मगर मैंने हाथ उठा दिया और अपनी सीट पर उछलने लगा—आपने फ़र्माया, ''तो आओ तुम हल करो।''

मैं बड़ी अजीब शान से उठा। चाक लिया और लड़कों की तरफ़ देखा और बड़ी शान से ब्लैकबोर्ड पर लिखा, ''आगे पायथागोरस लगा लो।''

कक्षा में कोई न था जो लोटन कबूतर न बन गया हो। उस्ताद साहब बेचारे शर्म के मारे पसीना-पसीना हो गए। और छड़ी लेकर मेरी तरफ़ लपके। मैं दौड़कर कमरे से बाहर निकल गया और हंसकर कहा—''आप ही ने बताया था कि आगे पायथागोरस लगा लिया करो। अब अगर मैं...''

''बको मत मूर्ख, बेहया।'' यह कहकर खिसियाने हो गए और हमें हमारे हाल पर छोड़कर हुक्का पीने चले गए।

इस घटना के पश्चात् उन्हें मुझसे खुदा वास्ते का बैर हो गया। कक्षा में, बरामदों में, ग्राउंड में, मस्जिद में ग़रज़ जहां उन्हें अवसर मिलता वे कोई-न-कोई बहाना बनाकर आज़ादी से मुझ पर अपना बैंत प्रयोग करते। कुछ दिन तो मैं खून के आंसू पीकर ख़ामोश रहा अंततः ख़याल आया कि इस प्रकार चुपके रहने

में मेरी हेठी है। मैंने अध्यापक को तंग करने के कई उपाय किए मगर उस पर कोई असर न हुआ।

एक दिन शाम के समय कोठे पर खड़ा पतंगबाज़ी देख रहा था कि मेरी नज़र एक चिड़े पर पड़ी जो एक टूटी चारपाई पर बैठा अपनी चिड़िया से प्यार भरी कानाफूसी कर रहा था। मुझे ऐसा मालूम हुआ कि वह मेरी ओर घृणा से देखकर अपनी चिड़िया के कान में कुछ कह रहा है। अचानक मेरे दिल में प्रतिशोध की आग भड़की और मैंने उसे पकड़ने का निर्णय कर लिया और बड़ी कठिनाई से उसे पकड़कर एक पिंजरे में बंद कर दिया।

दूसरी सुबह उठकर उसे पिंजरे से निकाल उसके पर कतरे और अपना रंगों का डिब्बा निकाला और बुर्श संभालकर उसके सिर, परों, चोंच और टांगों को विभिन्न रंगों में रंग दिया। फिर उसे जेब में डाल, बस्ता बग़ल में दबा स्कूल चल दिया।

हमारा पहला घंटा व्यायाम का था और दूसरा गणित का। जब सब लड़के व्यायाम करने जा चुके तो मैंने अध्यापक की मेज़ की दराज़ खोली जिसमें आपका मोटा-सा बैंत रखा होता था और उस चिड़े को उसमें बंद कर दिया। व्यायाम का घंटा समाप्त हुआ और गणित के अध्यापक तशरीफ़ लाए। मैं दिल-ही-दिल में अपनी योजना पर ख़ुश भी था लेकिन यह ख़्याल भी सताता था कि ख़ुदा जाने परिणाम क्या होगा ? आध घंटा गुज़र गया। मेरी तबीयत लहराई। मैंने जेब से रबड़ की गुलेल निकाली और उसमें चाक का टुकड़ा रखकर एक मस्कीन सहपाठी के माथे पर छोड़ा। वह बेचारा बिलबिला उठा। अध्यापक ने सारी कक्षा का अवलोकन किया अंततः उनकी दृष्टि मुझ पर ठहर गई। मैं सिर झुकाए भीगी बिल्ली बना बैठा था। आपने कुर्सी पर बैठे-बैठे बैंत निकालने के लिए मेज़ की दराज़ खोली। दराज़ का खुलना क़यामत हो गया। चिड़ा निकला और उनके माथे से टकराकर उनकी गोद में गिर पड़ा। आप इस आकस्मिक विपत्ति से डरकर खड़े हो गए और चिड़ा ज़मीन पर गिर पड़ा। उनके खड़े होते ही सारे लड़के भी खड़े हो गए और ''चिड़ा-चिड़ा'' की आवाज़ों से स्कूल गूंज उठा।

इतने में हैड मास्टर साहब तशीरफ़ ले आए। उन्होंने सारी घटना सुनकर मेरी तरफ़ घूरकर देखा और कहा—''इसी वक़्त स्कूल से निकल जाओ।''

मैं किताबें संभालकर खड़ा हो गया। हैड मास्टर ने कहा—''अब क्या देखते हो ?''

''यह मुझे दे दीजिए।''

''क्या ?''

''चिड़ा।''

सारी कक्षा एक बार फिर हंसने लगी और मैंने देखा कि हैड मास्टर भी होंठों में मुस्करा रहे थे।

दिलीप सिंह

आत्महत्या

ताइवान की एक ख़बर के अनुसार वहां के एक प्रेमी और उसकी प्रेमिका ने पिछले एक महीने में तीन बार आत्महत्या करने की कोशिश की लेकिन उन्हें सफलता नहीं हासिल हुई। हू आंग यन और उसकी प्रेमिका चांग शू ने पहली कोशिश में एक साठ मील ऊंची पहाड़ी से अपनी कार मैदान में गिरा दी। कार तो चकनाचूर हो गई लेकिन उन्हें सिर्फ़ मामूली ख़राशें आईं। दूसरी बार उन्होंने एक होटल में कमरा किराए पर लिया और बिस्तर पर बिछी चादर को कमरे में मौजूद छत वाले पंखे से बांध दिया और ख़ुद उसके साथ लटक गए लेकिन उनकी कोशिश सफल न हुई क्योंकि पंखा छत से उखड़कर उनके साथ ही बिस्तर पर आ गिरा। तीसरी बार वे उसी होटल की सबसे ऊंची मंज़िल से ज़मीन की तरफ़ कूदे लेकिन चूंकि भाग्य को उनकी सफलता मंजूर न थी इसीलिए वे ज़मीन पर गिरने की बजाय होटल के साथ लगे एक रेस्तरां की पांचवीं मंज़िल पर आ पड़े। इस तरह उनकी जान तो बच गई लेकिन लड़के का एक पांव और लड़की का एक हाथ टूट गया। आजकल वे हस्पताल में हैं जहां उनके टूटे हुए अंगों को जोड़ने की प्रक्रिया ज़ारी है। डॉक्टरों का कहना है कि वे शीघ्र ही स्वस्थ हो जाएंगे। हस्पताल से लौटने के बाद शायद वे अपने उद्देश्य की प्राप्ति के लिए कोई और नुस्ख़ा आज़माएं।

ख़बर पढ़ने के बाद मेरी समझ में यह नहीं आ रहा कि उस जोड़े को उनकी जानें बच जाने पर मुबारकबाद दूं या इस बात पर अफ़सोस प्रकट करूं कि वे तीन कोशिशों के बावजूद भी अपने उद्देश्य में असफल रहे। अगर ख़बर में यह दर्ज होता कि वे आत्महत्या क्यों करना चाहते हैं तो मेरा काम आसान हो जाता लेकिन ख़बर में इस बात का कहीं ज़िक्र नहीं है। हमारे पत्रकार आजकल ख़बर इस तरह से बनाने लग गए हैं जैसे प्रतीकात्मक कहानी लिखी जाती है–आधी बात समझ में आ जाती है और बाकी आधी को समझने के लिए किसी आलोचक की प्रतीक्षा करनी पड़ती है।

ताइवान के इस जोड़े के बारे में इतनी बात अलबत्ता मेरी समझ में आ गई है कि निस्संदेह उनके पास कोई उचित कारण होगा जो वे निरंतर आत्महत्या की कोशिश करते चले जा रहे हैं।

आत्महत्या कोई अच्छी चीज़ नहीं है। यही कारण है कि इसमें सफल होने

के बाद आदमी अपनी सफलता पर हर्षनाद नहीं कर सकता लेकिन अगर कोई हालात का मारा इस पर तुल जाए और फिर भी असफल रहे तो उसे ज़्यादा परेशानियों का सामना करना पड़ता है। अब देखिए ना ताइवानी जोड़ा अपनी कार को बेकार करने, होटल में पंखे की तोड़-फोड़ का जुर्माना भरने के बाद आज भी हस्पताल में पड़ा है। टूटी हुई हड्डियां क्या मालूम जुड़ें या न जुड़ें और अगर ठीक से जुड़ भी गईं तो हस्पताल का बिल तो हर हाल में चुकाना ही होगा और प्रायः हस्पताल का बिल इतना ज़्यादा होता है कि केवल उससे छुटकारा पाने के लिए आदमी फिर से आत्महत्या की तरफ़ आकर्षित हो जाता है। फिर हमारे यहां तो इस सिलसिले में एक और कठिनाई है। यहां अगर आत्महत्या की कोशिश करने के बाद कोई असफल रहे तो इसकी सज़ा भी है।

बात चल निकली है तो हम इकरार करने को तैयार हैं कि अपने अत्यंत आत्म-विश्वास और इस अच्छी-बुरी ज़िंदगी से मुहब्बत के बावजूद हमने भी एक बार आत्महत्या का इरादा किया था लोकन असफल रहने पर मिलने वाली सज़ा के भय से हम चाहते थे कि आत्महत्या का ऐसा तरीका अपनाया जाए कि बचने की कोई सूरत न रहे क्योंकि हम अच्छी तरह जानते हैं कि मरकर नरक में बसेरा करना अपने यहां की जेल में बसेरा करने से कहीं बेहतर है। इसके अतिरिक्त यह भी ख़याल था कि ऐसा तरीका कदापि न अपनाया जाए कि अगर ईश्वर न करे बच जाएं तो बाकी जीवन अपाहिज बनकर जीना पड़े। इसी बात को ध्यान में रखते हुए हमने छत से कूदना, रेल की पटरी पर लेट रहना या अपनी कार को किसी ट्रक से टकराने का विचार छोड़ दिया। बहुत सोच-विचार के पश्चात् हम अपने एक शायर दोस्त "बेइख़्तियार देहलवी" के घर की तरफ़ चल दिए कि उनका एक-एक शेर नश्तर था और संभव नहीं था कि कोई श्रोता गन बचाकर निकल जाए। बेइख़्तियार हमें देखते ही बोले—

"कहिए कैसे आना हुआ ?"

"शेर सुनेंगे" हमने कहा।

बेइख़्तियार खुशी से झूम उठे और बोले—"हमारे ?"

"हां आपके" हमने जवाब दिया।

"कितने ?"

"अपना दीवान (काव्य संग्रह) ले आइए।"

बेइख़्तियार हैरान कि यह क्या हो रहा है ? पूछने लगे—"एक ग़ज़ल सुनने का क्या लेंगे ?"

हमने कहा—"आज कोई फ़ीस नहीं होगी।"

बेइख़्तियार साहब की खुशी का कोई ठिकाना न रहा। कहने लगे—"कितनी शायरी सुनेंगे ?"

हमने कहा—"आप शुरू हो जाइए जब हमारा काम तमाम हो जाएगा आपको अपने-आप खबर हो जाएगी।"

बेइख़्तियार साहब ने अपनी रचनाएं सुनानी शुरू कीं और हमारे सिर पर हथौड़े बजने शुरू हो गए। शायद वे अपनी तीसरी ग़ज़ल पर थे जब हमारे कान गूंगे हो गए। बेइख़्तियार ग़ज़ल पर ग़ज़ल सुनाए जा रहे थे लेकिन हम उनकी पहुंच से बाहर थे कि आवाज़ हमारे कानों तक पहुंच ही नहीं रही थी। हां इतना ज़रूर था कि मदिरा की बोतल और प्याला हमारे सामने था जिन्हें देख-रेखकर हमारी आंखें पथराने लगी थीं। बेइख़्तियार साहब का काव्य-संग्रह ख़त्म हो गया लेकिन हमारा दम न निकला। मजबूरन हम उठ खड़े हुए। बेइख़्तियार साहब ने कुछ कहा लेकिन हमें सुनाई न दिया क्योंकि हमारे कान श्रवण-शक्ति खो चुके थे लेकिन उनकी हरकतों से हमें एहसास हुआ कि वे पूछ रहे हैं कि कलाम कैसा लगा ? हमने कहा बेइख़्तियार साहब सच्ची बात तो यह है कि आपके कलाम में अब वह दम नहीं रहा कि श्रोता आनंद और हर्ष की उस मंज़िल को छू सके जिसके आगे कोई और पड़ाव नहीं है। वे इस तरह बोले जैसे कह रहे हों—'अगले सप्ताह कुछ और ग़ज़लें लेकर हाज़िर हूंगा' लेकिन हमें उनका कलाम सुनने की अब इच्छा नहीं थी क्योंकि हम न केवल अपने इरादे में असफल हुए हैं बल्कि इस चिंता के साथ उनके घर से विदा हुए कि पता नहीं कानों के इलाज पर कितना ख़र्च आएगा।

दूसरी बार हमने एक शायर पर निर्भर रहने की बजाय उर्दू की एक साहित्यिक गोष्ठी पर भरोसा किया जिसको संबोधित करने वालों में ऐसे कई नाम थे जिनमें एक-एक प्राणघाती सिद्ध हो सकता था। उनमें कोई ऐसा न था जो एक घंटे से कम समय में अपनी बात कह सके और हर किसी के भाषण का अंदाज़ ऐसा था कि कोई बड़ा सख़्त जान ही उनके निशाने से जीवित बचकर निकल सकता था। मैं चूंकि वहां सिर पर कफ़न बांधकर गया था इसलिए श्रोतागणों की उस पंक्ति में बैठ गया जहां भाषणकर्ता का एक-एक शब्द माइक्रोफोन की कृपा से दस गुना शक्ति इख़्तियार करने के बाद सीधा हमारे दिमाग़ पर आक्रमणकारी हो सकता था। पता नहीं किस तरह हम एक घंटा निकाल गए। एक घंटे के बाद क्या हुआ यह हमें इसलिए मालूम नहीं कि हमने जब आंख खोली तो अपने आपको हस्पताल के एक साफ़-सुथरे बिस्तर पर पाया। हमने अत्यंत धीमी कमज़ोर आवाज़ में पूछा—"हम यहां कैसे आए ?"

पास खड़ी नर्स ने कहा—"आप यहां आए नहीं थे लाए गए थे।"

हमने पूछा—"हमें क्या हुआ ?"

नर्स कहने लगी—"आपके दिमाग़ की एक नस इस तरह टेढ़ी हो गई थी जैसे कोई सशक्त पेड़ एक भारी बाढ़ की ज़द में आकर टेढ़ा हो जाता है।

लेकिन आप चिंता न करें। हमने अब वह नस सीधी कर दी है। यह एक मुश्किल आप्रेशन था लेकिन भगवान की कृपा से सफल हो गया। आप भाग्यशाली हैं कि आपका काम दस हज़ार रुपयों में हो गया।''

हमने दिल ही दिल में कहा—''काम तो ख़ैर नहीं हुआ लेकिन ऊपर वाले को शायद हमारी सफलता मंजूर नहीं थी। हमारी पत्नी ने जब हस्पताल वालों को दस हज़ार का चैक दिया तो उन्होंने हमें घर जाने की अनुमति दे दी। हम जब घर जाने के लिए चप्पल पहन रहे थे तो हमारी पत्नी ने डॉक्टर से पूछा—''डॉक्टर साहब इनके लिए कोई परहेज़।''

डॉक्टर ने कहा—''खाने-पीने में तो किसी परहेज़ की ज़रूरत नहीं लेकिन अब इनका वहां जाना उचित नहीं होगा जहां से यह एम्बुलेंस से यहां लाए गए थे।''

इस परहेज़ के कारण हमारी रही-सही उम्मीद जाती रही कि हम इस नुस्ख़े की मदद से अपने मन की मुराद पा सकते हैं। हमने जब यह शिकायत अपने दोस्त शिगुफ़्ता से की तो वे कहने लगे कि ''भाई उर्दू पर मुश्किल वक़्त आ गया है जो हमारे शायर और भाषणकर्ता एक मामूली-सी जान लेने में भी असफल रहे लेकिन आप घबराइए नहीं हम आपको एक नुस्ख़ा बताएंगे जो इंशा अल्लाह फ़ेल नहीं होगा।''

कुछ दिनों बाद शिगुफ़्ता ने हमें एक किताब लाकर दी और कहा कि अगर आप इसे पढ़ जाएं तो इंशा अल्लाह शीघ्र ही अपने असली मालिक अर्थात ईश्वर की सेवा में उपस्थित हो जाएंगे। हमने पूछा यह किताब है क्या ? कहने लगे यह उन लेखों का संग्रह है जो हमारे आलोचक कभी-कभी पत्रिकाओं के लिए लिखते रहते हैं। प्रभाव इनका इतना सख़्त है कि पाठक इनको पत्रिकाओं में देखकर तुरंत आगे बढ़ जाते हैं ताकि उनकी आंखों और दिमाग़ को नुकसान न पहुंचे। पत्रिकाओं के संपादक भी इस ख़तरे को ध्यान में रखते हुए उन्हें बिना पढ़े कातिब के हवाले कर देते हैं। कातिब पर इसका ज़हर इसलिए असर नहीं करता कि उसने किताबत करने में वह दक्षता प्राप्त कर ली है जिसे एक शायर ने एक मिस्रे (आधा शेर) में यूं कहा है कि—

बाज़ार से गुज़रा हूं ख़रीदार नहीं हूं—शिगुफ़्ता ने यह भी बताया कि इन लेखों के लिखने वाले विभिन्न ऐसे लोग हैं जो अपना लेख खुद तो पढ़ लेते हैं जैसे कि पाला हुआ नेवला मदारी को नहीं डसता। लेकिन किसी और के लेख की ओर आंख उठाकर नहीं देखते कि पराई आग में कूदने के ख़तरे से वे अच्छी प्रकार वाकिफ़ हैं।

किताब को देखकर हमारे दिल में शिगुफ़्ता के लिए दुआ निकली और विश्वास हो गया कि जब हम इसे पढ़ेंगे तो हमारी जान भी निकल जाएगी। पुस्तक को हाथ लगाने से पूर्व हमने पुलिस के नाम एक पत्र लिखा कि हमारी

आत्महत्या के लिए कोई दूसरा ज़िम्मेदार नहीं। हम इस पुस्तक को भी दोषी नहीं ठहराते क्योंकि इसे पढ़ने पर हमें किसी ने मजबूर नहीं किया था।

किताब खोलकर जो देखा तो प्रगतिवाद, अवनतिवाद, आधुनिकता, उत्तरआधुनिकता जैसे शीर्षकों के अंतर्गत एक ऐसी भाषा में लेख दर्ज थे जो शक्ल से तो उर्दू जैसी लगती थी लेकिन वह उर्दू नहीं थी जो हमने स्कूल या कॉलेज में कहानियों और शायरी की सूरत में पढ़ी थी। इन लेखों में जिन प्रामाणिक लेखकों के मतों का जिक्र किया गया था उनके नाम लोसेनो, लामेनो, कराफ़ और गराफ़ा किस्म के थे। कोई लैटिन था और कोई फ्रांसीसी, कोई इतालवी था तो कोई यूनानी, मालूम नहीं हमारे आलोचकों ने इन प्रवचनों को किस भाषा में पढ़ा था क्योंकि आमतौर पर उर्दू के आलोचक उर्दू पढ़ने से भी भागते हैं। लेकिन हमें इससे क्या लेना-देना था ? हमें तो पुस्तक के माध्यम से अपनी मंज़िल तक पहुंचना था अतः किताब खोलकर यों बैठ गए जैसे फ़िल्मी हीरो आत्महत्या का इरादा करने के बाद ज़हर की शीशी खोलकर बैठ जाता है।

लेकिन साहब कमाल हो गया। बावजूद पक्के इरादे के हम एक पृष्ठ भी पूरा न पढ़ पाए। एक पंक्ति पढ़कर जब दूसरी पंक्ति तक पहुंचते थे तो पहली पंक्ति दिमाग़ से मिट जाती थी। तीन घंटों की निरंतर कोशिश के बाद जब हम पहले पृष्ठ से आगे न बढ़ पाए तो किताब परे रख दी। किताब जब पढ़ ही न सके तो प्रभाव क्या होना था। मृत्यु तो तभी आ सकती थी अगर उसका इच्छुक ज़हर की पूरी शीशी हलक़ में उतारे लेकिन हम तो एक कतरा भी अपने हलक़ तक पहुंचा नहीं पाए थे।

शिगुफ़्ता को जब हमारी मृत्यु की सूचना न मिली तो पता करने चले आए कि उनके नुस्ख़े में क्या कमी रह गई थी। हमने सारा विवरण कह सुनाया। सुनते ही गहरी सोच में डूब गए और जब उभरे तो कहने लगे भाई नुस्ख़ा तो बड़ा असर करने वाला था, प्रभावहीन इसलिए रहा कि आप इस पर अमल नहीं कर पाए।

मनोविज्ञान के विशेषज्ञों का कहना है कि आत्महत्या एक ऐसी प्रक्रिया है जो कुछ क्षणों या ज़्यादा से ज़्यादा कुछ दिनों तक दिमाग़ पर सवार रहती है। अगर किसी प्रकार वह क्षण या दिन गुज़र जाए तो फिर मृत्यु का इच्छुक शर्मिंदा होता है कि उसने जीवन से मुंह मोड़ने का इरादा क्यों किया था ? हमारे साथ भी ऐसा ही हुआ। दिन गुज़र गए तो हमें एहसास हुआ कि हम इस सुंदर जीवन से भागकर जाने की मूर्खता क्यों कर रहे थे चुनांचे हम जिंदा हैं और अपनी बाकी बची हुई जिंदगी के लिए उर्दू साहित्य के पारम्परिक शायरों, पेशावर वक्ताओं और केवल अपनी बात को विश्वसनीय समझने वाले आलोचकों के धन्यवादी हैं कि उन्होंने हमारी संतान को अनाथ होने से बचा लिया। खुदा करे वे इस तरह हानि न पहुंचाने वाला साहित्य पैदा करते रहें। आमीन (तथास्तु)।

पतरस बुख़ारी

साइकिल की याद में

एक दिन मिर्ज़ा साहब और मैं बरामदे में साथ-साथ कुर्सियां डाले चुपचाप बैठे थे। जब दोस्ती बहुत पुरानी हो जाये तो बातचीत की बिल्कुल आवश्यकता बाक़ी नहीं रहती और दोस्त एक-दूसरे की खामोशी से भी मज़ा ले सकते हैं। यही हालत हमारी थी। हम दोनों अपने-अपने ख़्यालों में डूबे हुए थे। मिर्ज़ा साहब तो खुदा जाने क्या सोच रहे थे लेकिन मैं ज़माने की असमानता पर ग़ौर कर रहा था। दूर सड़क पर थोड़े-थोड़े अर्से के बाद एक मोटरकार गुज़र जाती थी। मेरी तबीयत कुछ ऐसी है कि मैं जब कभी किसी मोटरकार को देखूं तो मुझे ज़माने की असमानता का ख़्याल ज़रूर सताने लगता है और मैं ऐसी तरकीब सोचने लगता हूं जिससे दुनिया की तमाम दौलत सब इन्सानों में बराबर बांटी जा सके। अगर मैं सड़क पर पैदल जा रहा हूं और कोई मोटर इस अदा से गुज़र जाय कि गर्दो-ग़ुबार मेरे फेफड़ों, मेरे दिमाग़, मेरे मैदे और मेरी तिल्ली तक पहुंच जाये तो उस दिन घर में आकर मैं कैमिस्ट्री की वह किताब निकाल लेता हूं जो मैंने एम. ए. में पढ़ी थी और इसलिए उसको पढ़ने लगता हूं कि शायद बम बनाने का कोई नुस्खा हाथ आ जाये।

मैं कुछ देर तक आहें भरता रहा। मिर्ज़ा साहब ने कोई ध्यान नहीं दिया। आख़िर मैंने ख़ामोशी को तोड़ा और मिर्ज़ा साहब से कहा—"मिर्ज़ा ! हममें और पशुओं में क्या फ़र्क़ है ?"

मिर्ज़ा साहब बोले—"भई कुछ होगा ही न आख़िर।"

मैंने कहा—"मैं बताऊं तुम्हें ?"

कहने लगे—"बोलो।"

मैंने कहा—"कोई फ़र्क नहीं। सुनते हो मिर्ज़ा—कोई फ़र्क नहीं हममें और पशुओं में—कम-से-कम मुझमें और पशुओं में कोई फ़र्क नहीं। हां, हां, मैं जानता हूं। तुम मीन-मेख निकालने में बड़े तेज हो। कह दोगे पशु जुगाली करते हैं, तुम जुगाली नहीं करते। उनकी दुम होती है, तुम्हारी दुम नहीं। लेकिन इन बातों से क्या होता है। इनसे तो सिर्फ़ यही सिद्ध होता है कि वह मुझसे बेहतर हैं। लेकिन एक बात में मैं और वे बिल्कुल बराबर हैं। वे भी पैदल चलते हैं मैं भी बराबर पैदल चलता हूं। इसका तुम्हारे पास क्या जवाब है ? जवाब नहीं। कुछ है तो कहो। बस चुप हो जाओ। तुम कुछ नहीं कह सकते। जब से मैं

पैदा हुआ हूं उस दिन से पैदल चल रहा हूं। पैदल। तुम पैदल के मायने नहीं जानते। पैदल के मायने हैं ज़मीन की छाती पर इस तरह हरकत करना कि दोनों पांव में से एक ज़रूर ज़मीन पर रहे। यानी तमाम उम्र मेरे हरकत करने का तरीका यही रहा है कि एक पांव ज़मीन पर रखता हूं और दूसरा उठाता हूं। दूसरा रखता हूं पहला उठाता हूं। एक आगे एक पीछे। एक पीछे एक आगे। ख़ुदा की क़सम इस तरह की ज़िन्दगी से दिमाग़ सोचने के काबिल नहीं रहता। हवास बेकार हो जाते हैं। कल्पना मर जाती है। आदमी गधे से भी बुरा हो जाता है।''

मिर्ज़ा साहब मेरे इस भाषण के दौरान कुछ इस बेपरवाही से सिगरेट पीते रहे कि दोस्तों की बेपरवाही पर रोने को दिल चाहता है। मैंने बड़े तिरस्कार और नफ़रत के साथ मुंह उनकी तरफ़ से फेर लिया। ऐसा मालूम होता था कि मिर्ज़ा को मेरी बातों पर विश्वास नहीं आता गोया मैं अपनी जो तकलीफें बयान कर रहा हूं वे बिल्कुल ख़्याली हैं। यानी मेरा पैदल चलने के खिलाफ़ शिकायत करना, ध्यान देने के क़ाबिल ही नहीं। यानी मैं किसी सवारी का हक़दार ही नहीं। मैंने दिल में कहा–'अच्छा मिर्ज़ा यूं ही सही देखो तो मैं क्या करता हूं।'

मैंने अपने दांत पिच्ची कर लिए और कुर्सी की बाजू पर से झुककर मिर्ज़ा के करीब पहुंच गया। मिर्ज़ा ने सिर मेरी तरफ़ मोड़ा। मैं मुस्करा दिया। लेकिन मेरी मुस्कराहट में ज़हर मिला हुआ था। जब मिर्ज़ा सुनने के लिए बिल्कुल तैयार हो गया तो मैंने चबा-चबाकर कहा–''मिर्ज़ा मैं एक मोटरकार ख़रीदने लगा हूं।'' यह कहकर मैं बड़ी बेरुखी के साथ दूसरी तरफ़ देखने लगा।

मिर्ज़ा बोले–''क्या कहा तुमने, क्या ख़रीदने लगे हो ?''

मैंने कहा–''सुना नहीं तुमने मैं एक मोटरकार खरीदने लगा हूं। मोटरकार एक ऐसी गाड़ी है जिसको कुछ लोग मोटर कहते हैं और कुछ कार कहते हैं। लेकिन क्योंकि तुम जरा कुछ कम समझते हो इसलिए मैंने दोनों शब्द इस्तेमाल कर दिये ताकि तुम्हें समझने में कुछ दिक्कत पेश न आये।''

मिर्ज़ा बोले–''हूं।''

अबके मिर्ज़ा नहीं, मैं बेपरवाही से सिगरेट पीने लगा। मैंने भौंहें ऊपर को चढ़ा लीं। सिगरेट वाला हाथ मैं मुंह तक इस अंदाज़ से लाता और हटाता था कि बड़े-बड़े एक्टर इस पर रश्क करें।

थोड़ी देर के बाद मिर्ज़ा फिर बोले–''हूं।''

मैंने सोचा–असर हो रहा है। मिर्ज़ा साहब पर रौब पड़ रहा है। मैं चाहता था कि मिर्ज़ा कुछ बोले। ताकि मुझे मालूम हो कि कहां तक रौब पड़ा है ? लेकिन मिर्ज़ा ने फिर कहा–''हूं।''

मैंने कहा–''मिर्ज़ा, जहां तक मुझे मालूम है तुमने स्कूल और कॉलेज और

घर पर दो-तीन भाषाएं सीखी हैं और इसके अलावा तुम्हें ऐसे कई शब्द भी आते हैं जो किसी स्कूल और कॉलिज या शरीफ़ घराने में नहीं बोले जाते। फिर भी इस समय तुम्हारा जवाब 'हूं' से आगे नहीं बढ़ता। मिर्ज़ा, इस वक्त तुम्हारी जो मानसिक दशा है उसको ईर्ष्या ही कह सकते हैं।"

मिर्ज़ा साहब कहने लगे, "नहीं यह बात नहीं। मैं तो सिर्फ़ ख़रीदने के शब्द पर ग़ौर कर रहा था। तुमने कहा—मैं एक मोटरकार खरीदने लगा हूं। तो मियां साहबज़ादे खरीदना तो एक ऐसा अमल है कि उसके लिए रुपये वग़ैरह की ज़रूरत होती है। वग़ैरह का बंदोबस्त तो आसानी से हो जायेगा लेकिन रुपये का बंदोबस्त कैसे करोगे ?"

ये बात मुझे भी न सूझी थी लेकिन मैंने हिम्मत न हारी। मैंने कहा—"मैं अपनी कई क़ीमती चीज़ें बेच सकता हूं।"

मिर्ज़ा बोले—"कौन-कौन-सी ?"

मैंने कहा—"एक तो मैं अपना सिगरेट-केस बेच डालूंगा।"

मिर्ज़ा कहने लगे—"चलो दस आने तो यह हो गये। बाकी ढाई-तीन हज़ार का इंतज़ाम भी इसी तरह हो जाये तो सब काम ठीक हो जायेगा।" इसके बाद जरूरी यह मालूम हुआ कि बातचीत का सिलसिला कुछ देर के लिए रोक दिया जाये। इसलिए मैं मिर्ज़ा से बेज़ार होकर खामोश हो रहा। यह बात समझ में नहीं आई कि लोग-बाग रुपया कहां से लाते हैं। आख़िर इस नतीजे पर पहुंचा कि लोग चोरी करते हैं। इससे बड़ा इत्मीनान हुआ। मिर्ज़ बोले—"मैं तुम्हें एक तरकीब बताऊं। एक बाइसिकल ले लो।"

मैंने कहा—"वह रुपये की समस्या तो ज्यों की त्यों रही।"

कहने लगे—"मुफ़्त।"

मैंने हैरान होकर पूछा—"मुफ़्त ! वह कैसे ?"

कहने लगे—"मुफ़्त ही समझो। आख़िर दोस्त से क़ीमत लेना कहां की शराफ़त है। हां, अगर तुम एहसान मानना न चाहो तो और बात है ?"

ऐसे समय पर जो हंसी मैं हंसता हूं—उसमें मासूम बच्चे की खुशी, जवानी की खुशदिली, उबलते हुए फ़ुआरों का संगीत और बुलबुलों का गीत, सब एक-दूसरे के साथ मिले होते हैं। तो मैं यह हंसी हंसा और इस तरह हंसा कि खिली हुई बांछें फिर घंटों तक अपनी जगह वापिस न आईं। जब मुझे यकीन हो गया कि एकदम कोई ख़ुशख़बरी सुनने से दिल की हरकत बंद हो जाने का जो ख़तरा होता है इससे सुरक्षित हूं तो मैंने पूछा—"है किसकी ?"

मिर्ज़ा बोले—"मेरे पास एक बाइसिकल पड़ी है, तुम ले लो।"

मैंने कहा—"फिर कहना, फिर कहना।"

कहने लगे—"भई एक बाइसिकल मेरे पास है। जब मेरी है तो तुम्हारी

है, तुम ले लो।''

यक़ीन मानिये—मुझ पर घड़ों पानी पड़ गया। शर्म के मारे मैं पसीना-पसीना हो गया। बीसवीं शताब्दी में ऐसा दोस्त भला कहां मिलता है ? मैंने कुर्सी सरकाकर मिर्ज़ा के पास कर ली। समझ में नहीं आया कि अपनी शर्म और उसके एहसान को किन शब्दों में प्रकट करूं ?

मैंने कहा—''मिर्ज़ा, सबसे पहले मैं उस गुस्ताख़ी और कठोरता और असभ्यता के लिए माफ़ी मांगता हूं जो अभी-अभी मैंने तुम्हारे साथ बातचीत के दौरान में प्रकट की। दूसरे मैं आज तुम्हारे सामने एक बात स्वीकार करना चाहता हूं और आशा करता हूं कि तुम मेरी साफ़गोई को पसंद करोगे और मुझे अपनी उदारता से माफ़ कर दोगे। मैं हमेशा तुमको बड़ा कमीना, ख़ुदगर्ज़ और मक्कार इन्सान समझता रहा हूं। देखो नाराज़ मत हो। इंसान से ग़लती हो ही जाती है। लेकिन आज तुमने अपनी शराफ़त और दोस्ती का सबूत दिया है और मुझ पर साबित कर दिया है कि मैं कितना तंगनज़र, घृणा का पात्र और तुच्छ आदमी हूं। मुझे माफ़ कर दो।''

मेरी आंखों में आंसू भर आये। क़रीब था कि मैं मिर्ज़ा के हाथों को चूम लेता और अपने आंसुओं को छुपाने के लिए उसकी गोद में सिर रख देता लेकिन मिर्ज़ा साहब कहने लगे—''वाह इसमें मेरी उदारता क्या हुई। मेरे पास एक बाइसिकल है। जैसे मैं सवार हुआ वैसे तुम सवार हुए।''

मैंने कहा—''मिर्ज़ा, मुफ़्त मैं न लूंगा। यह हरगिज़ नहीं हो सकता।''

मिर्ज़ा कहने लगे—''बस इसी बात से मैं डरता था। तुम भावुक इतने हो, किसी का एहसान लेना स्वीकार नहीं करोगे। हालांकि खुदा गवाह है एहसान इसमें कोई नहीं।''

मैंने कहा—''ख़ैर कुछ भी सही। तुम सचमुच इसकी क़ीमत बता दो।''

मिर्ज़ा बोले—''कीमत का जिक्र करके तुम गोया मुझे कांटों में घसीट रहे हो। और जिस क़ीमत पर मैंने ख़रीदी थी वह तो बहुत ज़्यादा थी और अब तो वह इतने की रही भी नहीं।''

मैंने पूछा—''तुमने कितने में खरीदी थी ?''

कहने लगे—''मैंने पौने दो सौ रुपये में ली थी लेकिन उस ज़माने में बाइसिकलों का रिवाज ज़रा कम था। इसलिए क़ीमतें ज़रा ज़्यादा थीं।''

मैंने कहा—''क्या बहुत पुरानी है ?''

बोले—''नहीं ऐसी पुरानी भी क्या होगी। मेरा लड़का इस पर कॉलिज आया-जाया करता था और उसे कॉलिज छोड़े अभी दो साल भी नहीं हुए लेकिन इतना ज़रूर है कि आजकल की बाइसिकलों से ज़रा अलग है। आजकल तो बाइसिकलें टीन की बनती हैं जिन्हें कॉलिज के सिरफिरे लौंडे सस्ती समझकर

ख़रीद लेते हैं। पुरानी बाइसिकलों के ढांचे मज़बूत हुआ करते थे।''

''मगर मिर्ज़ा, पौने दो सौ रुपये तो मैं हरगिज़ नहीं दे सकता। इतने रुपये मेरे पास कहां से आये। मैं तो इससे आधी कीमत भी नहीं दे सकता।''

मिर्ज़ा कहने लगे—''तो मैं तुमसे पूरी क़ीमत थोड़े मांगता हूं। मैं तो क़ीमत लेना नहीं चाहता लेकिन—''

मैंने कहा—''न मिर्ज़ा क़ीमत तो तुम्हें लेनी पड़ेगी। अच्छा तुम यों करो कि मैं तुम्हारी जेब में कुछ रुपये डाल देता हूं। तुम घर जाकर गिन लेना। अगर तुम्हें मंजूर हुए तो कल बाइसिकल भेज देना वरना रुपये वापिस कर देना। अब यहां बैठकर मैं तुमसे सौदा चलाऊं यह तो दुकानदारों की-सी बात मालूम होती है।''

मिर्ज़ा बोले—''भई जैसे तुम्हारी मर्ज़ी। मैं तो अब भी यही कहता हूं कि क़ीमत-वीमत जाने दो लेकिन मैं जानता हूं कि तुम न मानोगे।''

मैं उठकर अन्दर कमरे में आया। मैंने सोचा—कि प्रयोग की हुई चीज़ की लोग आमतौर पर आधी क़ीमत देते हैं। लेकिन जब मैंने मिर्ज़ा से कहा था कि मिर्ज़ा मैं तो आधी क़ीमत भी नहीं दे सकता, तो मिर्ज़ा ने उस पर कोई एतराज़ नहीं किया। वह बेचारा तो बल्कि यही कहता था कि तुम मुफ़्त ले लो। लेकिन मुफ़्त मैं कैसे ले लूं। आख़िर बाइसिकल है, एक सवारी है, फ़िटनों और घोड़ों और मोटरों और तांगों के दायरे में यह भी आती है। बक्स को खोला तो मालूम हुआ कि सब कुछ मिलाकर कुल छियालीस रुपये हैं। छियालीस रुपये तो कुछ ठीक रकम नहीं पैंतालीस या पचास हों जब भी बात है। पचास तो हो नहीं सकते। अगर पैंतालीस ही देने हैं तो चालीस ही क्यों न दिये जायें। जिन रक़मों के आख़िर में सिफ़र आता है वह रक़में कुछ ज़्यादा अच्छी मालूम होती हैं। बस ठीक है चालीस रुपये दूंगा। ख़ुदा करे मिर्ज़ा स्वीकार कर ले।

बाहर आया। चालीस रुपये मुट्ठी में बंद करके मैंने मिर्ज़ा की जेब में डाल दिये और कहा—''मिर्ज़ा इसको क़ीमत न समझना लेकिन एक ग़रीब दोस्त की छोटी-सी रक़म को स्वीकार करना तुम्हें अपना अपमान मालूम न हो तो कल बाइसिकल भिजवा देना।''

मिर्ज़ा चलने लगे तो मैंने फिर कहा कि मिर्ज़ा कल ज़रूर सुबह ही सुबह भिजवा देना। उसके जाने से पहले मैंने फिर कहा—''कल सुबह आंठ-नौ बजे तक पहुंच जाये। देर न करना...और देखो मिर्ज़ा मेरे थोड़े से रुपयों को भी ज़्यादा समझना...और तुम्हारा बहुत शुक्रिया। मैं तुम्हारा बहुत एहसानमंद हूं। और मेरी गुस्ताख़ी को माफ़ कर देना। देखो न कभी-कभी यों ही बेतकल्लुफ़ी में...कल सुबह आठ-नौ बजे तक...ज़रूर...ख़ुदा हाफ़िज।''

मिर्ज़ा कहने लगे—''ज़रा उसको झाड़-पोंछ लेना और तेल वग़ैरह डलवा

लेना। मेरे नौकर को फुरसत हुई तो मैं खुद ही डलवा दूंगा। वर्ना तुम खुद डलवा लेना।''

मैंने कहा—''हां, हां, वह सब कुछ हो जायेगा। तुम कल ज़रूर भेज देना और देखना आठ बजे या साढ़े आठ बजे तक पहुंच जाये। अच्छा ख़ुदा हाफ़िज।''

रात को बिस्तर पर लेटा तो बाइसिकल पर सैर करने के कई प्रोग्राम सोचता रहा। यह इरादा तो पक्का कर लिया कि दो-तीन दिन के अन्दर-अन्दर इर्द-गिर्द के तमाम मशहूर ऐतिहासिक खण्डहरों और इमारतों को नये सिरे से देख डालूंगा। इसके बाद अगली गर्मी के मौसम में हो सका तो बाइसिकल पर कश्मीर वग़ैरह की सैर करूंगा। सुबह-सुबह हवाख़ोरी के लिए हर रोज़ नहर तक जाया करूंगा। शाम को ठण्डी सड़क पर जहां और लोग सैर को निकलेंगे मैं भी खामोशी के साथ हाथीदांत की एक गेंद की तरह गुज़र जाऊंगा। डूबते हुए सूरज की रोशनी बाइसिकल के चमकीले हिस्से पर पड़ेगी तो बाइसिकल जगमगा उठेगी और ऐसा मालूम होगा जैसे एक राजहंस ज़मीन के साथ-साथ उड़ रहा है। वह मुस्कराहट जिसका मैं ऊपर जिक्र कर चुका हूं अभी तक मेरे होंठों पर खेल रही थी। कई बार दिल चाहा कि अभी भागकर जाऊं और इसी समय मिर्ज़ा को गले लगा लूं। रात को ख़्वाब में दुआएं मांगता रहा कि ख़ुदाया मिर्ज़ा बाइसिकल देने पर राज़ी हो जाये। सुबह उठा तो उठने के साथ ही नौकर ने यह खुशख़बरी सुनाई कि हुजूर वह बाइसिकल आ गई है।

मैंने कहा—''इतनी सवेरे !''

नौकर ने कहा—''वह तो रात को ही आ गई थी। आप सो गये थे। मैंने जगाना मुनासिब न समझा और साथ ही मिर्ज़ा साहब का आदमी ढिबरियां कसने का एक औज़ार भी दे गया है।''

मैं हैरान तो हुआ कि मिर्ज़ा साहब ने साइकिल भिजवाने में इस क़दर जल्दी से क्यों काम लिया। लेकिन इस नतीजे पर पहुंचा कि आदमी बहुत शरीफ़ और ईमानदार हैं। रुपये ले लिये थे तो बाइसिकल क्यों रोके रखते।

नौकर से कहा, ''देखो ये औज़ार यहीं छोड़ जाओ और बाइसिकल को किसी कपड़े से खूब अच्छी तरह झाड़ो और मोड़ पर जो बाइसिकलों वाला बैठता है उससे जाकर बाइसिकल में डालने का तेल ले आओ और देखो...अबे भागा कहां जा रहा है। हम ज़रूरी बात तुझसे कह रहे हैं। बाइसिकल वाले से तेल की एक कुप्पी भी ले आना। और जहां-जहां तेल देने की जगह है वहां तेल दे देना और बाइसिकल वाले से कहना कि कोई घटिया-सा तेल न दे दे जिससे तमाम पुर्ज़े ही ख़राब हो जायें। बाइसिकल के पुर्ज़े बड़े नाजुक होते हैं और बाइसिकल बाहर निकालकर रखो। हम अभी कपड़े पहनकर आते हैं। हम ज़रा सैर को जा रहे हैं। और देंखो साफ़ कर देना। और बहुत ज़ोर-ज़ोर से कपड़ा

भी मत रगड़ना, बाइसिकल का पालिश घिस जाता है।''

जल्दी-जल्दी चाय पी। गुसलखाने में बड़े जोश के साथ 'चल चल चमेली बाग़ में' गाता रहा। इसके बाद कपड़े बदले। औज़ार को जेब में डाला और कमरे से बाहर निकला।

बरामदे में आया तो बरामदे के साथ ही एक अजीबोग़रीब मशीन पर नज़र पड़ी। ठीक तरह से पहचान न सका कि क्या चीज़ है। नौकर से पूछा—''क्यों भई, यह क्या चीज़ है ?''

नौकर बोला—''हुज़ूर बाइसिकल है ?''

मैंने कहा—''बाइसिकल, किसकी बाइसिकल ?''

कहने लगा—''मिर्ज़ा साहब ने भिजवायी है आपके लिए।''

मैंने कहा—''और जो बाइसिकल रात को उन्होंने भेजी थी वह कहां गयी ?''

कहने लगा—''यही तो है।''

मैंने कहा—''क्या बकता है ? जो बाइसिकल मिर्ज़ा साहब ने कल रात को भेजी थी वह बाइसिकल यही है ?''

कहने लगा—''जी हां।''

मैंने कहा—''अच्छा'' और फिर उसे देखने लगा।

''इसको साफ़ क्यों नहीं किया ?''

''हुज़ूर। दो-तीन बार साफ़ किया है !''

''तो यह मैली क्यों है ?''

नौकर ने इसका जवाब देना शायद ठीक न समझा।

''और तेल लाया ?''

''हां हुज़ूर, लाया हूं।''

''दिया ?''

''हुज़ूर वह जो तेल देने के छेद होते हैं वे नहीं मिलते।''

''क्यों ?''

''हुज़ूर धुरों पर मैल और ज़ंग जमा है। वे सूराख़ कहीं बीच में ही दब-दबा गये हैं।''

धीरे-धीरे मैं उस चीज़ के करीब आया जिसको मेरा नौकर साइकिल बता रहा था। उसके भिन्न-भिन्न पुर्जों पर ग़ौर किया, तो इतना सिद्ध हो गया कि बाइसिकल है। लेकिन उसकी पूरी शक्ल से यह साफ़ ज़ाहिर था कि कल और रहट और चर्ख़ा और इसी तरह के और आधुनिक आविष्कारों के पहले की बनी हुई है। पहिये को घुमा-घुमाकर वह सूराख़ तलाश किया जहां किसी ज़माने में तेल दिया जाता था। लेकिन अब इस सूराख़ में से आने-जाने का सिलसिला बंद हो चुका था। फिर नौकर बोला—''हुज़ूर, वह तेल तो सब इधर-उधर बह

जाता है। बीच में जाता ही नहीं।''

मैंने कहा—''अच्छा ऊपर-ऊपर ही डाल दो। यह भी फ़ायदा करता है।''

आख़िरकार बाइसिकल पर सवार हुआ। पहला ही पांव चलाया तो ऐसा मालूम हुआ जैसे कि कोई मुर्दा अपनी हड्डियां चटख़ा-चटख़ाकर अपनी मर्ज़ी के ख़िलाफ़ ज़िंदा हो रहा है। घर से निकलते हुए थोड़ी-सी उतराई थी। इस पर बाइसिकल ख़ुद चलने लगी। लेकिन इस रफ्तार से जैसे तारकोल ज़मीन पर बहता है। और साथ ही अलग-अलग भागों से तरह-तरह की आवाज़ें आना शुरू हुईं। आवाज़ों के कई गिरोह थे। चीं चां चूं क़िस्म की आवाज़ें अधिकतर गद्दी के नीचे और पिछले पहिये से निकलती थीं। खट खड़खड़-खरड़ तरह की आवाज़ें मडगार्डों से आती थीं। चर चरख चर चरख किस्म के सुर ज़ंजीर और पैडल से निकलते थे। ज़ंजीर ढीली-ढाली थी। मैं जब कभी पैडल पर ज़ोर डालता था ज़ंजीर में एक अंगड़ाई-सी पैदा होती थी जिससे वह तन जाती थी और चिड़चिड़ बोलने लगती थी और फिर ढीली हो जाती थी। पिछला पहिया घूमने के अलावा झूमता भी था। यानी एक तो आगे को चलता था और इसके अलावा दायें से बायें और बायें से दायें को भी हरकत करता था। सड़क पर जो निशान पड़ता जाता था उसको देखकर ऐसा मालूम होता था जैसे कोई सांप नशे में लहराकर निकल गया है। मडगार्ड थे तो सही लेकिन पहियों के बिल्कुल ऊपर न थे। इनका फ़ायदा सिर्फ़ यह मालूम होता था कि आदमी उत्तर की ओर सैर को निकले और सूरज पश्चिम में डूब रहा हो तो मडगार्डों की कृपा से टायर धूप से बचे रहेंगे। अगले पहिये के टायर में एक बड़ा-सा पैबंद लगा था जिसके कारण पहिया हर चक्कर में एक बार क्षण भर को ज़ोर से ऊपर उठ जाता था। और मेरा सिर पीछे को यों झटके खा रहा था जैसे कोई लगातार ठोड़ी के नीचे मुक्के मार रहा हो। पिछले और अगले पहिये को मिलाकर चूंचूं फट चूंचूं फट की आवाज निकल रही थी। जब उतार पर बाइसिकल ज़रा ज़्यादा तेज़ हुई तो एक भूचाल-सा आ गया। और बाइसिकल के कई पुर्ज़े जो अब तक सो रहे थे जागकर बोलने लगे। इधर-उधर के लोग चौंके। माओं ने अपने बच्चों को छाती से लगा लिया। खरड़-खरड़ के बीच में पहियों की आवाज़ अलग सुनाई दे रही थी। लेकिन चूंकि बाइसिकल अब पहले से तेज़ थी इसलिए चूंचूं चीं फट की आवाज़ ने अब चूंचूं फट चूंचूं फट का रूप ले लिया था। तमाम बाइसिकल किसी अफ्रीकी भाषा की गरदानें दोहरा रही थी।

इस क़दर तेज़ रफ्तारी बाइसिकल के कोमल दिल पर भारी गुज़री। इसलिए उसमें एकदम दो परिवर्तन आ गये। एक तो हैंडिल एक तरफ़ को मुड़ गया। जिसका नतीजा यह हुआ कि मैं जा तो सामने को रहा था लेकिन मेरा सारा जिस्म दायीं तरफ़ को मुड़ा हुआ था। इसके अलावा बाइसिकल की गद्दी एकदम

छः इंच के करीब नीचे बैठ गयी। इसलिए जब पैंडल चलाने के लिए मैं टांगें ऊपर-नीचे कर रहा था तो मेरे घुटने मेरी ठोड़ी तक पहुंच जाते थे। कमर दोहरी होकर बाहर को निकली हुई थी और साथ ही अगले पहिये की अठखेली के कारण सिर बराबर झटके खा रहा था।

गद्दी का नीचा होना बड़ा ही कष्टदायक सिद्ध हुआ। इसलिए मैंने यही उचित समझा कि उसको ठीक कर लूं। मैंने बाइसिकल को ठहरा लिया और नीचे उतरा। बाइसिकल के ठहर जाने से एकदम जैसे दुनिया में एक ख़ामोशी-सी छा गयी। ऐसा मालूम हुआ कि जैसे मैं किसी रेलवे स्टेशन से निकलकर बाहर आ गया हूं। जेब से मैंने औज़ार निकाला, गद्दी को ऊंचा किया। कुछ हैंडिल को ठीक किया और दुबारा सवार हो गया।

दस कदम भी चलने न पाया था कि अब हैंडिल एकदम नीचा हो गया। इतना कि गद्दी अब हैंडिल से कोई फुट भर ऊंची थी। मेरा तमाम जिस्म आगे को झुका हुआ था। तमाम बोझ दोनों हाथों पर था जो हैंडिल पर रखे हुए थे और बराबर झटके खा रहे थे। आप मेरी हालत का अंदाज़ा लगायें तो आपको मालूम होगा कि मैं दूर से ऐसा मालूम हो रहा था जैसे कोई औरत आटा गूंद रही हो। मुझे जब इस बात का ख़्याल आया तो मेरे माथे पर पसीना आ गया। मैं दायें-बायें के लोगों को कनखियों से देखता जाता था। यूं तो हर आदमी मील भर पहले ही मुड़-मुड़कर देखने लगता था लेकिन इनमें से कोई भी ऐसा न था जिसके लिए मेरी मुसीबत मनोरंजन का कारण न हो।

हैंडिल तो नीचा हो ही गया था। थोड़ी देर के बाद गद्दी भी फिर नीची हो गयी और मेरा पूरा जिस्म ज़मीन के करीब पहुंच गया। एक लड़के ने कहा—"देखो यह आदमी क्या कर रहा है ?" गोया उस बदतमीज़ के नज़दीक मैं कोई कर्तब दिखा रहा था। मैंने उतरकर फिर हैंडिल और गद्दी को ऊंचा किया।

लेकिन थोड़ी देर के बाद उनमें से एक न एक फिर नीचा हो जाता। वह लम्हे जिनके दौरान में मेरे हाथ और मेरा जिस्म बराबर एक ही ऊंचाई पर हों बहुत ही कम थे और इनमें भी मैं यही सोचता रहता था कि अबकी गद्दी पहले बैठेगी या हैंडिल। इसलिए निडर होकर न बैठता। बल्कि जिस्म को गद्दी से कुछ ऊपर ही रखता। लेकिन इससे हैंडिल पर इतना बोझ पड़ जाता कि वह नीचा हो जाता।

जब दो मील गुज़र गये और बाइसिकल की उठक-बैठक ने एक निश्चित रूप ले लिया तो फ़ैसला किया कि किसी मिस्त्री से पेच कसवा लेने चाहिएं। चुनांचे बाइसिकल को एक दुकान पर ले गया। बाइसिकल की खड़-खड़ से जितने लोग काम कर रहे थे सब के सब सिर उठाकर मेरी तरफ़ देखने लगे। लेकिन मैंने जी कड़ा करके कहा—"ज़रा इसकी मरम्मत कर दीजिये।" एक मिस्त्री आगे

बढ़ा। लोहे की एक सलाख उसके हाथ में थी। जिससे उसने साइकिल के हर भाग को बड़ी बेदर्दी के साथ ठोक-बजाकर देखा। मालूम होता था कि उसने बड़ी तेज़ी के साथ सब हालात का अंदाज़ा लगा लिया है। लेकिन फिर मुझसे पूछने लगा, "किस-किस पुर्ज़े की मरम्मत करवाइएगा।"

मैंने कहा, "बड़े गुस्ताख़ हो तुम, देखते नहीं कि सिर्फ़ हैंडिल और गद्दी को ज़रा ऊंचा करवा के कसवाना है। बस और क्या ? इनको मेहरबानी करके फ़ौरन ठीक कर दो। और बताओ कि कितने पैसे हुए।"

मिस्त्री कहने लगा कि "मडगार्ड भी ठीक न कर दूं ?"

मैंने कहा—"हां, वह भी ठीक कर दो।"

कहने लगा—"अगर बाकी चीज़ें भी ठीक करवा लें तो अच्छा है।"

मैंने कहा—"अच्छा तो कर दो।"

बोला, "यूं थोड़ी हो सकता है। दस-पन्द्रह दिन का काम है। आप इसे हमारे पास छोड़ जाइए।"

"और पैसे कितने लोगे ?"

कहने लगा—"बस तीस-चालीस रुपये लगेंगे।"

हमने कहा, "बस जी। जो काम तुमसे कहा है वही कर दो और बाकी हमारे मामले में दख़ल न दो।"

थोड़ी देर में फिर हैंडिल और गद्दी ऊपर करके कस दी गयीं। मैं चलने लगा तो मिस्त्री ने कहा—"मैंने कस तो दिया है लेकिन पेच सब घिसे हुए हैं, अभी थोड़ी देर में फिर ढीले हो जायेंगे।"

मैंने कहा—"है न बदतमीज़ कहीं का। तो दो आने पैसे मुफ़्त में ले लिए।"

बोला—"जनाब आपको बाइसिकल भी तो मुफ़्त में मिली होगी। यह आपके दोस्त मिर्ज़ा साहब की है न ?"

"लल्लू यह वही बाइसिकल है जो पिछले साल मिर्ज़ा साहब यहां बेचने को लाये थे। पहचाना तुमने। भई सदियां गुज़र गयीं। लेकिन इस बाइसिकल की ख़ता माफ़ होने में नहीं आती।"

मैंने कहा—"वाह, मिर्ज़ा साहब के लड़के इस पर कॉलिज आया-जाया करते थे और उनको अभी कॉलिज छोड़े दो साल भी नहीं हुए।"

मिस्त्री ने कहा—"हां वह तो ठीक है। लेकिन मिर्ज़ा साहब खुद जब कॉलिज में पढ़ते थे तो इनके पास भी यही साइकिल थी।"

मेरी तबीयत यह सुनकर कुछ उदास-सी हो गयी। मैं बाइसिकल को साथ लिए धीरे-धीरे पैदल चल पड़ा लेकिन पैदल चलना भी मुश्किल था। इस बाइसिकल को चलाने में ऐसे-ऐसे पट्ठों पर ज़ोर पड़ता था जो आम बाइसिकलों को चलाने में इस्तेमाल नहीं होते। इसलिए टांगों और कंधों और कमर और

बाजुओं पर जगह-जगह दर्द हो रहा था। मिर्ज़ा का ख़्याल रह-रहकर आता था। लेकिन मैं हर बार कोशिश करके उसे दिल से हटा देता था। वरना मैं पागल हो जाता। और पागलपन की हालत में पहली हरकत मुझसे यह होती कि मिर्ज़ा के मकान के सामने बाज़ार में एक जल्सा करता जिसमें मिर्ज़ा की मक्कारी, बेईमानी और दग़ाबाज़ी पर एक लंबा भाषण देता। सारी मानव-जाति और आगे आने वाली नस्लों को मिर्ज़ा की नापाक प्रवृत्ति से सूचित करता और इसके बाद एक चिता जलाकर उसमें ज़िंदा जलकर मर जाता।

मैंने बेहतर यही समझा कि जिस तरह हो सके अब इस बाइसिकल को औने-पौने दामों बेचकर जो मिले उसी पर सब्र करो। बला से दस-पन्द्रह रुपये का नुक़सान सही। चालीस के चालीस रुपये तो बरबाद न होंगे। रास्ते में बाइसिकल की एक दुकान आयी, मैं वहां ठहर गया।

दुकानदार बढ़कर मेरे पास आया लेकिन मेरी ज़बान को जैसे ताला लग गया था। उम्र-भर कभी किसी चीज़ के बेचने की नौबत न आयी थी। मुझे यह भी मालूम नहीं कि ऐसी हालत पर क्या कहते हैं। आख़िर बड़े सोच-विचार और बड़ी हिचकिचाहट के बाद मुंह से सिर्फ़ इतना निकला कि ''यह बाइसिकल है।''

दुकानदार कहने लगा—''फिर ?''

मैंने कहा—''लोगे।''

कहने लगा—''क्या मतलब ?''

मैंने कहा—''बेचते हैं हम।''

दुकानदार ने मुझे ऐसी नज़र से देखा कि मुझे यह महसूस हुआ कि मुझ पर चोरी का शक कर रहा है। फिर बाइसिकल को देखा, फिर मुझे देखा, फिर बाइसिकल को देखा। ऐसा मालूम होता था कि फ़ैसला नहीं कर पाया कि आदमी कौन-सा है और बाइसिकल कौन-सी है। आख़िर बोला—''क्या करेंगे आप इसको बेचकर ?''

ऐसे सवालों का खुदा जाने क्या जवाब होता है। मैंने कहा—''क्या तुम यह पूछना चाहते हो कि जो रुपये मुझे मिलेंगे उनका क्या करूंगा ?''

''वह तो ठीक है। मगर कोई इसको लेकर करेगा क्या ?''

मैंने कहा—''इस पर चढ़ेगा और क्या करेगा ?''

कहने लगा—''अच्छा, चढ़ गया फिर ?''

मैंने कहा—''फिर क्या, फिर चलाये और क्या ?''

दुकानदार बोला—''अच्छा, हूं, खुदाबख़्श ज़रा यहां आना। यह बाइसिकल बिकने आई है।''

जिन हज़रत का नाम खुदाबख़्श था उन्होंने बाइसिकल को दूर हीं से यों

देखा जैसे बू सूंघ रहे हैं।

इसके बाद दोनों ने आपस में सलाह की। आखिर में जिसका नाम खुदाबख़्श नहीं था मेरे पास आया और कहने लगा—"तो आप सचमुच बेच रहे हैं ?"

मैंने कहा—"तो और क्या ? तो क्या आपसे बातचीत करने का सौभाग्य प्राप्त करने के लिए मैं घर से यह बहाना करके लाया था।"

कहने लगा—"तो क्या लेंगे आप ?"

मैंने कहा—"तुम्हीं बताओ ?"

कहने लगा—"सचमुच बताऊं ?"

मैंने कहा—"हां।"

फिर कहने लगा—"सच बताऊं ?"

मैंने कहा—"अब बताओगे भी या यूं ही तरसाते रहोगे।"

कहने लगा—"तीन रुपये दूंगा इसके।"

मेरा खून खौल उठा। और मेरे हाथ-पांव और होंठ गुस्से के मारे कांपने लगे। मैंने कहा—"ओह ! कला और शिल्प से पेट पालने वाले निचले वर्ग के इंसान ! मुझे अपने अपमान की परवाह नहीं लेकिन तूने अपनी बेहूदा बातों से उस बेज़ुबान चीज़ को, जो दुःख पहुंचाया है उसके लिए मैं तुझे क़यामत तक माफ़ नहीं कर सकता।" यह कहकर मैं बाइसिकल पर सवार हो गया और अंधाधुंध पांव चलाने लगा।

मुश्किल से बीस कदम गया हूंगा कि मुझे ऐसा मालूम हुआ जैसे ज़मीन एकदम उछल के मुझसे आ लगी है। आसमान मेरे सिर पर से हटकर मेरी टांगों के बीच में से गुज़र गया है और इधर-उधर की इमारतों ने एक-दूसरे के साथ अपनी-अपनी जगह बदल ली है। जब ज़रा होश ठिकाने हुए तो मालूम हुआ कि मैं ज़मीन पर इस बेतकल्लुफ़ी से बैठा हूं जैसे बड़ी मुद्दत से मुझे इस बात का शौक था जो आज पूरा हुआ। इर्द-गिर्द कुछ लोग जमा थे। जिनमें से अक्सर हंस रहे थे। सामने वह दुकान थी जहां अभी-अभी मैंने अपनी नाकाम बातचीत का सिलसिला तोड़ दिया था। मैंने अपने इर्द-गिर्द पर ग़ौर किया तो मालूम हुआ कि मेरी बाइसिकल का अगला पहिया बिल्कुल अलग होकर लुढ़कता हुआ सड़क के उस पार जा पहुंचा है और बाक़ी बाइसिकल मेरे पास खड़ी है। मैंने फ़ौरन अपने आपको संभाला। जो पहिया अलग हो गया था उसको हाथ में उठाया। दूसरे हाथ में बाकी बाइसिकल को थामा और चल खड़ा हुआ। यह केवल एक अस्थायी हरकत थी वरना यह बाइसिकल हर्गिज़ मुझे इतनी प्यारी नहीं थी कि मैं इस हालत में उसे साथ-साथ लिये फिरता।

जब मैं ये सब कुछ उठाकर चल दिया तो मैंने अपने आपसे पूछा कि यह तुम क्या कर रहे हो ? कहां जा रहे हो ? तुम्हारा इरादा क्या है ? ये

दो पहिये काहे को लिये जा रहे हो ?

सब सवालों का जवाब यही मिला—देखा जायेगा। अभी तुम यहां से चल दो। सब लोग तुम्हें देख रहे हैं। सिर ऊंचा रखो और चलते जाओ। जो हंस रहे हैं उन्हें हंसने दो। इस किस्म के बेहूदा लोग हर कौम, हर देश में पाये जाते हैं। आख़िर हुआ क्या—सिर्फ़ एक दुर्घटना, बस दायें-बायें मत देखो। चलते जाओ।

लोगों के असभ्य वाक्य भी सुनाई दे रहे थे। एक आवाज़ आयी—बस हज़रत गुस्सा थूक डालिये।...एक दूसरे साहब बोले—बेहया बाइसिकल घर पहुंचकर तुझे मज़ा चखाऊंगा।...एक बाप अपने बेटे की अंगुली पकड़े जा रहे थे। मेरी तरफ़ इशारा करके कहने लगा—देखो बेटा, यह सर्कस की बाइसिकल है। इसके दोनो पहिये अलग-अलग होते हैं।

लेकिन मैं चलता गया। थोड़ी देर के बाद मैं आबादी से दूर निकल गया। मेरी रफ्तार में एक इरादे की झलक थी। मेरा दिल जो कई घंटों से एक कशमकश में पेचोताब खा रहा था अब बहुत हल्का हो गया था। मैं चलता गया, चलता गया। यहां तक कि नहर पर जा पहुंचा। पुल के ऊपर खड़े होकर मैंने दोनों पहियों को एक-एक करके इस बेपरवाही के साथ नदी में डाल दिया जैसे कोई लेटरबक्स में ख़त डालता है और वापस शहर को रवाना हो गया। सबसे पहले मिर्ज़ा के घर गया। दरवाज़ा खटखटाया। मिर्ज़ा बोले—"अन्दर आ जाओ।"

मैंने कहा—"आप ज़रा बाहर तशरीफ़ लाइये। मैं आप जैसे बड़ी उम्र के बुज़ुर्ग के घर में वज़ू किये बग़ैर कैसे दाख़िल हो सकता हूं।"

वे बाहर तशरीफ़ लाये तो मैंने वह औज़ार उनकी ख़िदमत में पेश किया जो उन्होंने बाइसिकल के साथ मुफ़्त मुझे दिया था और कहा—"मिर्ज़ा साहब, आप इस औज़ार से शौक फ़रमाया कीजिये। मैं अब इससे आज़ाद हो चुका हूं।"

घर पहुंचकर मैंने फिर कैमिस्ट्री की उस किताब को पढ़ना शुरू कर दिया जो एम. ए. में पढ़ी थी।

फ़िक्र तौंसवी

घर-बंद

कल रात जब आशातीत जल्दी अपने घर पहुंचा तो गेट पर एक पोस्टर चिपका हुआ पाया—''कल घर बंद रहेगा''

करप्शन, महंगाई, हेरा-फेरी और जमाखोरी...(और दूसरी जो बुराई याद आएगी) उसके विरुद्ध।

हस्ताक्षर घर-बंद एक्शन कमेटी और नीचे मेरी पहली और अंतिम पत्नी के हस्ताक्षर थे जो हिंदी में लिखे गए थे मगर फ़्रांसीसी मालूम होते थे। यह पोस्टर हाथ से लिखा गया था और बाह्य रूप से यह प्रभावान्विति देने की कोशिश की गई थी कि दिल के खून से लिखा गया है क्योंकि रंग लाल था लेकिन लिखने के बाद यह लाल रंग मद्धम पड़ गया था, यों लगता था रंग असली लाल नहीं था मिलावटी था। क्रांति में जब मिलावट कर दी जाए तो वह बिल्कुल सोसाइटी का समाजवादी ढांचा बनकर रह जाता है।

मुझे 'घर-बंद' की घोषणा पढ़कर कोई शाक नहीं लगा क्योंकि यह बंद इतने आम हो गए थे कि नज़रों से छुप गए थे। जो चीज आम हो जाए उसका महत्त्व वैसे भी कम हो जाता है। कुछ समय से मुझे शक हो चला था कि यह बंदों का सिलसिला गली-बंद तक पहुंचेगा। मेरी पत्नी को शायद क्रांति की कुछ ज़्यादा जल्दी थी इसलिए उसने मुहल्ला-बंद और गली-बंद का इंतज़ार करना समय की बर्बादी समझा और मुहल्ले और गली तेज़ी से पार करके घर-बंद की घोषणा कर दी और वैसे भी क्रांति की थियूरी यह थी और ज़्यादा ठीक थी कि क्रांति निचले स्तर से आरंभ की जाए और वह गली-मुहल्ले और शहर से होती हुई भारत बंद तक पहुंचे।

मगर हमारे देश में क्रांति की त्रासदी यह थी कि वह उलटे रुख से चलती है। उदाहरणार्थ रिश्वत है जो एक क्रांतिकारी कदम है। चाहिए तो यह था कि निचले यूनिट अर्थात् चपरासी से शुरू होती और मंत्री तक पहुंचकर संपूर्ण हो जाती लेकिन यहां रिश्वत लेने का आरंभ मंत्री से हुआ और फिर बड़ी देर से, बड़ी मुश्किल से ढेंचूं-ढेंचूं करती हुई नीचे चपरासी तक पहुंची। परिणाम यह हुआ कि रिश्वत की क्रांति का सारा मज़ा किरकिरा हो गया कि रिश्वत द्वारा दौलत का बंटवारा भी किया गया लेकिन इसके बावजूद इसे समाजवाद नहीं माना गया।

ख़ैर फिर भी बंदों का सिलसिला मेरा लिए चिंताजनक न था क्योंकि मेरा ख़्याल है कि जब जीवन की एकरसता से हम उकता जाते हैं तो उसे तोड़ने के लिए एकाध व्रत रख लेते हैं। यह बंद भी एक प्रकार के व्रत थे कि कुछ खाएंगे न पिएंगे, न रोएंगे न हंसेंगे, न सोचेंगे न सोचने देंगे और जो भी ज़रा सोचेगा, डंडा मारकर उसका सिर तोड़ देंगे ताकि उसका इंकिलाब ज़िंदाबाद हो जाए।

मैंने किचन के अंदर जाकर पत्नी से जीवन में पहली बार 'आदाब अर्ज़' किया जिसका अर्थ यह था कि शुक्र है कि हमारे देश की नारी भी जागरूक हुई है और केवल पतिव्रता नहीं रही। पति की करप्शन, मिलावट, जमाखोरी और हेरा-फेरी के विरुद्ध अपना पिचका हुआ सीना उभारकर खड़ी हो गई है। मेरे व्यवहार में यह नया परिवर्तन पत्नी को पसंद न आया, बोली—"आपने गेट की दीवार पर वह पोस्टर पढ़ लिया है ?"

मैंने उसकी आंखों की तरफ देखा जो कभी शर्बती थीं मगर वनस्पति घी खाते-खाते और वनस्पति घी की लाइन में खड़े होते-होते ऐनक पर निर्भर हो गई थीं और कहा—"मेरी जान ! पोस्टर दीवार पर पढ़ने की क्या ज़रूरत थी ? तुम्हारी आंखों में ही सब कुछ पढ़ा जा सकता है। इन आंखों में काजल की लिखाई की बजाय घर-बंद पोस्टर की लिखाई स्पष्ट दिखाई दे रही है। बोलो तुम चाहती क्या हो ?"

"कल घर-बंद होने पर सब कुछ मालूम हो जाएगा।"

मानो संधिपूर्ण बातचीत का सिलसिला समाप्त करना चाहती थी चुनांचे घर-बंद से पहले अपने भाग्य का खाना खाकर मैं सो गया। सोने से पूर्व मैंने घोषणा कर दी कि आज रात को ही पानी का स्टाक कर लिया जाए क्योंकि मैं इसे अनिवार्य सेवाओं में शुमार करता हूं मगर एक्शन कमेटी के किसी सदस्य ने ध्यान न दिया केवल बूढ़ी दादी ने ही दो-चार बाल्टियां भरकर रख दीं और फिर उन पर रात भर पहरा देती रही जैसे बूढ़ी दादी न हो मिलिट्री की कमांडर हो और उसे ख़तरा हो कि बंद के पक्षपाती सदस्य रात को उठकर पानी के इस स्टोर को आग लगा देंगे।

सुबह मैं मुंह-हाथ धोकर ड्राइंग रूम में जा बैठा और ख़ामख़ाह बीतते वक़्त की घड़ियां गिनने लगा जिन्हें इश्क़ में गुज़रना चाहिए था। कि इतने में पत्नी दाखिल हुई, उसके हाथ में 'बेड टी' नहीं थी। मांगों का पर्चा था जो उसने बेड टी के तौर पर मेज़ पर रख दिया।

मैंने कहा—"आओ डार्लिंग।"

वह बोली—"जब तक मांगें नहीं मानी जाएंगी मुझे डार्लिंग मत कहिए।"

मैंने लोक-लाज के मारे उसे डार्लिंग कहा था अतः यह सोचकर सुख की

सांस ली कि लोक-लाज से मुक्ति मिली। मैंने चार्टर उठाकर पढ़ा जिसमें मुझसे मांग की गई थी कि महंगाई के हाथों सारे घर की हालत एक विधवा की-सी हो चुकी है अतः जब तक आप ऊपरी आय अर्थात् करप्शन का रास्ता नहीं अपनाएंगे बार-बार घर-बंद किए जाएंगे।

मगर मैंने उसे कहा कि रूखी-सूखी खा के ठंडा पानी पी। मगर हमारे घर की संस्कृति उसकी समझ में न आई। इतने में दूध वाले ग्वाले की आवाज़ आई। यह जानी-पहचानी आवाज़ थी क्योंकि ग्वाले की आवाज़ में पानी की मिलावट थी। पत्नी न उसे फटकारा : "आज घर-बंद है। दूध की कोई ज़रूरत नहीं।"

छोटे बच्चे ने मचलकर कहा—"मम्मी दूध ले लो ना। मैं क्या पियूंगा ?"

"भूखे मर जाना और डैडी की जान को रोना।"

नन्हा रेखी दूध की बजाय गालियां और थप्पड़ खाकर अपनी ट्राइसाइकल पर सिर रखकर रोने लगा। पत्नी का लेफ्टिनेंट बड़ा लड़का शमशेर ज़ोर से चिल्लाया, "ट्राइसाइकल मत चलाओ। ग़द्दार। आज ट्रांसपोर्ट सर्विस भी बंद रहेगी।"

"हमें स्कूल जाना है हमारी वार्षिक परीक्षा है।" दोनों लड़कियां तड़पकर बोलीं।

"ख़बरदार ! जो भी स्कूल जाएगा उस पर पत्थरों और ईंटों की बारिश की जाएगी।"

बच्चे सहम गए। उन्होंने डर के मारे पुस्तकें खोलकर पढ़ना भी उचित न समझा कि कहीं ईंटें न पड़ें और वे स्कूल की बजाय हस्पताल न पहुंच जाएं। परंतु इस घर-बंद का एक फ़ायदा ज़रूर हुआ कि मिट्टी का तेल, कोयला, राशन, सस्ते कपड़े और वनस्पति घी इत्यादि की पंक्ति में खड़ा होने के लिए आज जिन बच्चों की ड्यूटियां थीं, उन्हें छुट्टी मिल गई। बड़ी मुश्किल से पत्नी इस बात पर राज़ी हो गई कि दिन भर सभी लोग वक़्त काटने के लिए ताश खेल सकते हैं। मगर शाम को घर-बंद के सिलसिले में सारे सदस्यों की रैली होगी जिसमें डैडी को करप्शन पर राज़ी किए जाने का प्रस्ताव पास किया जाएगा और भूखे सदस्यों का पेट जलसे के भाषणों से भरा जाएगा।

ख़ैर दिन भर भय, विवशता और तनातनी का वातावरण घर भर पर छाया रहा और शाम को पत्नी ने एक्शन कमेटी के सब सदस्यों का धन्यवाद किया कि उनकी क्रांतिकारी योग्यता के कारण घर-बंद बड़े शांतिपूर्ण तरीके से समाप्त हुआ। जलसे में यह बताना उचित नहीं समझा गया कि एक आईना और गिलास टूट गया, छोटी मुन्नी ने भूख के गुस्से में स्याही की शीशी उंडेल दी और बच्चों ने आपस में लड़-भिड़कर एक-दूसरे की कमीज़ें फाड़ दीं। क्रांति के लिए इस

प्रकार की कुर्बानियां देनी पड़ती हैं।

और जब जलसा समाप्त हुआ तो पत्नी का भाई पांच किलो आम लेकर घर आ गया जो उसने एक असामी से रिश्वत के तौर पर प्राप्त किए थे। सारा घर उन आमों पर टूट पड़ा और मेरी पत्नी ने शायद मुझे शर्मिंदा करते हुए कहा—"देखा इसे कहते हैं ऊपरी आय। अगर मेरे भाई से अब भी तुमने सबक़ न सीखा और इस तरह आम न लाए तो अगले सप्ताह फिर घर-बंद किया जाएगा।"

मुज्तबा हुसैन

यूनेस्को की वह छतरी

वह हमें टोक्यो में दूसरे दिन मिली और हमने उसी दिन अपनी बीवी को ख़त लिखा–"वह हमें आज मिली है। देखने में कुछ खास नहीं, मगर फिर भी अच्छी है। अब हमें उसी की संगत में रात-दिन गुज़ारने हैं, उसी के साये में रहना है।"

आठ दिन बाद हम अपने होटल में गहरी नींद का आनन्द ले रहे थे कि फ़ोन की घंटी बजी। नींद से जागकर फ़ोन का रिसीवर उठाया तो पता चला कि हिन्दुस्तान से फ़ोन आया है। दूसरी तरफ़ से हमारी बीवी की आवाज़ आयी तो हमने सहज भाव से पूछा, "हैलो, कैसी हो ? ख़ैरियत से तो हो ना ?"

हमारी बीवी ने कहा, "मेरी ख़ैरियत जाये भाड़ में ! पहले यह बताओ, इस वक्त कमरे में अकेले हो या वह भी तुम्हारे साथ है ?"

हमने आंखें मलते हुए पूछा, "वह कौन ? मैं तो कमरे में अकेला रहता हूं। कैसी बातें करती हो ! परदेश में हूं, इसका तो लिहाज़ करो। फिर ऐसी बातें करने के लिए कई समुद्र पार फ़ोन मिलाने की क्या ज़रूरत है ?"

बोलीं, "यह तुम्हारी आवाज़ में इतना खुमार क्यों है ? एक अजीब-सी मस्ती क्यों है ?"

हमने कहा, "रात का डेढ़ बजा है। तुम्हारे फ़ोन की घण्टी पर जागे हैं। गहरी नींद में क्या खुमार और इतनी मस्ती भी न आयेगी !"

बोलीं, "बिल्कुल ग़लत। इस वक्त तो रात के दस ही बजे हैं।"

हमने बात को काटकर कहा, "ठीक है, हिन्दुस्तान में रात के दस बजे होंगे, मगर यहां तो रात का डेढ़ बजा है।"

बोलीं, "मुझे मालूम है कि अब तुम्हारा वक्त और मेरा वक्त कभी नहीं मिलेगा। मुझे पहले ही शुबहा था। तुम्हारे लहजे की खुमारी बता रही है कि वह चंडालिन अब भी तुम्हारे कमरे में ही है।"

हमने गुस्से से कहा, "यह क्या मज़ाक है ! तुम किस चंडालिन का ज़िक्र कर रही हो ? जापान में कोई चंडालिन-वंडालिन नहीं रहती।"

बोलीं, "अब तो तुम उधर ही के गुण गाओगे। इसीलिए तो मैं तुम्हारे जापान जाने के ख़िलाफ़ थी। सच बताओ, वह कौन है, जिसके बारे में तुमने खुद अपने ख़त में लिखा है कि वह तुम्हें टोक्यो में दूसरे ही दिन मिल गयी

थी। देखने में कुछ ख़ास नहीं, मगर फिर भी अच्छी है, और यह कि अब तुम्हें उसी की संगत में टोक्यो में रात-दिन गुज़ारने हैं।"

हमने ज़ोरदार कहकहा लगाकर कहा, "तुम सचमुच बड़ी भोली हो। टोक्यो में हमें दूसरे दिन जो मिली, वह कोई हसीना नहीं, बल्कि यूनेस्को की छतरी है। जल्दी में शायद हम छतरी लिखना भूल गये और तुमने इसका रिश्ता औरत से जोड़ लिया।"

पूछा, "अच्छा तो यह छतरी है ?"

हमने कहा, "और क्या ?"

पूछा, "अच्छा, यह बताओ, छतरी शादीशुदा है या ग़ैर-शादीशुदा ?"

हमने कहा, "भला छतरियों की भी कहीं शादी होती है ?"

बोलीं, "इसका मतलब यह हुआ कि शादीशुदा नहीं है। यह बताओ, उम्र क्या है ?"

हमने कहा, "बड़ी पुरानी छतरी है। इससे पहले भी कई लोग इसे इस्तेमाल कर चुके हैं।"

बोलीं, "अये हये ! कुछ तो अपनी उम्र का लिहाज़ करो। अब तुम्हें कौन-सी बिना इस्तेमाल की हुई चीज़ मिलेगी। मर्द की जात ही ऐसी होती है। रस्सी जल जाती है, पर बल नहीं जाता।" फिर अपने लहजे में ग़म और उदासी घोलते हुए बोलीं, "ख़ुदा के लिए राहे-रास्ते पर आ जाओ। तुम्हारी औलाद अब शादी के काबिल हो रही है और तुम्हें अब भी नयी-नयी छतरियों की तलाश है !"

हमने कहा, "तुम्हारा इल्ज़ाम बिल्कुल ग़लत है। यहां ऐसा कोई सिलसिला नहीं है। मैंने अपने ख़त में जिसका ज़िक्र किया है, वह सचमुच छतरी है। कहो तो तुम्हारे सिर की क़सम खाता हूं, जिसे मैंने हमेशा अज़ीज़ रखा है।"

बोलीं, "अच्छा तो, तुम मेरे सिर की इज़्ज़त करते हो, तभी तो मेरे सिर पर एक नयी छतरी ला रहे हो !"

यह कहकर हमारी बीवी ने धड़ से फ़ोन रख दिया और हिन्दुस्तान से थोड़ी देर के लिए अचानक जो हमारा रिश्ता कायम हो गया था, वह टूट गया। नींद कोसों दूर भाग गई। हमें हिन्दुस्तान छोड़े हुए ग्यारह दिन हो गये थे। कोफ्त हो रही थी कि यूनेस्को की छतरी ने ख़ामख़ाह गड़बड़ पैदा कर दी, वर्ना हमें अपनी बीवी से कितनी अहम और ज़रूरी बातें करनी थीं। अपने प्यारे वतन का हाल पूछना था। यह जानना था कि हमारे बग़ैर हिन्दुस्तान कैसा लग रहा है ? क्या वह अब भी तरक्की कर रहा है ? हमारे पीछे सूरज वक्त पर निकल रहा है या नहीं ? हमारे बग़ैर चांद की रोशनी मद्धिम तो नहीं पड़ गयी ? इन ज़रूरी बातों के अलावा कुछ ग़ैर-ज़रूरी बातें भी करनी थीं। मसलन हमारे निकलते वक्त गैस ख़त्म हो गयी थी। वह आयी या नहीं ? एक दोस्त को मिट्टी का

तेल इकट्ठा करके पहुंचाने के लिए कहा था, वह मिला या नहीं ? बिजली कटने वाली थी। कटी या नहीं ? हम जब चले थे तो आन्ध्र प्रदेश के मुख्यमन्त्री की नियुक्ति विचाराधीन थी, उसका निर्णय हो गया या हमारी वापसी का इंतज़ार किया जा रहा है ? ऐसी ही कई बातें थीं, मगर यूनेस्को की छतरी ने टांग अड़ा दी। बीवी पर सख़्त गुस्सा भी आया कि देवीजी की औलाद शादी के क़ाबिल हो गयी है, लेकिन अब तक हम पर शक करने की आदत नहीं गयी। औरत की जात ही ऐसी होती है। रस्सी जल जाती है, पर बल नहीं जाता। असल गुस्सा तो इस बात पर था कि इस ट्रंककाल पर कम-से-कम सौ रुपये का ख़र्चा तो आ ही जायेगा, जो आखिरकार हमारी जेब से अदा होगा।

नींद उचट गयी तो बस उचटती ही चली गयी। घड़ी देखी तो तीन बज रहे थे। कमरे की खिड़की खोली तो टोक्यो की सड़कों को बदस्तूर व्यस्त पाया। खिड़की से नज़र हटायी तो मेज़ के बराबर रखी हुई यूनेस्को की वह छतरी नज़र आ गयी, जो फसाद की असल जड़ थी।

दस दिन पहले हम यूनेस्को के सेमिनार के उद्घाटन समारोह में पहुंचे थे, तो यूनेस्को की अधिकारी मिस जो ने हमें कई और चीज़ें देने के बाद कहा था—''मैं यह छतरी भी आपको सौंप रही हूं। टोक्यो का मौसम बड़ा अनिश्चय का होता है, किसी भी वक्त बारिश हो सकती है। इस छतरी को हमेशा अपने पास रखिए। दूसरी वस्तुएं तो आपकी निजी सम्पत्ति बन गयीं, लेकिन ख़्याल रहे, यह छतरी यूनेस्को की सम्पत्ति है। जब तक जापान में रहें, इसे अपने पास रखिए और जाते हुए हमें वापस दे जाइए ताकि यह यूनेस्को के अन्य सेमिनारों में आने वाले महानुभावों के इस्तेमाल में आ सके।''

हमने मिस जो के हाथ से छतरी लेते हुए कहा, ''मिस जो, हमने हमेशा छतरी के इस्तेमाल से परहेज़ किया है। बरसात तो हमारे यहां भी होती है, लेकिन हम भीगने को ज़्यादा तरजीह देते हैं या मौक़ा पाते ही दूसरे की छतरी के नीचे घुस जाते हैं। ग़रीब आदमी की ज़िन्दगी बहरहाल गुज़र जाती है। छतरी को हर जगह अपने साथ टंगाये फिरना हमें पसन्द नहीं। छतरी तो फिर छतरी है, हम तो अपनी बीवी को भी कभी अपने साथ ले जाने के रवादार नहीं हैं।''

मिस जो ने हंसकर कहा, ''पैंतीस दिन इस छतरी को अपने साथ रखिए। हिन्दुस्तान जाने के बाद आप शायद अपनी बीवी को छतरी के स्थान पर रखने लग जायेंगे। आदत और संगत बड़ी बुरी चीज़ है।''

हमने कहा, ''आगे का हाल हम नहीं जानते। चूंकि यह यूनेस्को की सम्पत्ति है, इसीलिए इस छतरी की हिफ़ाज़त करने की पूरी कोशिश करेंगे, बीवी की तरह नहीं, महबूबा की तरह दिलोजान से अज़ीज रखेंगे।'

यह प्लास्टिक की छतरी थी, जिसकी मूठ पर गम-टेप से चिपका हुआ

हमारा नाम था—'मिस्टर हुसैन, इंडिया।' हूबहू ऐसी ही छतरियां सेमिनार में भाग लेने वाले अन्य महानुभावों के हवाले भी की गयी थीं। हम इस छतरी को लेकर कांफ्रेंस रूम में आये तो यों लगा, जैसे हमारे पैरों तले से ज़मीन निकली जा रही थी। जापान के भूकम्पों के विश्वप्रसिद्ध झटकों से यह हमारा पहला वास्ता था। हम छतरी छोड़कर भागना चाहते थे कि एक जापानी दोस्त ने कहा, "भूकम्प के ऐसे झटकों पर यहां छतरी छोड़कर भागना मना है। यह तो रोज़ का मामूल है। कब तक आप भागेंगे और कहां तक आप भागेंगे।" सेमिनार में शामिल होने वाले दूसरे लोग भी परेशान थे, बल्कि श्रीलंका के मिस्टर जयाकौड़ी तो इतने भयभीत हो गये कि घबराहट में अचानक यूनेस्को की छतरी खोलकर खड़े हो गये।

भूकम्प का ज़ोर थमा तो हमने मिस जो से कहा, "मैडम, हमें आसमान से आने वाली बलाओं से बिलकुल डर नहीं लगता। टेढ़ी चाल वाले इस आसमान से यों भी हमारी पुरानी आशनाई है। हमें कोई ऐसी छतरी दीजिये, जो हमें ज़मीन के नीचे से आने वाली बलाओं से सुरक्षित रख सके। जापान इतना प्रगतिशील देश है, आपने ऐसी छतरी ज़रूर ईजाद की होगी।"

वह मुस्कराकर चली गयीं तो श्रीलंका के जयाकौड़ी थरथर कांपते हुए हमारे पास आये और कहने लगे, "मिस्टर हुसैन, मैं कल ही जापान से चला जाऊंगा। मुझे ऐसा दहलाने वाला सेमिनार नहीं चाहिए। अगर यह रोज़ का मामूल है तो मैं यहां बाक़ी के दिन कैसे गुज़ारूंगा। श्रीलंका में मेरे दो छोटे और मासूम बच्चे हैं। उनकी एक मासूम मां भी है। उनका क्या होगा ?"

हमने कहा—"मिस्टर जयाकौड़ी, आप तो फिर भी मज़े में हैं। हमारे तो चार बच्चे हैं। यह और बात है कि आपके बच्चों की तरह मासूम नहीं हैं। एक बीवी है, जो इत्तफाक से मासूम है और फिर ऊपर से यह यूनेस्को की छतरी भी अब हमारी छत्रछाया में चली आयी है।"

साहबो, हम जापान को ज़रा दिलजमई और इत्मीनान के साथ देखना चाहते थे, लेकिन हमारी यह कामना महज़ इसलिए पूरी नहीं हुई कि यूनेस्को की छतरी हमारे साथ थी। महज़ इस छतरी की ख़ातिर हमें एक ही जगह को दो-दो मर्तबा देखना पड़ता था। पहली मर्तबा उस जगह को देखने जाते थे और दूसरी मर्तबा उस जगह से अपनी भूली हुई छतरी को वापस लाने जाते थे। जापान रेडियो स्टेशन भी दो मर्तबा गये। एक मर्तबा अपना इंटरव्यू रेकार्ड कराने और दूसरी मर्तबा यूनेस्को की छतरी को वापस लाने के लिए। जापान की जनाना यूनिवर्सिटी में भी दो मर्तबा गये। एक मर्तबा अपना स्वागत-सत्कार करवाने के लिए और दूसरी मर्तबा अपनी छतरी को वापस लाने के लिए। यद्यपि थाईलैंड की मिस परीनिया का ख्याल था कि हम जान-बूझकर जनाना यूनिवर्सिटी में अपनी छतरी

भूल आये थे ताकि वहां एक बार और जाने का बहाना हाथ आ सके। उनका कहना था कि हमारी भूल भी बड़ी सोची-समझी होती है। ख़ैर, दुनिया की ज़बान को कौन रोक सकता है और दुनिया ने कब किसका भला चाहा है फिर भी इतना जानते हैं कि जनाना यूनिवर्सिटी से अपनी भूली हुई छतरी को वापस लाने के लिए हम जिस कदर ख़ुशी-ख़ुशी गये थे, कहीं और नहीं गये। बल्कि दूसरी मर्तबा भी इस छतरी को वहीं छोड़े आ रहे थे। बुरा हो यूनिवर्सिटी की पदाधिकारी का कि हमारे दबे पांव वापस जाते वक्त पुकारकर कहा, "मिस्टर हुसैन, आप जिस छतरी को लेने आये हैं, उसे फिर भूले जा रहे हैं।" हमने मरे-मरे मन से रजिस्ट्रार का शुक्रिया अदा किया और रास्ते-भर उनकी तीव्र स्मरणशक्ति को कोसते आये।

इस छतरी को हम कहां-कहां भूले, इसका हिसाब बताना दुश्वार है। हम इसे लेकर यूकोहामा गये, ओम्या गये, नारा गये, क्योटो गये और हर जगह इसे भूले, मगर यह फिर भी हमें वापस मिल गयी। क्योटो के होली-डे-इन होटल का कमरा ख़ाली करके हम बाहर निकल आये, तो कुछ देर बाद याद आया कि हमारी छतरी तो होली-डे-इन में ही रह गयी है। भागमभाग वापस गये तो देखा कि कमरे पर एक नौजवान जोड़े ने कब्ज़ा कर लिया है। नौजवानों की सरगर्मियों में ख़लल डालकर अपनी छतरी वापस हासिल की तो इस लतीफ़े की सच्चाई पर ईमान लाना पड़ा कि एक बुजुर्ग हमारी ही तरह अपनी छतरी होली-डे-इन के एक कमरे में भूलकर चले गये। छतरी को वापस हासिल करने के लिए हमारी तरह वापस आये तो देखा कि हनीमून मनाने के लिए आये हुए एक नौजवान जोड़े ने उनके कमरे पर कब्ज़ा कर लिया है। चूंकि वे हमसे ज़्यादा समझदार थे, इसीलिए कमरे के दरवाज़े पर कान रखकर अंदाज़ा लगाने लगे कि जोड़ा क्या कर रहा है। उस वक्त लड़का लड़की से पूछ रहा था—"डार्लिंग, ये घनेरी ज़ुल्फ़ें किसकी हैं ?"

लड़की बोली, "तुम्हारी हैं।"

"और ये हिरनी जैसी आंखें किसकी हैं ?"

लड़की बोली, "ये भी तुम्हारी हैं।"

"और ये मोती जैसे दांत ?"

लड़की बोली, "ये भी तुम्हारे हैं।"

यह डायलॉग सुनकर बड़े मियां परेशान हो गये और चीख़कर बोले, "मियां बरख़ुरदार ! जब मामला छतरी तक पहुंचे तो ख़्याल रहे कि तुम्हारी नहीं, मेरी है।"

साहबो, इस छतरी से हमारी कमज़ोर स्मरणशक्ति का रिश्ता कुछ इतना घना जुड़ गया था कि आधी रात को अचानक नींद से जागकर इस छतरी को तलाश करते थे। जापान में सारी सार्वजनिक जगहों पर छतरी रखने के लिए

स्टैंड होते हैं। छतरी को स्टैंड पर रखकर ताला लगा दीजिये और कुंजी अपने साथ ले जाइए। दो मर्तबा हम छतरी को स्टैंड पर रखना नहीं भूले, मगर जब इसे हासिल करने के लिए पहुंचे तो पता चला कि हम छतरी के स्टैंड की कुंजी भूल गये हैं। कुंजी को न मिलना था, न मिली। बेचारे स्टैंड की अतिरिक्त कुंजी का सहारा लेना पड़ा।

गर्ज़ इस छतरी ने हमें जापान में जगह-जगह रुसवा किया। किसी स्थान की सैर करके वापस जाने के लिए यूनेस्को की बस में बैठते तो अचानक हमें छतरी की याद आ जाती थी और हम उसे लेने को बस से कूद पड़ते थे। एक पब्लिशिंग कम्पनी का मुआयना करने के बाद हम बस में वापस चले आये और फिर बदस्तूर छतरी की तलाश में निकल खड़े हुए। आधे घण्टे की तलाश के बाद निराश होकर बस में ख़ाली हाथ लौटे तो देखा छतरी हमारी सीट पर आराम कर रही है।

बस ड्राइवर को भी हमारी आदत का अंदाज़ा हो गया था। बस चलाने से पहले पूछता था—"क्या मिस्टर हुसैन की छतरी बस में आ गयी है ?" हां में जवाब मिलता तो कहता—"इसका मतलब यह हुआ कि सब साहेबान बस में आ चुके हैं !"

सर्वसाधारण की सूचना के लिए हम यह अर्ज़ करते चलें कि जापान में अपने प्रवास के दौरान हमें सिर्फ़ दो मिनट के लिए इस छतरी को इस्तेमाल क़रने का मौक़ा मिला था। शायद टोक्यो में हमारे आगमन का ही चमत्कार था कि मौसम अचानक ख़ुशगवार हो गया था। जापानी भी हैरान थे कि आख़िर मौसम को क्या हो गया है। हम उन पर इस भेद का पर्दाफाश नहीं करना चाहते थे कि मौसम की यह ख़ुशगवारी हमारी देन है वर्ना वे हमें वहीं रोक लेते।

एक दिन ज़रा-सी बूंदाबांदी हुई तो हमने कहा, "चलो, आज इस छतरी का इस्तेमाल करके देख लेते हैं।" मगर वह थी जापानी छतरी। हमसे खुलने का नाम न लेती थी। एक जापानी की सेवाएं प्राप्त करके छतरी खुलवायी। मगर इधर छतरी खुली और उधर बरसात रुक गयी। लाचार होकर दूसरे जापानी की सेवाएं प्राप्त करके छतरी बन्द करवायी।

जब इस छतरी को दोबारा हासिल करने के पीछे टैक्सियों और ट्रेनों में ख़ासी रकम ख़र्च कर चुके और जापान को छोड़ने में सिर्फ़ आठ दिन बाक़ी रह गये तो एक दिन हमने छतरियों की दुकान पर इस छतरी की क़ीमत पूछी। पता चला, एक हज़ार येन की है। इसके बाद हमने उस रकम को जोड़ा जो हमारे भूलू-दिमाग़ के कारण इस छतरी पर ख़र्च हुई थी। मालूम हुआ कि कुल पांच हज़ार येन ख़र्च हुए हैं। ध्यान रहे कि इस रकम में उस ट्रंककाल का सौ रुपये का बिल भी शामिल है, जो हमारी बीवी ने इस छतरी से घबराकर हमें

किया था। आदमी को हिसाब-किताब के मामले में ईमानदार रहना चाहिए।

जब सेमिनार ख़त्म हुआ तो विदाई समारोह के बाद हमने सीना तानकर बड़े गर्व के साथ इस छतरी को मिस जो के हवाले किया। मिस जो ने हंसकर कहा, "मिस्टर हुसैन, अब तो आप हिन्दुस्तान जाकर अपनी बीवी को भी इसी तरह साथ रखा करेंगे, जिस तरह यहां छतरी को रखा करते थे।"

हमने कहा, "मिस जो, इस छतरी की वजह से अब तो हमें सचमुच किसी को साथ रखने की आदत हो गयी है। हम तो कहते हैं कि इस छतरी ने जापान में हमें अपनी बीवी की अनुपस्थिति का एहसास न होने दिया। यह अब छतरी नहीं, सचमुच हमारी बीवी बन गयी है। ज़रा देखिए तो सही कि हमने इसे कितना कम इस्तेमाल किया है। पैंतीस दिन में सिर्फ़ एक बार।"

मिस जो ने हंसते-हंसते उस छतरी की मूठ पर से गम-टेप को छीला और हमारा नाम निकाल दिया। हमारे दिल पर एक बिजली-सी गिरी। तड़पकर बोले, "मिस जो, इस छतरी पर से हमारा नाम ज़रा आहिस्ता निकालिए, दिल पर चोटें-सी पड़ रही हैं।"

इतना कहने के बाद न जाने क्यों हमारी आंखों में आंसू आ गये।

हमें टोक्यो से हिन्दुस्तान वापस आये पच्चीस दिन बीत गये हैं, लेकिन यह छतरी अब भी हमारे ज़हन में खट-से खुल जाती है, हालांकि हम उसे खोलना नहीं जानते थे। न जाने कौन इस छतरी को हमारे ज़हन में खोल देता है ! यह छतरी जो टोक्यो के बाज़ारों में हमारे साथ रहती थी, यह छतरी जिसकी मदद से हमने योकोहामा के समुद्र की रेत पर न जाने क्या-क्या शक्लें बनायी थीं, माउंट फ्यूजी के दामन में यह हमारी सहचर थी, जापान के देहातों की ग़र्द इस पर जमी थी, नारा के पगोड़ों में यह हमारी हमक़दम थी, क्योटो के शीशाघरों में यह एक चश्मदीद गवाह के तौर पर हमारे साथ थी। इस छतरी के साये में अब कितनी जवान यादें पल रही हैं। हमें तो लगता है जैसे हम जान-बूझकर इस छतरी को टोक्यो में भूल आये हैं कि इसे लेने के बहाने फिर टोक्यो जा सकें, ताकि ज़ज़्बों के सिलसिले फिर जोड़ें, यादों की कड़ियां फिर मिलायें, लम्हों के मोती फिर पिरोयें, अरमानों के धागों से फिर नयी-नयी दास्तानें बुनें।

ऐ यूनेस्को की छतरी ! हमारी हमक़दम, हमारी दोस्त, उदास न होना। हम तुझे दोबारा हासिल करने के लिए फिर आएंगे। हमारी राहों में आंखें बिछाये रखना। क्या अजब कि अबकी बार हम बादल बनकर तुझ पर बरसने आ जाएं।

मुश्ताक़ अहमद यूसफ़ी

क्रिकेट

मिर्ज़ा अब्दुल वदूदबेग का यह दावा कुछ ग़लत मालूम नहीं होता कि क्रिकेट बड़ी तेज़ी से हमारा राष्ट्रीय खेल बनता जा रहा है। राष्ट्रीय खेल से शायद उनका मतलब ऐसा खेल है जिसे दूसरी कौमें नहीं खेलतीं।

हम आज तक क्रिकेट नहीं खेले। लेकिन इसका यह मतलब नहीं कि हमें इसकी बुराई करने का हक नहीं। अब अगर किसी आदमी को कुत्ते ने नहीं काटा तो क्या उस बदनसीब को कुत्तों की बुराई करने का हक नहीं पहुंचता। ज़रा ग़ौर कीजिए अफ़ीम की बुराई सिर्फ़ वही लोग कर सकते हैं जो अफ़ीम नहीं खाते। अफ़ीम खाने के बाद हमने किसी को अफ़ीम की बुराई करते नहीं देखा। बुराई करना तो बड़ी बात है हमने तो कुछ भी करते नहीं देखा।

अब भी बात साफ़ नहीं हुई तो हम एक और विश्वस्त मिसाल पेश करते हैं। मौलाना अबुल कलाम आज़ाद को गुड़ से सख़्त चिड़ थी। उनका कहना है कि जिस आदमी ने एक बार गुड़ चख लिया उसको तमाम उम्र दूसरी मिठास पसन्द नहीं आ सकती। क्योंकि वे खुद शक्कर की कोमल मिठास के आदि प्रशंसक थे। इसलिए सिद्ध हुआ कि वे भी सारी उम्र गुड़ खाये बग़ैर गुड़ की बुराई करते रहे।

यूं तो आज तक हर वह बात जिसमें हारने की संभावना ज़्यादा हो खेल समझी जा सकती है। फिर भी खेल और काम में जो फ़र्क हमारी समझ में आया यह है कि खेल का मकसद ख़ालिस तौर पर मनोरंजन है। देखा जाये तो खेल काम के बिल्कुल उलट है। जहां इसमें गंभीरता आई और यह काम बना। यही कारण है कि पोलो इन्सान के लिए खेल है और घोड़ों के लिए काम। ज़िद की और बात है वरना स्वयं मिर्ज़ा भी उस बुनियादी फ़र्क से बेख़बर नहीं। हमें अच्छी तरह याद है कि एक दिन वह टन्डू अल्लायार खां से मुआवज़ा पर मुशायरा 'पढ़कर' लौटे तो हमसे कहने लगे : "आज के ज़माने में हम तो शायरी को, जब तक वह किसी रोज़ी का साधन न हो, बड़ी अय्याशी बल्कि बदमाशी समझते हैं।"

अब यह जांच-पड़ताल की जा सकती है कि क्रिकेट खेल की इस कसौटी पर पूरा उतरता है या नहीं। फ़ैसला करने से पहले यह याद रखना चाहिए कि क्रिकेट वास्तव में अंग्रेज़ों का खेल है। कुछ उन्हीं के बलग़मी मिज़ाज से लगाव

रखता है। उनकी राष्ट्रीय विशेषता है कि वे मनोरंजन के बारे में बड़े भावुक हो जाते हैं और मोहब्बत के मामले में परले दरजे के कारोबारी। इसी अच्छे विरोध का नतीजा है कि उनकी दार्शनिकता बड़ी सतही है और हास्य बहुत गहरा।

क्रिकेट से हमारी दिलचस्पी एक पुरानी बात है। जिस पर आज 100 साल बाद हैरानी या अफ़सोस प्रगट करना अपनी अज्ञानता का सबूत देना है। 1857 के ग़दर के बाद बल्कि इससे कुछ पहले ही हमारे पुरखों को अंग्रेज़ी कल्चर और क्रिकेट के आपसी रिश्ते का अहसास हो चला था। इसलिए सर सैयद अहमद खां मरहूम ने भी अंग्रेज़ी तालीम और सभ्यता के साथ-साथ क्रिकेट को अपनाने की कोशिश की। मशहूर है कि जब अलीगढ़ कॉलेज के लड़के मैच खेलते होते तो सर सैयद मैदान के किनारे जाये-नमाज़ बिछाकर बैठ जाते, लड़कों का खेल देखते और रो-रोकर दुआ मांगते—इल्लाही मेरे बच्चों की लाज तेरे हाथ है।

जैसा कि ऊपर इशारा किया जा चुका है कि क्रिकेट अंग्रेज़ों के लिए शग़ल नहीं मिशन है। लेकिन अगर आपने कभी क्रिकेट की टीमों को मई-जून की दुपहर में भी बग़ैर अंत सोचे-समझे साहस के साथ मौसम को चैलेंज करते देखा है तो हमारी तरह आप भी इस नतीजे पर पहुंचे बग़ैर न रह सकेंगे कि हमारे यहां क्रिकेट न खेल है न मिशन। अच्छी-ख़ासी सज़ा के तौर पर मेहनत है जिसमें काम से ज़्यादा पसीना बहाना पड़ता है। अब अगर कोई सिरफिरा मुंह-मांगे दाम देकर भी अपने मज़दूरों से ऐसे मौसमी हालात में यूं काम करवाये तो पहले ही दिन उसका चालान हो जाये। मगर क्रिकेट में चूंकि आमतौर से पारिश्रमिक लेने-देने का रिवाज नहीं इसलिए चालान का सवाल पैदा नहीं होता। हमारे हाथों जिस तरह हल्का-फुल्का खेल तरक़्क़ी करके काम में बदल गया वह उसके ईजाद करने वालों के वहमो-गुमान में भी नहीं। ग़ालिब ने शायद ऐसी ही किसी परिस्थिति से प्रभावित होकर कहा था कि हम मुग़ल बच्चे भी ग़ज़ब होते हैं। जिस पर मरते हैं उसको मार रखते हैं।

इसका कारण जाहिर तो यह मालूम होता है कि इस खेल के मामले में हमारा रवैया बालिग़ों जैसा नहीं। बिल्कुल बच्चों जैसा है। इसलिए कि सिर्फ़ बच्चे ही खेल में इतनी गम्भीरता बरतते हैं। फिर जैसे-जैसे बच्चा सयाना होता है खेल के बारे में उसका रवैया ग़ैरसंजीदा होता चला जाता है और यही मानसिक प्रौढ़ता की निशानी है।

क्रिकेट के रसिया हम ऐसे अनाड़ी को लाजवाब करने के लिए अक्सर कहते हैं—''मियां ! तुम क्रिकेट की बारीकियों को क्या जानो। क्रिकेट अब खेल नहीं रहा साइंस बन गया है साइंस।'' अजीब संयोग है। ताश के रसिया भी रमी के बारे में बड़े ही गर्व से यही दावा करते हैं कि यह सोलह आने साइंटिफ़िक खेल है। बकने वाले बका करें। लेकिन हमें रमी के साइंटिफ़िक होने में बिल्कुल

कोई शक नहीं क्योंकि हमें यक़ीन है कि कम-से-कम समय में ज़्यादा-से-ज़्यादा रुपया हारने का इससे ज़्यादा साइंटिफ़िक तरीक़ा अभी तक मालूम नहीं हुआ है। इसलिए सिद्ध हुआ कि क्रिकेट और रमी बिल्कुल साइंटिफ़िक हैं और इसीलिए खेल नहीं कहलाये जा सकते। बात यह है कि जहां खेल में दिमाग़ पर ज़ोर पड़ा खेल खेल नहीं रहता काम बन जाता है।

एक बार क्रिकेट पर आलोचना करते हुए हमने मिर्ज़ा से कहा कि खेलों में वही खेल उत्तम है जिसमें दिमाग़ पर कम-से-कम ज़ोर पड़े।

फ़रमाया–"ठीक ! आपकी कोमल तबीयत के लिए जुआ निहायत अच्छा रहेगा। इसलिए कि जुए की क़ानूनी परिभाषा यही है कि इसको खेलने के लिए बुद्धि का इस्तेमाल बिल्कुल नहीं करना पड़ता।"

केवल क्रिकेट पर ही यह निर्भर नहीं। उन्नत देशों में यह कहावत आम है कि तालीम बड़ी सरल और मनोरंजन दिन-प्रतिदिन मुश्किल होता जाता है। मिसाल के तौर पर बी. ए. करना बाएं हाथ का खेल है। मगर ब्रिज सीखने के लिए बुद्धि की ज़रूरत है। रेडियो, टेलीविज़न, सिनेमा और सचित्र किताबों ने अब शिक्षा को बिल्कुल आसान और आम कर दिया है लेकिन खेल दिन-प्रतिदिन मुश्किल और पेचीदा होते जा रहे हैं। इसीलिए कई कुण्ठ बुद्धि वाले लड़के खेल से जी चुराकर तालीम की तरफ़ ज़्यादा ध्यान देने लगे हैं। इससे शिक्षा के तौर पर जो नतीजा निकला वह राजनीतिज्ञों की सूरत में हम सबके समाने है।

किसी मध्यमार्गी बुद्धिमान का कहना है कि खेल के समय खेल और काम के समय काम अच्छा। अगर हम यह कहें कि हमें इस सुनहरे उसूल से सरासर मतभेद है तो इसका यह मतलब न लिया जाये कि हम सुबह-शाम आठों पहर काम करने के हक़ में हैं। सच पूछिये तो हम अपनी गिनती उन नार्मल लोगों में करते हैं जिनको खेल के समय खेल और काम के समय में भी खेल ही अच्छा लगता है और जब खेल की बातें हो रही हैं तो यह कहने की इजाज़त दीजिए कि सही तौर पर काम ही के समय खेल का असली मज़ा आता है। इसलिए क्रिकेट के विरोध में यह अंदाज़ा न कीजिये कि हम मनोरंजन के ख़िलाफ़ बिफरे हुए बूढ़ों (एंग्री ओल्ड मैन) का कोई संयुक्त मोर्चा बनाने चले हैं। हम स्वयं सौ फ़ीसदी मनोरंजन के हक में हैं। चाहे वह मनोरंजन तालीम के लिए हो या तालीम मनोरंजन के लिए। हम तो केवल यह बात स्पष्ट करना चाहते हैं कि यद्यपि तालीम के पुराने तरीक़े से मनोरंजन का नया तरीक़ा हज़ार दर्जे बेहतर है–मगर इसमें पड़ती है मेहनत ज़्यादा।

भूमिका ज़रा लम्बी और अजीब सही लेकिन कुछ कारणों से अनिवार्य थी। अब हम असली विषय की तरफ़ आते हैं और आंखों देखा हाल सुनाते हैं। टेस्ट

मैच के हंगामा भरे ज़माने का ज़िक्र है। शहर की आबादी दो भागों में बंट गई थी। एक भाग जिसमें काहिल भी हैं, गाफ़िल भी हैं, होशियार भी हैं अपने-अपने घरों में बैठा रेडियो-कमेंटरी सुन रहा था। दूसरे गिरोह में वे सफ़ेदपोश शामिल थे जो इज़्ज़त की ख़ातिर अपनी-अपनी छतों पर खाली एरियल लगाकर खुद ईरानी होटलों और पनवाड़ियों की दुकानों के सामने खड़े कमेंटरी सुन रहे थे। पाकिस्तान एक मैच जीत चुका था और क्रिकेट के ख़िलाफ़ एक शब्द भी मुंह से निकालना ग़द्दारी के बराबर था। मिर्ज़ा क्रिकेट को अपने आप पर हावी करके कहने लगे—"यह खेलों का बादशाह है।"

हमारी जो शामत आयी तो बोल उठे—"मिर्ज़ा, क्रिकेट रईसों क़ा खेल है। देखते नहीं यह मर रहा है। इसका कोई भविष्य नहीं क्योंकि न इसे रूसी खेलते हैं न अमरीकी।"

"इसी से कुछ उम्मीद बनती है कि शायद यह खेल ज़िन्दा रह जाये।" मिर्ज़ा ने छूटते ही दहला लगाया।

"ऐसा महंगा और पेचीदा खेल जिसका मैच लगातार पांच दिन तक घिसटता रहे और जिसे हमारी ग़रीब जनता न खेल सके न देख पाये हर्गिज़ ध्यान के क़ाबिल नहीं।" हमने दुखती हुई रग पकड़ी।

"फिर कौन-सा खेल हमारी पसंद के काबिल है?" मिर्ज़ा ने चिढ़ाने के अंदाज से पूछा।

"इससे बेहतर तो बेस बाल रहेगी।" हमने कहा।

"बात एक ही है। आधा बैट टूट जाने पर भी क्रिकेट जारी रहे तो अमरीका में उसे बेस बाल कहते हैं। किसी और खेल का नाम लो।" मिर्ज़ा बोले।

"टैनिस।" हमारे मुंह से अनायास निकला।

"अगर तुमने कभी टैनिस मैच में गेंद के साथ सैकड़ों तमाशाइयों की गर्दनें एक साथ पेंडुलम की तरह घूमती देखी हैं तो बखुदा तुम्हें इस खेल से ही नफ़रत हो जायेगी।" मिर्ज़ा ने कहा।

"इसका यह मतलब हुआ कि तुम्हें टैनिस देखने पर एतराज़ है, मत देखो। मगर खेलने में क्या हर्ज है।" हमने दबाया।

"जी नहीं। यूरोप में टैनिस बीमार मर्दों और तंदुरुस्त औरतों का खेल है साहब। अच्छे खेल की खूबी यह है कि कुछ हाथ हिले कुछ पांव हिले। उछले बाज़ू, फड़के सब तन।"

मिर्ज़ा ने एकाएक हमारे मुक़ाबले नज़ीर अकबराबादी को ला खड़ा किया जिनसे निबटना हमारे लिए मुश्किल था।

"चलो हाकी सही।" हमने समझाने के अंदाज़ में कहा।

"छी ! हमारी यंह बड़ी कमज़ोरी है कि अपनी टीम किसी खेल में जीत

जाये तो इसे क़ौमी खेल समझने लगते हैं और उस समय तक समझते रहते हैं जब तक कि टीम दूसरा मैच हार न जाये।" मिर्ज़ा ने फ़तवा दिया।

"तुम्हें पसंद न आये और बात है मगर कराची में हाकी की लोकप्रियता का यह हाल है कि अगर कहीं दोस्ताना मैच भी हो रहा हो तो लोग इस बुरी तरह टूटते हैं कि फ़ील्ड तक में खेलने को जगह नहीं रहती।" हमने कहा।

"ख़ुदा आबाद रखे। कराची का क्या कहना। बंदर रोड पर कोई शख़्स राह-चलते यूंही पान की पीक थूक दे और फिर उसी तरफ़ टिकटिकी बांधकर देखने लगे तो दो मिनट में ठठ-के-ठठ लग जायें और सारा ट्रेफ़िक रुक जाये। याद रखो तमाशे में जान तमाशबीन की ताली से पड़ती है न कि मदारी की डुगडुगी से।" मिर्ज़ा ने बात को कहां-से-कहां पहुंचा दिया।

"फुटबाल कैसी रहेगी ?" हमने मज़बूत होकर आख़िर उन्हीं से पूछा।

मिर्ज़ा कहने लगे, "क्रिकेट भद्र लोग खेलते हैं। फुटबाल देहातियों का खेल है—जटगंवारों का। हड्डियां तुड़वाने के और भी सभ्य तरीक़े हो सकते हैं। इस सामूहिक बदतमीज़ी को खेल किसने कह दिया। आपने शायद वह लतीफ़ा नहीं सुना कि एक पुराना खिलाड़ी कुछ सिखों को फुटबाल खेलना सिखा रहा था। जब खेल के सब क़ायदे एक-एक करके समझा चुका था तो आख़िर में यह गुर की बात बतायी कि हमेशा याद रखो कि सारे खेल का दारोमदार केवल ज़ोर से किक लगाने पर है इससे कभी न चूको। अगर गेंद को किक न कर सको तो परवाह नहीं अपने विरोधी को ही किक कर दो। अच्छा, अब खेल शुरू करो। गेंद किधर है।—यह सुनकर एक सरदारजी अपना जांघिया चढ़ाते हुए बेताबी से बोले—गेंद की ऐसी की तैसी। तुसी खेल शुरू करो ख़ालसा जी।"

"लेकिन गंवार और देहातियों के साथ खेलने में कौन-सी हेठी होती है।" हमने अपनी प्रजातन्त्रीय भावना से क़रीबन निढाल होकर पूछा।

"मनोरंजन में बुरी सोहबत से परहेज़ ज़रूरी है। आप तिजारत और इबादत (पूजा) तो किसी के साथ भी कर सकते हैं लेकिन ताश सिर्फ़ भद्र लोगों के साथ खेलना चाहिए। यही नहीं यूरोप में भी इस फर्क़ को ध्यान में रखा जाता है। वहां बड़े-से-बड़े स्टॉक एक्सचेंज और गिरजाघर में ही किसी को बेरोकटोक जाने की इजाज़त है। मगर क्लब और कैसीनो (जुआख़ानों) में केवल खानदानी लोग ही जाते हैं।"

क्या अर्ज़ करें कि क्रिकेट के विरोधियों को क़ायल करने के लिए मिर्ज़ा कैसी-कैसी धांधली जायज़ समझते हैं। और एक ही क्षण में बात को दलील के दायरे से निकालकर उस जगह पर पहुंचा देते हैं जहां बात करते हुए दुश्मनों की ज़ुबान कटती है। बात मुश्किल हो जाती है इसलिए हम साफ़ तौर पर उनके दलील काटने की एक तुच्छ मिसाल पेश करते हैं। एक दिन वे क्रिकेट के

शारीरिक फ़ायदे (आध्यात्मिक फ़ायदों का बयान आगे आयेगा) पर रोशनी डालते हुए फ़रमाने लगे—"क्रिकेट से कलाई मज़बूत होती है।"

"कलाई मज़बूत होने से फ़ायदा ?"

"क्रिकेट अच्छा खेला जाता है।"

एक और नाज़ुक मौक़े पर उन्होंने इसी क़िस्म की दलील से एक मंदबुद्धि का मुंह बंद कर दिया। उन साहब का ख़्याल था कि क्रिकेट में हर समय चोट-चपेट का ख़तरा लगा रहता है। मिर्ज़ा को क़ायल करने के इरादे से उन्हीं के सिर की क़सम खाकर कहने लगे—"मेरे सामने के तीन दांत क्रिकेट की ही भेंट हुए हैं। (अंदरूनी चोटों की कोई गिनती नहीं) वह तो कहिये कि बड़ी ख़ैर हुई कि मेरे हवास गुम नहीं हुए। अगर मैं ऐन वक़्त पर मुंह न फाड़ देता तो कहीं ज़्यादा नुक़्सान होता।" बाद को उन्होंने क्रिकेट के खेल में दूसरे अंगों के बारी-बारी ज़ख़्मी होने और चोट खाने की दर्दभरी दास्तान मैचवार सुनाई। और यह सिद्ध कर दिया कि उनके अपने ऐतिहासिक ज़ख़्मों की सामूहिक संख्या राणासांगा के सत्तर ज़ख़्मों से किसी तरह कम नहीं।

मिर्ज़ा ने झुंझलाकर कहा—"मगर दस्ताने, पैड और गार्ड आख़िर किस मर्ज की दवा हैं ?"

वह साहब बोले—"देखिये न ! यह कवच तो खुद इस बात की दलील है कि खेल वाकई ख़तरनाक है। सुरक्षा के इन नियमों का नाम सुनकर मुझे इस समय अपने गांव का ज़मींदार याद आ रहा है, जिसने सत्तर साल की उम्र में एक सोलह साल की लड़की से शादी की थी। अभी सुहाग के जोड़े का कलफ़ भी ठीक से न टूटा होगा कि वे हालात पैदा हो गए जिनमें कुछ जल्दबाज़ लोग क़त्ल कर बैठते हैं। लेकिन आदमी था बड़ा दूरदर्शी। बहुत कुछ सोच-विचार और अपनी तबीयत के प्राकृतिक रुझान को देखते हुए इस नतीजे पर पहुंचा कि आत्महत्या अधिक सुविधाजनक है। क़त्ल में बड़ा बखेड़ा है। याद रहे कि उस ज़माने में बारूद और बन्दूक का ग़लत इस्तेमाल आम नहीं हुआ था। इसलिए आत्मसम्मान वाले लोगों को कुएं झांकने पड़ते थे। लेकिन इन दिनों कड़ाके की सर्दी पड़ रही थी और कुएं का पानी ऐसा ठंडा बर्फ़ हो रहा था कि ग़ुस्से में कोई आदमी कूद पड़े तो छन से आवाज़ पैदा हो। इसलिए ज़मींदार ने रुई का एक फ़रग़ल और दो मोटे-मोटे लिहाफ़ ओढ़कर कुएं में छलांग लगायी और आख़िर इन्हीं लिहाफ़ों ने उसे सर्दी से ही नहीं बल्कि हराम-मौत से भी बचा लिया।"

मिर्ज़ा चटख़ारा लेकर बोले—"बहुत खूब ! आइन्दा आप इस रोचक कहानी को क्रिकेट के बजाय दूसरी शादी के ख़िलाफ़ दलील के तौर पर इस्तेमाल कीजियेगा।"

हमने बीच में पड़कर समझौता करवाने की कोशिश की, "जाहिर है लिहाफ़

ओढ़कर क्रिकेट नहीं खेला जा सकता मगर एक बात मेरी आज तक समझ में नहीं आई कि खिलाड़ी मोटे दस्ताने पहनते हैं। भारी-भरकम पैड चढ़ाते हैं, गार्ड बांधते हैं। और खुदा जाने क्या-क्या अला-बला अपने ऊपर मढ़ लेते हैं तब कहीं अपने को गेंद से महफ़ूज़ समझते हैं। लेकिन आख़िर इसके बजाय नरम गेंद क्यों नहीं इस्तेमाल करते ? सीधी-सी बात है।''

मिर्ज़ा साहब कन्नी काटकर फ़िलासफ़ी बघारने लगे, ''हज़रत मुझे सज़ा के तौर पर भी वह खेल मन्जूर नहीं जिसमें चोट का पूरा ख़तरा न हो। मर्दों को चोट खाकर मुस्कराने की आदत होनी चाहिए।''

''चोट खाने से फ़ायदा ?''

''आदमी मज़बूत होता है।''

''इससे क्या होता है ?''

''आइंदा चोट लगे तो चीख़ नहीं निकलती।''

मिर्ज़ा को क्रिकेट से कितनी दिलचस्पी और इसकी बारीकियों की किस हद तक जानकारी है हमें इसका थोड़ा-थोड़ा अंदाज़ा पांच साल पहले हुआ। टैस्ट का चौथा दिन था। और एक स्लो बौलर बौलिंग कर रहा था। उसकी कलाई के एक छोटे से इशारे, उंगलियों की एक हल्की-सी हरकत पर गेंद नाच-नाच उठती। और तमाशबीन हर गेंद पर कुर्सियों से उठकर वाह-वाह करते और वाह करके बारी-बारी एक-दूसरे की गोद में बैठ-बैठ जाते। हमारे पास ही एक मेम के पीछे कुर्सी पर आलती-पालती मारे बैठा बूढ़ा पारसी तक अपने पोपले मुंह से सीटी बजा-बजाकर बौलर का दिल बढ़ा रहा था और इधर स्टेडियम के बाहर दरख़्तों की टहनियों से लटके हुए लोग हाथ छोड़-छोड़कर तालियां बजाते और कपड़े झाड़कर फिर दरख़्तों पर चढ़ जाते। हर आदमी की नज़रें गेंद पर गड़ी हुई थीं। एकबारगी बड़े ज़ोर से तालियां बजने लगीं।

''हाय ! बड़े ग़ज़ब की गुगली है।'' हमने जोश से मिर्ज़ा का हाथ दबाकर कहा।

''नहीं यार मद्रासन है।'' मिर्ज़ा ने दांत भींचकर जवाब दिया।

हमने पलटकर देखा तो मिर्ज़ा की ही राय सही निकली। बल्कि बहुत खूब निकली।

उनकी दिलचस्पी का अंदाज़ा इस व्यवस्था से भी होता है जो पिछले तीन वर्षों से उनके नित्य-नियम में शामिल हो चुकी है। अब वह बड़े चाव से लदे-फंदे टैस्ट मैच देखने जाते हैं। डेढ़ से दो सेर भूभल की भुनी हुई मूंगफली, बैटरी का रेडियो और थरमस। यहां हमने नाश्ते के डिब्बे, सिग्रेट, धूप की ऐनक और एस्प्रो की टिकियों का ज़िक्र इसलिए नहीं किया कि ये तो उन चीज़ों में से हैं जिनके बग़ैर दूरदर्शी आदमी यह खेल देखने का इरादा नहीं करता। यूं तो

ताज़ा अख़बार भी साथ होता है मगर वे इससे छतरी का काम लेते हैं। खुद नहीं पढ़ते। हां, पीछे बैठने वाले बार-बार पन्ना उलटने की दरख़ास्त करते रहते हैं। दिन-भर रेडियो से चिमटे कमेंट्री सुनते रहते हैं। बल्कि हमारा ख़्याल है कि उन्हें कमेंट्री सुनने से ज़्यादा सुनाने में मज़ा आता है। हां, कमेंट्री आना बंद हो जाये तो खेल भी देख लेते हैं। या फिर उस समय सिर उठाकर फ़ील्ड की तरफ़ देखते हैं जब रेडियो पर तालियों की आवाज़ से कानों के पर्दे फटने लगें। मैच किसी और शहर में हो रहा हो तो घर बैठे कमेंट्री के जोशीले हिस्से को टेप कर रिकार्ड कर लेते हैं और आइंदा टैस्ट तक इसे सुना-सुनाकर दूसरे मुसलमान भाइयों का खून खौलाते रहते हैं।

जाहिलों का ज़िक्र नहीं बड़ों-बड़ों को हमने इस खुशफ़हमी में घिरे देखा है कि ज़्यादा न कम पूरे बाईस खिलाड़ी क्रिकेट खेलते हैं। हमें क़ायदे-नियमों का ज्ञान नहीं लेकिन जो कुछ अपनी आंखों से देखा उसी की कसम खाकर अर्ज़ करते हैं कि वास्तव में क्रिकेट सिर्फ़ एक ही आदमी खेलता है। मगर इस खेल में यह खूबी है कि बाक़ी इक्कीस लोग सारे-के-सारे दिन इस मुग़ालते में मग्न रहते हैं कि वे भी खेल रहे हैं। हालांकि होता यह है कि ये हज़रत शाम तक सारस की तरह खड़े-खड़े थक जाते हैं और घर पहुंचकर इस थकान को तंदुरुस्ती समझकर पड़ रहते हैं।

मिर्ज़ा कहते हैं कि (असंभव है कि क्रिकेट का ज़िक्र हो और बार-बार मिर्ज़ा की दुहाई न देनी पड़े) खेल ख़ासतौर पर क्रिकेट में हार-जीत से अलगाव का रुझान पैदा होता है। अब इन्हें कौन समझाये कि जीतने के लिए वाक़ई मेहनत और अभ्यास की ज़रूरत है। लेकिन हारने के लिए अभ्यास और दक्षता की कोई ज़रूरत नहीं। क्योंकि विरोधी टीम यह मुश्किल आमतौर पर स्वयं ही हल कर लेती है।

अच्छे स्कूलों में शुरू ही से शिक्षा दी जाती है कि जिस तरह मुर्ग़ाबी पर पानी की बूंद नहीं ठहरती इसी तरह अच्छे खिलाड़ी पर असफलता का कोई असर नहीं होना चाहिए। हमने देखा है कि कुछ कमज़ोर लोग इस उपदेश का इतना असर लेते हैं कि हर हाल में अंजाम से बेपरवाह हो जाते हैं। लेकिन आप-हम यह स्वीकार कर लें कि हमें जीत से दुःख और हार से खुशी नहीं होती तो कौन-सी अजीब बात है। इंग्लैंड का राजा विजयी विलियम इस सिलसिले में बड़े खुलेपन और साफ़दिली की एक मुर्दा मिसाल क़ायम कर गया है जो आज भी कई लोगों के लिए अनुकरणीय है। हुआ यह कि एक बार जब वह शतरंज की बाज़ी हार गये, आव देखा न ताव झट लकड़ी की शतरंज जीतने वाले के सिर पर दे मारी जिससे उस गुस्ताख़ की मृत्यु हो गई। इतिहासकार उस बारे में ख़ामोश हैं मगर अनुमान कहता है कि दरबारियों ने बात बनाई होगी–

“सरकार ! यह तो बहुत ही अधम निकला। जीत को ज़रा भी बरदाश्त न कर सका। अत्यधिक ख़ुशी से ही मर गया।”

यही क़िस्सा एक दिन नमक-मिर्च लगाकर हमने मिर्ज़ा को सुनाया तो बिगड़ गये। कहने लगे—“आप बड़ी फ़िलासफ़ी छांटते हैं मगर यह एक फ़िलासफ़र ही का कथन है कि कोई राष्ट्र राजनीतिक महानता प्राप्त नहीं कर सकता जब तक उसने किसी-न-किसी युग में अपने खेल का लोहा न मनवाया हो।”

हमने छेड़ा—“मगर राष्ट्र पिट-पिटकर ही हेकड़ होते हैं।”

राष्ट्रों को जहां-का-तहां छोड़कर निजी बातों पर उतर आये, “जिस आदमी ने उम्रभर अपनी सेहत के दामन को हर क़िस्म की कसरत और खेल से बचाये रखा वह ग़रीब खेल की स्पिरिट को क्या जाने—बचपन में भी तुम खेल जो खेले तो सनम का—”

“मैं जानता हूं कि तुम जैसे आदमी केवल घर के डर से नहीं खेलते। ऐसा ही है तो परसों सुबह बग़दादी जिमख़ाना आ जाओ फिर तुम्हें दिखायें कि क्रिकेट क्या होता है।”

इसके बाद उन्होंने बताया कि बग़दादी जिमख़ाना में हर हफ़्ते दोस्ताना मैच होते रहते हैं। दोस्ताना मैच से मतलब ऐसा मैच है जिसमें लोग हारकर भी हार नहीं मानते। अभी पिछले सनीचर को ऐनक लगाने वालों की टीम ने सिगार वालों को पूरे नौ विकिटों से हरा दिया था। और परसों उनकी कम्पनी के कुंआरे कर्मचारी अपने आफीसरों और उनकी बीवियों से शौक़िया मैच खेल रहे थे। हमने कुछ हिचर-मिचर की तो आंख मारकर कहने लगे—“बेपर्दगी का ख़ास इन्तज़ाम होगा। ज़रूर आना।”

हम नाश्ता करते ही बग़दादी जिमख़ाना पहुंच गये। प्रोग्राम के मुताबिक खेल ठीक दस बजे शुरू होना चाहिए था मगर अम्पायर का सफ़ेद कोट प्रेस होकर देर से आया इसलिए छपे हुए प्रोग्राम के बजाय साढ़े ग्यारह बजे तक खिलाड़ी मूंगफली खाते रहे।

पन्द्रह मिनट की बहस के बाद यह तय पाया कि जो टीम टास हारे वह ही बैटिंग करे। फिर कलदार रुपया खनका। तालियां बजीं। इत्र वाले रूमाल हवा में लहराये और मिर्ज़ा कसे-बंधे बैटिंग करने निकले।

हमने दुआ की—“ख़ुदा करे तुम वापिस न आओ।”

मिर्ज़ा ने हमारा शुक्रिया अदा किया और चलते-फिरते फिर ताक़ीद की—“क्रिकेट मत देखो, क्रिकेट की स्पिरिट देखो।”

हम यह बताना तो भूल ही गए रवाना होने से पहले मिर्ज़ा ने अपने बल्ले पर सब तमाशाइयों के हस्ताक्षर लिये। एक महिला ने जो किसी तरह अनपढ़

नहीं मालूम होती थी हस्ताक्षर की जगह बल्ले पर अपने तरशे-तरशाये सुर्ख होंठ रख दिये। और मिर्ज़ा पीछे मुड़-मुड़कर देखते हुए विकिट तक पहुंचे। बल्कि यूं कहना चाहिए कि सारा रास्ता उलटे कदमों तय किया। और अगर मैदान में विकिट से टक्कर न होती तो शायद सारी फ़ील्ड इसी तरह पार कर जाते।

मिर्ज़ा ने क्रिकेट में वही तेवर दिखाये जो हम उनके प्यार के क़िस्सों में देखते चले आए थे। यानी तकनीक कम और जोश ज़्यादा। लंच से कुछ मिनट पहले पैड के तस्मे बांधते हुए उन्होंने एक मरखने-से क्लर्क को यह हथकंडा बताया कि छक्का लगाने की सहज तरकीब यह है कि कुछ कसकर हिट लगाओ। क्लर्क ने फटी-फटी आंखों से घूरकर कहा—"यह तो सभी जानते हैं। सवाल यह है कि ज़ोर का हिट किस तरह लगाया जाये।"

मिर्ज़ा अपनी बड़ी-बड़ी आंखें लाल करके बोले—"मैं तो यह करता हूं कि हिट लगाते समय आंख मीचकर अपने अफ़सर का ध्यान करता हूं। खुदा की क़सम ऐसे ज़ोर का हिट लगता है कि गेंद तारा हो जाती है।"

मिर्ज़ा के खेलने बल्कि न खेलने का अंदाज़ देखकर हमें यक़ीन हो गया कि अफ़सर का एक फ़ोटो नहीं बल्कि पूरा-का-पूरा एल्बम इनकी आंखों में फिर रहा है। इसलिए कि वे बल्ले को पूरी ताक़त के साथ गोफन की तरह घुमाये जा रहे थे। तीन ओवर इसी तरह ख़ाली गये। और गेंद को एक बार भी बल्ले से मिलने का मौक़ा नहीं मिला। मिर्ज़ा के मुस्कराने का अंदाज़ साफ़ बता रहा था कि वह इस स्थिति को बौलर की नालायक़ी से ज़्यादा अपने उस्तादाना हथकंडे का करिश्मा समझ रहे हैं। मगर संयोग से चौथे ओवर में एक गेंद सीधों-सीध बल्ले पर जा लगी।

मिर्ज़ा पूरी ताकत से बल्ला दूर फेंककर चीख़े—"हाउ इज़ इट ?"

अम्पायर दौड़ा-दौड़ा आया। बल्ला उठाकर उन्हें पकड़ाया और बड़ी मुश्किल से समझा-बुझाकर दुबारा खेलने पर रज़ामंद किया। मुसीबत वास्तव में यह थी कि विरोधी टीम का लम्बा-तड़ंगा बौलर खुदा झूठ न बुलवाए पूरे एक फ़र्लांग से टहलता हुआ आता। एकबारगी झटके के साथ रुककर खनकारता फिर अनुमान के प्रतिकूल बड़ी तेज़ी से गेंद फेंकता। इसके अलावा हालांकि गेंद सिर्फ़ दायीं आंख से देख सकता था मगर गेंद बायें हाथ से फेंकता था। मिर्ज़ा का ख़्याल था कि इस बेईमान ने यह चकरा देनेवाली सूरत जानबूझकर बना रखी है। लेकिन एक मिर्ज़ा पर ही निर्भर नहीं कोई भी यह अंदाज़ा नहीं कर सकता था कि वह गेंद कैसे और कहां फेंकेगा। बल्कि उसकी सूरत देखकर कभी-कभी तो यह सन्देह होता था कि अल्लाह जाने फेंकेगा भी या नहीं।

बात यह है कि उसने गेंद से इतने विकिट नहीं लिये जितने गेंद फेंकने के अंदाज़ से। मिर्ज़ा के कथन के अनुकूल मुश्ताक़ बौलर से कोई डरता नहीं।

वह ज़्यादा-से-ज़्यादा विकिट ही तो ले सकता है। जान तो अनाड़ी से निकलती है। सभी के छक्के छूट गये। गेंद फेंकने से पहले जब वह अपनी ढाई घर की चाल से लहरिया बनाता हुआ आता तो अच्छे-अच्छों के बल्ले हाथ-के-हाथ में रह जाते।

आगे बढ़ा कोई तो कोई डर के रह गया।
सकते में कोई मुंह पर नज़र करके रह गया।

हर बार ज़ालिम कुछ ऐसे ग़ैरपेशेवाराना भावना और जोश के साथ कचकचा के गेंद फेंकता गोया वह पहला पत्थर है जिससे एक गुनाहगार दूसरे गुनाहगार को पत्थरों से मारने जा रहा है। इसके बावजूद मिर्ज़ा बड़ी कठिन-से-कठिन परिस्थिति में झंडे गाड़े खड़े थे।

लेकिन यह ठीक है कि रन न बनने का बड़ा कारण मिर्ज़ा के अपने पैंतरे थे। वह अपना विकिट हथेली पर लिये फिर रहे थे। वह करते यह थे कि अगर गेंद अपनी तरफ़ आती होती तो साफ़ टल जाते लेकिन यदि टेढ़ी आती दिखाई देती तो उसके पीछे बल्ला लेकर बड़े जोशोख़रोश से दौड़ते (कप्तान ने बहुतेरा इशारों से मना किया लेकिन दो बार गेंद को बाउन्डरी लाइन तक छोड़ने गये)। हां, एक बार जब वे अपने बल्ले पर लिपस्टिक से बने होंठों को ग़ौर से देख रहे थे तो गेंद अचानक बल्ले से आ लगी और वह चमककर हवा में गेंद से ज़्यादा उछले। विकिट-कीपर बढ़कर अगर बीच में पकड़ न लेता तो ऐसे औंधे मुंह गिरते कि हफ़्तों अपनी शक्ल आप न पहचान पाते।

यूं भी कई खिलाड़ी गेंद देखते नहीं सुनते हैं। यानी उनको अपने इर्द-गिर्द गेंद की मौजूदगी का अहसास पहले-पहल उस आवाज़ से होता है जो गेंद और विकिट के टकराने से पैदा होती है।

कुछ ओवर के बाद खेल का रंग बदलता नज़र आया और यूं महसूस होने लगा गोया विकिट गेंद को अपनी तरफ़ इस तरह खेंच रहा है जैसे चुम्बक लोहे को। हमने देखा कि सातवें ओवर की तीसरी गेंद पर मिर्ज़ा ने अपनी सशस्त्र जांघ बीच में दाख़िल कर दी। सब एक ज़ुबान होकर चीख़ उठे—''हाउ इज़ इट ?''

''मिर्ज़ा ने जान-बूझकर अपनी टांग उस जगह रखी जहां मैं हमेशा गेंद फेंकता हूं।'' बौलर ने इल्ज़ाम लगाया।

''बकवास है। बात यूं है कि उसने जान-बूझकर उस जगह गेंद फेंकी जहां मैं हमेशा टांग रखता हूं।'' मिर्ज़ा ने जवाब दिया।

''अगर मेरा निशाना ऐसा ही होता तो मिर्ज़ाजी कभी के पैवेलियन में विराजमान होते।'' बौलर बोला।

''तो यूं कहो कि तुम्हारी विकिट से गेंद एलर्जिक है।'' मिर्ज़ा ने कहा।

''मैंने अपनी आंखों से देखा कि मिर्ज़ा ने जान-बूझकर टांग आगे की।''

एक आंख वाले बौलर ने क़सम खाई।

अम्पायर ने दोनों को समझाया कि बहसा-बहसी क्रिकेट के विरुद्ध है। फिर यह फ़ैसला फ़रमाया कि बैट्समैन के खेल के सावधान स्टाइल से साफ़ ज़ाहिर होता है कि अगर उसे ज़रा भी ख़तरा होता कि गेंद उसकी टांग की तरफ़ आ रही है तो वह खटाक् से विकिट को अपनी टांग के आगे कर देता।

इस फ़ैसले पर मिर्ज़ा ने अपनी टोपी उछाली और जब वह अपने केन्द्र की तरफ़ वापिस आ गयी तो फिर खेल शुरू हुआ। लेकिन दूसरे ही ओवर में बौलर ने गेंद ऐसी खेंचकर मारी कि मिर्ज़ा के सिर से एक आवाज़ (और मुंह से कई) निकली और टोपी उड़कर विकिट-कीपर के क़दमों पर जा गिरी। जब अम्पायर ने मिर्ज़ा को टोपी पहनाने की कोशिश की तो वह एक इंच तंग हो चुकी थी। इसके बावजूद मिर्ज़ा खूब जमकर खेले और ऐसा जमकर खेले कि उनकी अपनी टीम के पांव उखड़ गये। दुःख की इस सारी घटना का हाल यह है कि जैसे ही उनका साथी गेंद पर हिट लगाता वैसे ही मिर्ज़ा उसे रन बनाने की ज़ोरदार दावत देते और जब वह धीरे-धीरे पिच तय कर लेता तो उसे डांट-डपटकर बल्कि धकेलकर अपने विकिट की ओर वापिस भेज देते। मगर अक्सर यही हुआ कि गेंद उस ग़रीब से पहले वहां पहुंच गयी और वह मुफ़्त में रन आउट हो गया। जब मिर्ज़ा ने एक के बाद दूसरे अपनी टीम के पांच खिलाड़ियों का कप्तान समेत बड़ी शान से इस तरह जुलूस निकाल दिया तो कप्तान ने बाकी बचे खिलाड़ियों को सख़्ती से चेतावनी दे दी कि खबरदार अब मिर्ज़ा के अलावा कोई रन न बनाये। लेकिन मिर्ज़ा आख़िरी विकिट तक अपनी सावधानी के सिद्धांत पर डटे रहे और एक रन भी बनाकर नहीं दिया। इसके बावजूद उनका स्कोर अपनी टीम में सबसे अच्छा रहा इसलिए कि रन तो किसी और ने भी नहीं बनाये मगर वे सब आउट हो गये। इसके विपरीत मिर्ज़ा स्वयं को बड़े गर्व के साथ ज़ीरो नाट आउट बताते थे। और यह बड़ी बात है। खेल के थोड़े अर्से के बाद लम्बा लंच शुरू हुआ जिसमें कई शादीशुदा अफ़सरों ने छककर बीयर पी और ऊंघने लगे। जिन्होंने नहीं पी वे उनकी बीवियों से बदतमीज़ियां करने लगे। जब चाय के समय में कुल दस मिनट बाक़ी रह गये और बैरे छपाक-छपाक प्यालियां लगाने लगे तो मजबूरन खेल शुरू करना पड़ा। दो खिलाड़ी अम्पायर तक को सहारा देकर पिच तक ले गये और मिर्ज़ा ने बौलिंग संभाली। पता चला कि वे बौलिंग के इस अप्राप्य क्षेत्र में अपना सानी नहीं रखते जिसे उनके अशुभचिंतक वाइड बाल कहते थे। नतीजा यह हुआ कि हिट लगे बग़ैर भी धड़ाधड़ रन बनने लगे। तीन ओवर के बाद यह हाल हो गया कि मिर्ज़ा हर गेंद पर गाली देने लगे (शिकार में भी उनका सदा से यही दस्तूर रहा कि फ़ायर करने से पहले दांत पीसकर तोते को कोसते रहे और फायर करने

के बाद बंदूक बनाने वाले कारख़ाने को गालियां देते)। हम बौलिंग की विभिन्न क़िस्मों और बारीकियों से वाकिफ़ नहीं फिर भी इतना ज़रूर देखा कि जिस रफ़्तार से मिर्ज़ा विकिट की तरफ़ गेंद फेंकते उससे चौगुनी रफ़्तार से वापिस कर दी जाती थी। वह थोड़ी धीमी गति से चलने वाली गेंद को हैरत और हसरत से देखते। बार-बार उस पर अपना दायां हाथ अफ़सोस में मलते। फिर भदर-भदर दौड़ते और जब जहां सांस भर जाती वहीं और उसी क्षण लुंजे हाथ से गेंद फेंक देते।

मुंह फेरकर इधर को उधर को बढ़ा के हाथ

शुरू में तो विरोधी टीम इनकी बौलिंग के स्टैंडर्ड से बहुत संतुष्ट हुई। लेकिन जब इसके पहले ही खिलाड़ी ने पन्द्रह मिनट में तीन रन बना डाले तो कप्तान ने अनुरोध किया कि हमारे दूसरे बैट्स-मैन रहे जाते हैं इनको भी मौका मिलना चाहिए इसलिए आप अपना बौलर बदलिये।

मिर्ज़ा बौलिंग छोड़कर पैवेलियन में आ गये। मारे खुशी के कानों तक बांछें खिली पड़ रही थीं। जब वह अपनी जगह पर वापिस आ गये तो मुंह हमारे कान से भिड़ाकर बोले—"कहो पसंद आयी।"

"कौन ? किधर ?" हमने पूछा।

हमारा हाथ झटककर बोले—"निरे गावदी हो तुम भी। मैं क्रिकेट की स्पिरिट की बात कर रहा हूं।"

मुहम्मद खालिद अख़्तर

डॉक्टरों से बचिये

जब हम बीमार पड़ते हैं तो तुरंत डॉक्टर के यहां भागते जाते हैं या डॉक्टर को अपने यहां बुलवा लेते हैं। डॉक्टर को अपने यहां बुलवाना आसान नहीं होता। क्योंकि डॉक्टर को और भी तो कई काम होते हैं। उसको बुलाने के लिए सवारी भी भेजना जरूरी है, वरना डॉक्टर नहीं आएगा।

ए लो ! डॉक्टर साहब भी आ गए। वह पहले हमारी नब्ज़ टटोलते हैं, फिर हमारी ज़ुबान निकलवाकर देखते हैं। फिर अपने सांस देखने के यंत्र से हमारी छाती का मुआयना करते हैं। हूं ! कहकर वह एक ठ डी सांस लेते हैं। इससे जाहिर होता है कि हमने डॉक्टर साहब को उस समय बुलाया है जबकि पानी सिर से गुज़र चुका है। डॉक्टर साहब खड़े-खड़े नुस्ख़ा लिख देते हैं। कुछ आदेश देते हैं। मसलन मरीज़ को चुकन्दरों के अलावा खाने को और कुछ न दिया जाये। जब उन्हें फ़ीस दी जाती है तो थोड़ी हैरानी जाहिर करते हैं जैसे कि उन्हें इस तकल्लुफ़ की उम्मीद नहीं थी। लेकिन वह फ़ीस छोड़ते किसी हालत में भी नहीं।

हर एक आदमी डॉक्टरी के कॉलिज से सनद लेकर अपनी दुकान खोल सकता है। इस सनद से उसे लोगों का इलाज करने का परवाना मिल जाता है। कोई आदमी डॉक्टर के इलाज से मर भी जाए तो डॉक्टर को कोई कुछ नहीं कह सकता। यूरोप में कई ऐसे डॉक्टरों के उदाहरण हैं जिन्होंने कई अच्छे-भले आदमियों को चुपके से कत्ल कर दिया है लेकिन इनके बारे में कोई भी नहीं जानता।

एक बार किसी डॉक्टर के हत्थे चढ़ जाओ तो फिर आपका छुटकारा आसानी से नहीं होगा। ऐसी हालत में बचाव का तरीका सिर्फ़ एक ही है कि आदमी उस शहर से चला जाए जिसमें वह डॉक्टर रहता हो। आपको कोई मामूली शिकायत है, आप एक डॉक्टर के पास जाते हैं। वह आपके शरीर और दिमाग़ में कई और रोग ढूंढ निकालेगा। आपको विश्वास दिला देगा कि आपका इस समय तक ज़िन्दा रह जाना एक चमत्कार है। वह एक इलाज तजवीज करेगा जो काफ़ी लम्बा-चौड़ा होगा।

डॉक्टर आमतौर पर भाईचारे से मिल-जुलकर काम करते हैं। मिसाल के तौर पर आप डॉक्टर गामा के पास इलाज के लिए जा निकलते हैं तो यह आपकी बदक़िस्मती है। डॉक्टर गामा आपको लिटाकर स्टेथस्कोप से आपकी छाती का

मुआयना करता है और अपने सिर को चिन्ता से हिलाते हुए अपनी राय देता है कि आपके फेफड़े बिल्कुल गल चुके हैं और इनका फौरन एक्सरे होना चाहिए। अपनी फ़ीस वसूल करने के बाद वह आपको एक्सरे के लिए अपने दोस्त डॉक्टर लेम्डा के पास भेजता है। रेडियोलॉजिस्ट डॉक्टर लेम्डा के एक्सरे हमेशा साफ़ और सपाट होते हैं। उसकी एक्सरे मशीन खराब है। और उसकी चौखटा दाढ़ी हमेशा किसी-न-किसी तरीक़े से मरीज़ और एक्सरे की प्लेट के बीच आकर फ़ोटो का सत्यानाश कर देती है। डॉक्टर लेम्डा आपके फेफड़ों का एक्सरे लेता है जो वास्तव में उसकी दाढ़ी का एक्सरे है। अच्छी मोटी फ़ीस लेने के बाद वह एक्सरे की फ़ोटो आपके हवाले करता है और आपको डॉक्टर थीटा के घर का पता बताता है जो एक्सरे फ़ोटो को पढ़ने का विशेषज्ञ है। डॉक्टर थीटा आपको यह बता सकता है कि आपके दोनों फेफड़े बेकार हैं या सिर्फ़ एक। डॉक्टर थीटा एक्सरे को गौर से देखने के बाद आपको मुंह खोलने का हुक्म देता है और अपना सिर हिलाता है। अपने दांत फ़ौरन निकलवाओ—वह कहता है। आप प्रोटेस्ट करते हैं कि एक्सरे फेफड़े का है दांतों का नहीं मगर थीटा पर ज़रा भी असर नहीं होता। अपनी फ़ीस लेकर वह आपको डॉक्टर घसीटा की तरफ़ भेजता है। घसीटा दांतों का डॉक्टर है। वह आपको फ़ौरन कुर्सी पर बिठाकर आपके दांत निकालने शुरू कर देता है। घसीटा दस रुपये प्रति दांत के हिसाब से 200 रुपये फ़ीस वसूल करता है। आप क़सम खाते हैं कि आप फिर कभी किसी डॉक्टर का मुंह न देखेंगे।

डॉक्टरों की एक ही रोग के बारे में चिकित्सा भिन्न-भिन्न होती है। एक डॉक्टर के निकट अगर आपका रोग हिस्टीरिया है तो दूसरा उसे हाइड्रोफ़ोबिया बतायेगा। नई दवाओं की ईजाद के बाद दोनों डॉक्टरों के नुस्ख़ों में कोई फ़र्क़ न होगा। पेनिसिलिन के इंजेक्शन हिस्टीरिया के लिए भी इतने ही लाभदायक हैं जितने हाइड्रोफ़ोबिया के लिए। पेनिसिलिन की ईजाद के बाद रोग की जांच इतनी महत्त्वपूर्ण नहीं रही।

हर डॉक्टर दूसरे डॉक्टर का बैरी होता है और समझता है कि दूसरे डॉक्टर को मेडिसिन की ए-बी-सी भी नहीं आती।

आपको विश्वास हो या न हो, यह सच्ची बात है कि डॉक्टर स्वयं भी बीमार पड़ जाते हैं। और तो और मैंने दो-तीन डॉक्टरों को मरते भी देखा है। बीमारी में डॉक्टरों जैसा कायर कोई नहीं होता। वे हाथ-पांव छोड़ देते हैं। डॉक्टर अपना इलाज स्वयं कभी नहीं करते बल्कि हमेशा दूसरे डॉक्टर से करवाते हैं। एलोपैथ होम्योपैथ से और होम्योपैथ एलोपैथ से। मेरे एक डॉक्टर दोस्त का क़िस्सा सुनिये।

एक दिन उसे मामूली मलेरिया हुआ। उसकी हालत न पूछो। उसे विश्वास था कि वह अब केवल दो घड़ी का मेहमान है। वह मुझसे बड़े दर्द-भरे स्वर

में बार-बार कहता, अब क्या बनेगा ? वह अपने बीवी-बच्चों को वसीयत करना चाहता था मगर मैंने उसे समझा-बुझाकर थोड़ी देर और इंतज़ार करने पर राज़ी किया, इस हालत में उसने कई बार खुदा को याद किया। वैसे तो खुदा को याद करने में कोई हर्ज नहीं लेकिन यह डॉक्टर नास्तिक होने का दावा करता है।

कुछ डॉक्टर ऐसे होते हैं जो मरीज़ का मुआयना करते समय उससे बाक़ायदा सांस लेने की वर्ज़िसें कराते हैं। मसलन वह डबल निमोनिया के मरीज़ को कहेंगे सांस रोक लो। अब लम्बा सांस लो, और लम्बा। अपना दायां बाज़ू ऊपर उठाओ। अब बायां उठाओ। उठकर बैठो और बैठे-बैठे अपने पांव छुओ। वे मरीज़ की सहनशक्ति आज़माने के लिए उसके पेट में ज़ोर से घूंसा रसीद करके उससे पूछेंगे, ''यहां दर्द तो नहीं होता ?'' ऐसे डॉक्टरों को बार-बार बुलाना अच्छा नहीं।

मैं एक डॉक्टर को जानता हूं जो मरीज़ से कसरत नहीं करवाता, वह सिर्फ़ उससे निन्यानवे तक गिनती करवाकर ही संतुष्ट हो जाता है। अब डॉक्टरों की एक किस्म और भी है। उनका दवादारू से कोई सम्बन्ध नहीं होता। यह विभिन्न प्रकार के ज्ञान-विज्ञान के डॉक्टर होते हैं। मिसाल के तौर पर गणित के डॉक्टर, साहित्य के डॉक्टर, दर्शन के डॉक्टर, राजनीति-शास्त्र के डॉक्टर। ये लोग एक-दो साल किसी यूनिवर्सिटी में बसर करके चार-पांच सौ पृष्ठ का थीसिस लिखते हैं। जिसको सिवाय एक-दो बूढ़े प्रोफेसरों के कोई नहीं पढ़ता। इन प्रोफ़ेसरों की सिफ़ारिश पर इन्हें डॉक्टर की सनद मिल जाती है। मेरा एक मित्र साहित्य का डॉक्टर है। उसने 'चन्द्रगुप्त मौर्य के युग में काव्य की प्रगतिशील प्रवृत्ति' पर हज़ार पृष्ठ का थीसिस लिखा है। उसके प्रोफेसर ने इस थीसिस से अपनी अंगीठी जलाने का काम लिया। और मेरे दोस्त के लिए डॉक्टरी की सनद की सिफारिश कर दी। यह थीसिस अरबी भाषा में था। यह डॉक्टर बड़े बोर होते हैं। इनके नज़र आते ही अच्छे-अच्छों के हवास गुम हो जाते हैं। एक बार मैंने एक सज्जन को एक दीवार फांदते देखा। वह एक डॉक्टर से बचकर भाग रहा था। बात यह है कि यह डॉक्टर, डॉक्टर बन जाने के बाद भी थीसिस सोचते और लिखते रहते हैं।

अब आप प्रश्न करेंगे : यह जो सुलतान आफ़ ज़ंजीबार डॉक्टर बने बैठे हैं तो क्या उन्होंने भी ज़ंजीबार की मछलियों और उनकी ग़ोतों पर कोई अनुसंधान ग्रन्थ किसी यूनिवर्सिटी में पेश किया होगा। नहीं यह सुलतान ऑफ़ ज़ंजीबार दूसरे कई देशों के राजनीतिज्ञों की तरह आनरेरी डॉक्टर हैं। पिछले से पिछले साल कानों के आपरेशन के लिए अमरीका गये थे। वहां के यूनिवर्सिटियों ने आप पर डॉक्टर की इतनी डिग्रियां निछावर कर दीं कि अब आप कम-से-कम आधा दर्जन विषयों के डॉक्टर हैं।

राष्ट्र के लिए हर किस्म के डॉक्टर ज़रूरी हैं। ये न हों तो दूसरे देश हमें उजड्ड, गंवार और असभ्य समझने लगें।

यूसुफ़ नाज़िम

आईने में

दुनिया में कोई ऐसा भाग्यशाली देश नहीं जहां लेखक पैदा न होते हों। बहुत-से देश ऐसे होते हैं जहां लेखकों को फ़र्श आदि पर बैठने नहीं दिया जाता उन्हें वहां के लोग हमेशा सिर आंखों पर बिठाते हैं। उन लेखकों को भी लोगों के सिरों पर बैठे रहने की इतनी आदत होती है कि फिर ये कहीं और बैठ ही नहीं सकते। बहुत-से देश ऐसे भी होते हैं जहां लेखकों को हाथोंहाथ लिया जाता है और उनका बचा-खुचा हिस्सा उनके वारिसों को बड़ी मुश्किल से वापिस मिलता है बल्कि कुछ सूरतों में तो म्युनिसिपेलिटी के हिस्से में आता है। अब यह लेखक के भाग्य पर आधारित है कि वह कहां पैदा होता है। अगर उसके हाथ की लकीरें अच्छी हैं और उसके माता-पिता आज्ञाकारी हैं तो वह निस्संदेह ऐसे देश में पैदा होगा जहां बकवास लिखने पर पूछताछ नहीं की जाती।

लेखकों को बहुत-से अधिकार जन्मसिद्ध होते हैं। बकवास लिखना जन्मसिद्ध अधिकारों में आता है। अच्छा लेखक वह होता है जो दूध का दूध और पानी का पानी कर दे। दूध खुद पी ले और पानी अपने पढ़ने वालों की सेवा में प्रस्तुत करे।

अच्छा लेखक उसे भी माना गया है जो क़लम तोड़ दे लेकिन उस लेखक के साथ मुश्किल यह होती है कि वह एक कलम तोड़कर चुप नहीं बैठ जाता बल्कि दूसरी कलम से लिखना शुरू कर देता है और लोग कहते हैं कि वही पहली कलम बेहतर थी लेकिन जो कलम टूट गई, टूट गई। समझदार लोग उसी दूसरी कलम से निकली हुई रचना को धैर्य और कृतज्ञता के साथ सहन कर लेते हैं और प्रार्थना करते हैं कि कम-से-कम यह कलम तो न टूटे।

लेखक को हमेशा लगन से लिखना चाहिए। लोग चाहे जितना भी मना करें लिखने से कभी बाज़ न आए। लोग खुद ही आदी हो जाएंगे, यों भी लोगों में बचाव का माद्दा कम ही होता है और जो कुछ भी होता है वह लेखकों के मुकाबले में प्रयोग नहीं किया जाता। जो लेखक इस सहूलियत से लाभ नहीं उठाते वे मंदबुद्धि होते हैं।

लेखकों की संगति के अनेक फ़ायदे होते हैं। इनमें से एक बड़ा फ़ायदा यह है कि संदिग्ध प्रकार के लोग अगर लेखकों की संगति में बैठें तो उन्हें कोई भी नहीं पहचान सकता।

आम आदमियों की तरह लेखकों की भी दो टांगें होती हैं लेकिन एक टांग हमेशा ऊंची रहती है। दूसरे लोगों को यह सम्मान प्राप्त नहीं है। समानता हर मामले में अच्छी भी नहीं मालूम होती। लेखक की इस ऊंची टांग को घसीटना मुश्किल है। लेखकों की नाक भी नियम के विरुद्ध ऊंची होती है और उस नाक को ऊंचा रखने के सिलसिले में लेखक रास्ता चलते समय नीचे नहीं देखा करते परंतु बाद में केवल यह देख लेते हैं कि गिरने पर उन्हें ज्यादा चोट तो नहीं लगी। लेखक की नाक पर मक्खी भी नहीं बैठ सकती। खुद मक्खियों को भी इस नियम का ज्ञान है और वे अपने बैठने के लिए किसी और उचित व्यक्ति की नाक का चयन कर लेती हैं। सुखदायी जगह की इस विस्तृत दुनिया में कोई कमी नहीं है।

पहले ज़माने में सुना है लेखक पैदायशी हुआ करते थे और जिस घर में ये पैदा हो जाते उस घर में पहले ही दिन से रोना-पीटना शुरू हो जाता लेकिन अब प्रकृति बदली है। अब हर घर में केवल आदमी पैदा होते हैं मगर आगे चलकर उनमें से कुछ लेखक बन जाते हैं। अपने-अपने करतूत हैं। इसकी जिम्मेदारी अब प्रकृति पर नहीं डाली जा सकती।

लेखकों के पांव में शनि होता है और सिर में इतवार अर्थात बिल्कुल छुट्टी। लेखकों में एक बात अच्छी होती है कि जो कुछ लिखते हैं खुद नहीं पढ़ते। अगर खुद पढ़ लें तो कभी न लिखें। यह इसी से डरते हैं और दूसरों का लिखा भी नहीं पढ़ते। इसके बावजूद अगर उनके विचार किसी और के उद्विग्न विचारों से टकरा जाएं तो इसमें उनका कसूर नहीं होता सौर-प्रणाली का होता है। जो सौर-प्रणाली लेखक के परामर्श के बिना बनेगी उसमें यही खराबी होगी। अगर लेखकों के विचार किसी कारण एक-दूसरे से न टकराएं तो लेखक खुद टकरा जाते हैं। लेखकों ही की देखादेखी कई देशों में बुल फाइटिंग और घूंसेबाज़ी के मुकाबले निश्चित किए जाते हैं।

लेखक देखने में हानि न पहुंचाने वाले नज़र आते हैं लेकिन ये अंदर-ही-अंदर बड़े लड़ाके होते हैं। लिखने और बोलने की स्वतंत्रता के लिए उन्होंने पानीपत और वाटरलू की कई लड़ाइयां लड़ी हैं। इन लड़ाइयों में जब भी और जहां भी लेखक जीते हैं वहां हर प्रकार के साहित्य के ढेर के ढेर लग गए हैं और राष्ट्र और व्यक्ति विवश होकर रह गए हैं। कुछ देशों में लेखकों को लिखने पर और कुछ देशों में न लिखने पर पुरस्कार दिए जाते हैं। किसमें हानि और किसमें लाभ है अभी तक निश्चय नहीं हुआ है। वैसे भी लेखकों के बारे में कोई निश्चय हो भी नहीं सकता। अत्याचार और लेखक हमेशा असीम रहे हैं।

कुछ लेखक अत्यंत निर्दयता से लिखते हैं और कागज़ पर अपना कलेजा निकालकर रख देते हैं। खुद उसका भी कलेजा मुंह को आ जाता है और बड़ी

मुश्किल से वापस आ पाता है।

लेखकों को जब भी फ़ुर्सत मिलती है वे ज़्यादा लिखते हैं। वे वास्तव में उस व्यक्ति की तरह होते हैं जो लेटे-लेटे थक जाता है तो आराम करता है। लेखक भी जब एक चीज़ लिखते-लिखते थक जाता है तो दूसरी चीज़ लिखने लगता है। और पहले के लिखे हुए विद्वता के पृष्ठ बाद के लिखे हुए राजनैतिक पृष्ठों में मिल जाते हैं और लेखक को फ़ुर्सत नहीं मिलती कि उन्हें छांट सके। पढ़ने वालों के भाग्य में यही दोरंगी लेख होता है। संपादक इस लेख को इस कारण छाप देता है कि उसकी समझ से ऊपर होता है। साहित्य की उन्नति और विकास के लिए आवश्यक है कि हर वह लेख जो समझ न आए हर हाल में छापा जाए। पत्र-पत्रिकाओं में सिर्फ़ इश्तिहार अच्छे भी मालूम नहीं होते।

बहुत-से लेखक रचनात्मक साहित्य लिखते हैं। रचनात्मक साहित्य वह होता है जिसमें घृणा की दीवारें खड़ी की जाएं, फूट की खाइयां पैदा की जाएं और राई के पर्वत बनाए जाएं। ऐसा साहित्य बहुत जल्दी लोकप्रिय हो जाता है। इस साहित्य का उचित पारिश्रमिक भी प्रदान किया जाता है। पारिश्रमिक की रक़म आमतौर से विदेश से मंगवाई जाती है।

लेखक शान्ति और इत्मीनान के खोजकर्त्ता होते हैं। शांति और रक्षा उनका आदर्श होता है। इस शांति की खोज में कई लेखक किसी स्टेज पर एकत्रित होकर विचार-विमर्श करते हैं। एक बार का विचार-विमर्श कई वर्षों के लिए काफ़ी होता है। जो लेखक इस विचार-विमर्श के बाद सही और संपूर्ण पाए जाएं उनके बारे में समझ लेना चाहिए कि वे स्टेज पर मौजूद नहीं थे।

रशीद अहमद सिद्दक़ी

गवाह

गवाह क़यामत के करीब होने की दलील है। अदालत से क़यामत तक जिससे मुक्ति नहीं वह गवाह है और यह कि अदालत छोटे पैमाने पर क़यामत है और क़यामत सिर्फ़ एक विशाल पैमाने पर अदालत का नमूना। फ़र्क़ सिर्फ़ यह है कि अदालत के गवाह इंसान होते हैं और क़यामत के गवाह इंसानी कमज़ोरियां या फ़रिश्ते। बहरहाल अदालत को क़यामत और क़यामत को अदालत के फ़र्क़ की जो शान हासिल है वह सब गवाहों के दम से है। जैसा कि सुनते हैं आर्ट का सृजन औरत की नुमायश से है। गवाह चाहे घटनास्थल का हो या उसने घटना के बारे में सुना हो या पेशेवर, हर हाल में गवाह है। इसलिए हर हाल में ख़तरनाक है। गवाह झूठा हो या सच्चा अदालत के लिए उसका अस्तित्व उतना ही अनिवार्य है जितना ब्रिटिश साम्राज्य के लिए आई. सी. एस. का होना। जिस तरह अदालत की कमज़ोरी गवाह है उसी तरह ब्रिटेन की कमज़ोरी आई. सी. एस.।

ग़ालिब ने इंसान को जिस कारण इस महशरे-ख़्याल (ख़्याल की एक क़यामत) कहा है उसके बारे में मेरा ख़्याल यह है कि ये शायद गवाह ही के ख़्याल से कहा गया होगा। जिसके बयान पर ग़ालिब को अपनी शायरी के काल का कुछ हिस्सा जेलख़ानों में गुज़ारना पड़ा था। एक गवाह के ख़्याल के साथ हमारे मस्तिष्क से कितने हालात और हादसे गुज़र जाते हैं। पुलिस, गांव, थाना, हवालात, कचहरी, जेलख़ाना जिसके इकट्ठे होने का नाम विद्रोहियों ने 'हिन्दुस्तान' और वफ़ादारी ने 'हुकूमत' रखा है।

नियम यह रखा गया है कि हर इंसान पैदायशी झूठा है। और हर गवाह असूलन सच्चा है। कोई घटना क्यों न हो जब तक कोई गवाह न हो उसका होना या न होना बराबर है। लेकिन उसके साथ यह भी असम्भव है कि असूलन या कानूनन उस घटना का कोई गवाह न हो। जिस तरह प्रकृति शून्यमात्र से विपरीत है उसी तरह फ़ौजदारी जाब्ते से संबंधित जितने हालात या हादसे हो सकते हैं वे भी बग़ैर गवाह के संभव नहीं। जिस तरह हर शून्य को भरने के लिए हवा या उससे संबंधित दूसरी चीज़ें दौड़ पड़ती हैं इसी तरह हर घटना के स्थान पर पुलिस और उसके गवाहों का पहुंच जाना भी ज़रूरी है। इस जल्दबाज़ी और तेज़ी में अक्सर घटना से पहले गवाह पहुंच जाते हैं। ठीक उसी तरह कि

अक्सर पुलिस घटना के बाद पहुंचना ज़्यादा बेहतर समझती है। राष्ट्रीय पतन की तरह गवाह भी हर जगह फैला हुआ है। लेकिन जिस तरह राष्ट्रीय पतन को ढूंढने या प्रगट करने के लिए एक लीडर की ज़रूरत है उसी तरह गवाह पैदा करने के लिए एक थानेदार या वकील की ज़रूरत है।

हर थानेदार या वकील किसी घटना या हादसे पर ग़ौर करने से पहले गवाह के मिलने या न मिलने की संभावना पर ग़ौर करने लगता है। गवाह का मिलना या पैदा करना बहुत आसान है। इतना ही आसान जितना कई लोगों के लिए औलाद पैदा करना। लेकिन औलाद के पालन-पोषण और देख-भाल की तरह गवाह के निकाह और रख-रखाव भी काफ़ी मुश्किल और ज़िम्मेदारी का काम है। खाना-पीना, कपड़ा-लत्ता, शिक्षा-दीक्षा दोनों के लिए बहुत ज़रूरी है।

कोई घटना अपने में कोई महत्त्व नहीं रखती। इसकी सारी हैसियत गवाह पर है। एक गवाह डकैती को सिर्फ़ चोरी में तब्दील करवा सकता है। ठीक उसी तरह जिस तरह बेहयाई आर्ट में तब्दील की जा सकती है। ज़रूरत सिर्फ़ इसकी है कि दावा करने वाला सम्मानित व्यक्ति हो। और अदालत का हाकिम नये साल या सालगिरह का अभिलाषी या अगर आर्ट की समस्या हो तो फिर बीवी रोशन ख़्याल हो और मियां आधुनिक तौर पर सभ्य।

यूरोप की लड़ाई के ज़माने में रक्षा मंत्रियों का कथन था कि आदमी और सामान उपलब्ध कर दो तो हम विरोधी दल की धज्जियां बिखेर देंगे। इनके पूर्वज एक बुज़ुर्ग अर्शमीदस गुज़रे हैं जिनका कथन था कि मुझे अगर संतुलन का केन्द्र मिल जाये तो ज़मीन का तख़्ता उलट दूं। लेकिन इन सबके आखिरी वारिस या पहले उस्ताद पुलिस वालों का दावा है कि हमको गवाह मिलने चाहिए फिर हिन्दुस्तान में न कोकीन बेचने वाले मिलेंगे न नानकोआपरेटर। हर बुलंदी पर यूनियन जैक और हर पस्ती पर सलामअलेक।

हां, काम की अच्छाई-बुराई का आधार वर्तमान की कसौटी के मुताबिक करने वाले की शक्ति और सम्मान पर आधारित है। एक सम्मानित व्यक्ति एक बादशाह की तरह कोई अपराध नहीं कर सकता। शायद इसका कारण सिर्फ़ यह हो कि उस पर जुर्म सिद्ध करने के लिए गवाह नहीं मिल सकते। लेकिन अगर मुश्किल से गवाह मिल भी जायें तो फिर इसे अपराध नहीं बल्कि आर्ट का समीक्षक और संरक्षक घोषित कर देंगे। सिर्फ़ गवाहों की हैसियत बदल जायेगी। अक्सर पुलिस का किसी का चालान कर देना ही जुर्म के सबूत के लिए काफ़ी है। अक्सर हिन्दुस्तानी अदालतें पुलिस को वही हैसियत देने पर तैयार होती हैं जो हैसियत ब्रिटिश सरकार आई. सी. एस. को दे चुकी है। दोनों अपनी बुराइयों और कमज़ोरियों से मुक्त हैं।

हिन्दुस्तान की ग़रीबी और बेकारी की तरह हिन्दुस्तानी गवाह भी दुनिया

में अपना जोड़ नहीं रखता। अगर इस सूरत पर ग़ौर किया जाये तो मालूम होगा कि वास्तव में हिन्दुस्तानी गवाह कोई दूसरी चीज़ नहीं। बल्कि जिस तरह अंग्रेज़ी सरकार और अंग्रेज़ी तिजारत एक ही चीज़ है उसी तरह हिन्दुस्तानी गवाह और हिन्दुस्तानी ग़रीबी और बीमारी भी एक ही चीज़ है। जिस तरह हर यूरोपियन पैदायशी विजयी है उसी तरह हर हिन्दुस्तानी पैदायशी सरकारी गवाह होता है। ज़रूरत सिर्फ़ इसकी है कि बाल-बच्चों के भूखे मरने या पुलिस वालों के इन्तज़ामी जुल्म का नक्शा उसके सामने खेंच दिया जाये। सरकारी गवाह उस लेखक की तरह है जो हर किस्म के कुत्सित और बीभत्स विचारों का प्रचार करता है और केवल इस बात पर उसकी निंदा नहीं की जा सकती बल्कि उसकी प्रशंसा की जाती है कि उसने कला की अभिव्यक्ति की है या हिन्दुस्तान और हिन्दुस्तानियों का अपमान। लेकिन जिस तरह हिन्दुस्तान पर हुकूमत करने के लिए सिर्फ़ एक कौम बनायी गयी है इसी तरह गवाह बनने की क्षमता भी सिर्फ़ एक वर्ग में विशेष रूप से पायी जाती है यानी पटवारी। जिसको गांव का आई. सी. एस. कहना भी बेजा नहीं है। फ़र्क़ सिर्फ़ यह है कि पहला खाता है और गुर्राता है। दूसरा सिर्फ़ खाता है और लिखता जाता है। पटवारी को गांव में वही हैसियत हासिल है जो वकीलों की अदालत में या मुहर्ररों की आफ़िस में होती है। यानी ये जो चाहें कर सकते हैं। शर्त यह है कि ये जो चाहें उन्हें मिलता भी जाये। गवाह की हैसियत से एक पटवारी की हैसियत किसी तरह नज़रअंदाज़ नहीं की जा सकती। जिस तरह बादशाह से कोई अपराध नहीं हो सकता उसी तरह एक पटवारी का अपमान नहीं हो सकता। पटवारी इसे ख़ूब समझता है और उसके बाद इस वास्तविकता को सिर्फ़ एक राष्ट्रीय लीडर समझ सका है कि जब तक हलवा-मांडा मिलता जाये उस वक्त तक अपमान और सम्मान दोनों अर्थहीन शब्द हैं। जिस तरह हिन्दुस्तानी शादी और सन्तान अनिवार्य समझता है उसी तरह एक पटवारी इस बात का कायल नहीं है कि किसी-न-किसी समय उसको गवाही देनी पड़ेगी। इसलिए वह अपने गंदे बस्ते के रजिस्टरों में ऐसे इंदराज करता जाता है जो ज़रूरत के समय काम आयें। उसके इंदराज सूफ़ियाना शायरी की तरह होते हैं जिनकी व्याख्या जिस तरह चाहो कर ली जाये, हर हाल में उपयोगी है।

ला. चिरौंजी लाल एक गांव का पटवारी और गंगादीन एक ग़रीब किसान था। एक मुकदमे में गंगादीन को लालाजी की गवाही की ज़रूरत पेश आयी। गंगादीन की मल्कियत एक पुराना छप्पर था, जिसकी स्याही और ग़रीबी पर पर्दा डालने के लिए काशीफल और घीए की हरी-हरी बेल और पीले और सफ़ेद फूल थे और सुबह की नयी-नयी किरणें। छप्पर के पीछे अरहर का खेत था और सामने गाजर, गोभी की कई क्यारियां। एक तरफ़ उपलों का मंडप था दूसरी तरफ़ खाद

और कूड़े-करकट का एक गड्ढा। गांव का ज़मींदार किसानों पर उतना ही अत्याचार करता था जितना लाला चिरौंजी लाल से डरता था। गंगादीन के पास कुछ ढोर-डंगर भी थे जिनमें उसके गाय, बैल और बीवी-बच्चे भी शामिल थे। जहां तक हिन्दुस्तानी किसानों का संबंध है यह भेद करना मुश्किल है कि उसके बाल-बच्चे ढोर-डंगर हैं या ढोर-डंगर बाल-बच्चे। जब से मुकदमा शुरू हुआ था गंगादीन की अपनी सारी ज़मीन लालाजी के लिए समर्पित थी। तरकारी और दूध-दही लालाजी के घर में जाता था। गंगादीन चिलम भरता था। पत्नी ललायन की चेरी थी। और गंगादीन के लड़के-लड़कियां लालाजी के बच्चों को खिलाते थे। यूं तो हर पटवारी अदालत का कीड़ा होता है, जब तक वह अदालत की तीर्थयात्रा न कर ले उसकी ज़िन्दगी बेमज़ा रहती है। लेकिन गंगादीन के मुकदमे में लालाजी बिल्कुल बेपरवाह मालूम होते थे। गंगादीन जब कभी इस समस्या को छेड़ता तो कहते भाई दिन बुरे हैं और थाने और अदालत से दूर ही रहना अच्छा है। पिताजी का हाल तो मालूम ही है—सच्ची बात पर जेलखाना काटना पड़ा। कोई ससुरा आगे न आया। गंगादीन लालाजी के कदम पकड़ लेता और दबाना शुरू करता। लालाजी भी पंख ढीले रखते लेकिन मुंह से हाय-हाय करते जिस तरह डॉक्टर या वकील जेब ढीली करता जाता है और मुंह से अक्सर बनावटी शिष्टता से कहता रहता है, ''अरे-अरे ये आप क्या करते हैं।'' वास्तव में बात यह है कि लालाजी की दृष्टि गंगुआ के छप्पर और खेत पर थी। और गंगुआ की अपने बीवी-बच्चों पर। आख़िर लालाजी की जीत हुई और गंगुआ दस्तावेज़ी गुलाम हुआ। मुकदमे की तारीख़ आयी। लालाजी और गंगादीन अदालत की तरफ़ रवाना हुए।

अदालत का रास्ता शहर से गुज़रता था। अब लालाजी के कदम सुस्त पड़ने लगे थे। सामने जूतों की दुकान नज़र आयी। लालाजी खड़े हो गये। फ़रमाया जूता पुराना हो गया। एक कदम चलना दूभर है। महंगे समय में रोज़-रोज़ आना थोड़े ही होता है। गंगुआ समझ गया। लालाजी ने जूता खरीदा। गंगुआ ने दाम दिये और दोनों मित्र आगे बढ़े। अभी कुछ ही दूर चले थे कि बजाजे की दुकान आयी। लालाजी एकदम खड़े हो गये। इस तरह जैसे जूते में कंकरी आ गयी हो और उसे निकालना चाहते हैं; फिर बोले—''भाई गंगू, इस पगड़ी के साथ अदालत में गये तो हाकिम जल्लाद है। खड़े-खड़े निकाल देगा और तुम्हारा सारा काम खटायी में पड़ जाएगा। ''गंगुआ घबराया। कहने लगा, ''लालाजी देर हो रही है। अदालत में पुकार होती होगी। हरज क्या है वापसी में ले लेना।'' लालाजी गुस्से से बोले, ''खूब कही, तुम्हारी कौड़ियों की ख़ातिर अपनी लाख़ रुपये की इज़्ज़त थोड़े ही खाक़ में मिला देंगे। जाओ हम नहीं जाते। डॉक्टर गोकुल प्रसाद से सर्टीफ़िकेट लिखवाकर दाख़िल कर देंगे कि लाला चिरौंजी लाल को हैज़ा हो

गया है। इसलिए अदालत में नहीं हाज़िर हो सकता।'' गंगुआ हैज़ा की सुखद संभावना पर अभी प्रसन्न भी नहीं हुआ था कि लाला चिरौंजी लाल बजाजे की दुकान के बोर्ड पर इस तरह लेट गये गोया हैज़ा के कीटाणुओं का इंतज़ार कर रहे हों। नौबत यहां तक पहुंची कि एक थान मलमल का खरीदा गया। अभी कुछ ही दूर गये थे कि हलवाई की दुकान नज़र आयी। लालाजी कुछ इस तरह रुके कि कोई बड़ी चीज़ याद आ गयी थी। फ़रमाया वह देखो दुर्गाजी का प्रसाद लेना भूल गया था। किसान अपने संस्कार से अंधविश्वासी होता है। जैसे हम आप मानववादी। एक तरफ़ तो उसकी नज़र के सामने बीवी-बच्चों का नक़्शा फिर गया दूसरी तरफ़ मुकदमे की कामयाबी या नाकामयाबी का दृश्य सामने आया। उसने कुछ नहीं कहा। कुछ ग़म और गुस्से से, कुछ मान्यता और मजबूरी से लालाजी को सेर-भर जलेबी दिलवा दी। यह मंज़िल भी तय हुई कि दो कदम साथ-साथ कुछ देर तक चलते रहे। गंगुआ को यह फ़िक्र थी कि लालाजी की सख़्तियों का यही हाल रहा तो दुपहर के खाने के लिए भी मुश्किल से कुछ पैसे बचेंगे। लालाजी इस पर ग़ौर कर रहे थे कि गंगुआ के आख़िरी पैसों और उनके लालच का क्या अनुपात होना चाहिए। मालूम नहीं अब तक गंगुआ अपनी समस्या पर सही तौर पर ग़ौर भी कर चुका था कि नहीं। लालाजी की सूझ-बूझ ने इस समस्या को सोच-विचार की कशमकश से आज़ाद कर लिया। कहने लगे–''इस दर्द ने नाक में दम कर रखा है। महीने-भर से गठिये का ज़ोर है। अगर तुम्हारा काम न होता तो परमेश्वर जाने कभी घर-द्वार न छोड़ता।'' यह कहते-कहते अंगोछा बिछा एक छायादार पेड़ के नीचे लेटकर उस चिलम का इंतज़ार करने लगे जो एक गंदा खोंचे वाला पीने वाला ही था। खोंचे वाले ने सम्मानित अतिथि का ध्यान लड्डू और मुरमुरों की तरफ़ आकर्षित करना चाहा।

''जलखावा हो जाये। ज़रा दम ले लो। इस समय कहां चल पड़े।'' –गंगुआ का यह हाल कि बस चलता तो लालाजी, खोंचे वाले और खोंचा सबको पास वाले कुएं में झोंक देता लेकिन मजबूरी वह बला है जो राजा और भिखारी दोनों के गुस्से को ठंडा कर देती है। किसान ने कहा, ''लालाजी हम पर दया करो। सूरज देवता कहां आये। अदालत कब तक पहुंचेंगे।'' लालाजी ने बेरुखी के साथ कराहकर जवाब दिया–''भइया अपनी जान की सेवा न करें तो कौन भड़ुवा बाल-बच्चों को पालेगा। तुम अदालत जाओ, हमारा तो प्राण निकसा जाता है।''

''अरे बाप रे !'' खोंचे वाला बोला–''अरे भाईजी का जी अच्छा नहीं है। धीरज धरो, यह लो चिलम पियो। कुछ जलखावा हो जाये। अदालत में बयान हलफ़ी दाख़िल कर देना।''

लालाजी पुकारे–''अरे झूठ बोलने में जेलख़ाना काटना पड़ेगा।''

इसी बीच में एक ख़ाली इक्का गुज़रा। खोंचे वाला बोला–''अरे भाई

लालाजी को इसमें क्यों नहीं बिठा लेता।''

अभी गंगुआ खोंचे वाले को दिल ही दिल में पूरी गालियां देने भी न पाया था और आंखों ही आंखों में खाये जाता था कि दूसरी तरफ़ लालाजी ने करवट बदली। खोंचे वाला बोला—''लालाजी, ये मुरमुरे खाकर ठंडा पानी पी लो। अदालत का मामला है। मालूम नहीं कब खाने-पीने की नौबत आये।''

लालाजी ने खोंचे वाले की फ़रमाइश पूरी की। गंगुआ चाहता था कि लालाजी मुरमुरे की बजाय खोंचे वाले को ही खा जाते तो ज़्यादा बेहतर होता। बेबस होकर उसने कुछ पैसे खोंचे वाले को दिये और दोनों अदालत में पहुंच गए।

लालाजी की पुकार हुई। इन्होंने पगड़ी और बस्ता संभाला। चपरासी ने गर्दन में हाथ देकर ज़ोर के साथ झोंका दिया तो लालाजी गवाहों के कटहरे में दाखिल थे। शाम तक सवाल-जवाब होते रहे। लालाजी ने न पक्ष में गवाही दी और न विपक्ष में। इस दौरान में खुद अदालत, वकील, वादी, प्रतिवादी, चपरासी और सुनने वाले सबने बारी-बारी लालाजी को बुरा-भला कहा, धमकी दी। मारने-निकलवा देने पर तैयार हुए। जेलख़ाने भेज देने का भी भय दिलाया। लेकिन लालाजी के सामने एक न चली। कचहरी बरख़ास्त हुई। लालाजी बाहर निकले। इक्के वालों की भीड़ थी; किसी पर एक सवारी थी वह दो और की फ़िक्र में था। किसी पर दो थीं वह एक और की इंतज़ार में था। इस शोर में लालाजी बाहर आये। सिर पर नई पगड़ी, बगल में एक पुराना बस्ता, दूसरे में आज का सारा हासिल किया हुआ माल। चारों तरफ़ से चाबुक लिए इक्के वालों ने घेर लिया। एक ने बस्ता छीन अपने इक्के पर रख लिया। दूसरे ने माल वाली पोटली अपने कब्ज़े में कर ली। तीसरे ने खुद लालाजी को पकड़कर खींचना शुरू कर दिया और कुछ दूर तक घसीटता हुआ ले ही गया। इस क़यामत में पगड़ी सिर से जुदा हो गयी जिसे चौथे इक्केवान ने अपने इक्के पर रख लिया। सब कुछ एक क्षण में हो गया। अब जो देखा तो मैदान साफ़ था। सारे इक्के वाले चल दिए थे और लालाजी इस समस्या पर ग़ौर कर रहे थे कि दुनिया की आइंदा क़यामत कौन होगी—पटवारी या इक्के वाला !

शफ़ीक-उर-रहमान

तमन्ना

तमन्ना वह लड़की थी जिसे दक्षिण ईरान में पहले मैंनें देखा और जब शैतान ने उसे उत्तरी हिन्दुस्तान में देखा तो फ़ौरन आसक्त हो गए।

जब शैतान ने मुझे तार देकर चाय पर बुलाया तो मैं समझ गया कि उन्हें किसी से प्यार हो गया है। ऐसे समय पर वह हमेशा तार देकर बुलाया करते हैं। तीसरे पहर मैं वहां पहुंचा, वह मुझे स्टेशन पर नहीं मिले। उनके घर पहुंचकर मैंने उन्हें हर जगह ढूंढ़ा—सिवाय उस जगह के जहां वे थे। देर के बाद मुझे ख्याल आया कि छत पर देखूं क्योंकि आशिक बनने के बाद शैतान प्रायः छत पर टहला करते थे। ऊपर पहुंचकर मैंने देखा कि वे फ़र्श पर बैठे हैं। शायद इसका एक कारण यह भी था कि वहां कुछ और बैठने के लिए नहीं था।

जब वे अपनी प्यारी की दास्तान सुना रहे थे तो मैं खामोश बैठा अखबार पढ़ रहा था। मेरे ख्याल में उनकी यह हरकत बिल्कुल फ़ज़ूल थी और उनकी बातों का न सिर था न पैर। लेकिन मैंने अपनी कोमल भावनाओं को प्रकट न किया।

जब उन्होंने असफलता की सूरत में अपने आपको इस नश्वर संसार से डिसमिस कर देने की धमकी दी तो मैं चौंका।

"आखिर तुम चाहते क्या हो ?" मैंने अख़बार की तह करते हुए पूछा।

"मुझे मुद्दत से ऐसी लड़की की तलाश थी जो पढ़ी-लिखी हो। सुघड़ हो और खूबसूरत हो।"

"तो यह क्यों नहीं कहते कि तुम्हें तीन लड़कियों की तलाश थी।"

"अचानक मुझे वह लड़की मिल गई। मैं मोटर साइकिल पर जा रहा था। रास्ते में मैंने उसकी पीठ देखी जो निस्सन्देह दुनिया की सबसे ज्यादा खूबसूरत पीठ थी। मैंने करीब जाकर लिफ्ट के लिए पूछा और कहा कि मैं आपके रास्ते जा रहा हूं। उसने मेरी तरफ देखा और मैं बेहोश होते-होते बचा। मैंने कहा—मैं इस जगह अजनबी हूं। क्या आप अपने मकान तक मुझे रास्ता दिखा सकती हैं ? उसने अपने घर का पता बता दिया और बोली—खबरदार जो मेरा पीछा किया।...इसके बाद जो कुछ हुआ वह शेर से प्रकट है। उन्होंने यह शेर बिल्कुल बेमौका पढ़ा था—शायद उन्हें उसके अर्थ भी नहीं आते थे। केवल इसलिए पढ़

दिया कि फ़ारसी का शेर था और इसमें तमन्ना का जिक्र था।

उन्होंने मुझे तमन्ना की तस्वीरें दिखाईं। मैंने बताया कि मैं इसे अच्छी तरह जानता हूं और वह खूबसूरत बिल्कुल नहीं है।

"वह खूबसूरत ज़रूर है। अगर उसे एक ख़ास अंदाज़ से देखा जाए।"

"वह अंदाज़ कौन-सा है ?"

"उसके सिर्फ़ कुछ पोज़ अच्छे नहीं आते, एक सामने का, एक साइड का और एक तिरछे रुख से लिया हुआ। इनके अतिरिक्त सब पोज़ बड़े खूबसूरत आते हैं।"

इतने में एक बुजुर्ग तशरीफ़ लाए जो पुलिस में नौकर थे। उन्होंने अपने थाने के बड़े दरवाज़े पर स्वागतम लिख रखा था। 'कभी थाने में तशरीफ़ लाइए' वह हर वाक्य के बाद कहते थे। उनके आने पर विषय बदल गया और घरेलू किस्म की बातचीत शुरू हो गई। मिल्टन, गोर्की और शेक्सपियर का जिक्र छिड़ गया। अगले दिन शैतान मुझे तल्ख साहब के यहां ले गये। रास्ते में मुझे मालूम हुआ कि सौभाग्य से शैतान की मुलाकात दुनिया के महानतम व्यक्ति से हो गई है। तल्ख साहब समाज के सबसे बड़े विद्रोही हैं। देश के सबसे बड़े इंसान हैं। उनके लेखों में जादू है। उनकी कलम में ज़हर है।

पेचदार रास्तों से और तंग गलियों से गुज़रकर हम एक पुराने से अंधेरे मकान में पहुंचे। जहां एक छोटे कद के पीले चेहरे वाले सैकिण्ड हैंड साहब, ऐनक लगाए कुछ लिख रहे थे। सामने कुछ लोग बैठे उन्हें ध्यान से देख रहे थे। एक कोने में एक मरियल-सा कुत्ता बैठा दुम हिला रहा था। शैतान ने मेरा परिचय करवाया। "आप नेशनलिस्ट हैं या सोशलिस्ट ?"

"पता नहीं।"

"तो फिर इम्पीरियलिस्ट होंगे।"

"जी नहीं।"

"तो फिर आप हैं क्या ?"

"इन्सान हूं।"

"आप इन्सान बिल्कुल नहीं हैं। जब तक आप कम-से-कम कम्युनिस्ट न हों।"

"इन सबमें भेद क्या है ?"

"तो गोया आपको भेद भी मालूम नहीं, गज़ब खुदा का !"

"सचमुच, मैं आज तक नहीं समझ सका कि एक रायलिस्ट, एक मार्कसिस्ट से क्यों खफ़ा है ? फ़ासिस्ट एक एनार्किस्ट से अच्छी तरह क्यों नहीं पेश आता ? रायलिस्ट क्यों अलहदा रहते हैं ?"

"चू चू चू चू ! हमारे नौजवान किस कदर अपरिचित हैं ? कितने अफ़सोस

की बात है।''

''तल्ख साहब इन्हें छोड़िये। अपना लेख सुनाइये।'' एक साहब बोले।

तल्ख साहब ने अपना लेख शुरू किया—''दुनिया की सबसे बड़ी बुराई ब्यूरोक्रेसी है जो किसी बीमार दिमाग का बीमार स्वप्न मालूम होती है। यद्यपि डेमोक्रेसी इससे भी बड़ी आफ़त है। मेरा ख्याल है कि यदि आज डिप्लोमेसी ख़त्म हो जाए तो दुनिया में शांति फैल जाए। सच पूछिये कि दुनिया की सबसे बुरी चीज़ अरिस्टोक्रेसी है।''

''लेकिन आपकी कोई पालिसी होनी चाहिए।'' मैं डरते-डरते बोला।

''मैं पालिसी के भी विरुद्ध हूं। पालिसी भी बुरी है। मैं विद्रोही हूं। मैं समाज का विरोधी हूं। इस जीर्ण सत्ता का विरोधी हूं। मैं हर प्रकार के बंधन का विरोधी हूं। लोग मुझे नास्तिक समझते हैं। हां ! मैं नास्तिक हूं। खुदा का शुक्र है कि मैं नास्तिक हूं। ज़रा सोचिए किसने मेरी ज़िन्दगी का रस छीन लिया ? किसने मेरी नाक पर ऐनक लगा दी ? किसने मेरा हाज़मा खराब कर दिया ? किसने इस कमरे में मकड़ी के जाले लगा दिये ? किसने मेरे मासूम कुत्ते का यह हाल कर दिया कि वह कई बार मुझे पहचानता भी नहीं ? अजनबी समझता है। ज़रूर यह किसी का दोष है। इस जीर्ण संसार का दोष है।''

वापसी पर शैतान ने बताया कि वह तल्ख साहब से मिलकर एक पत्रिका निकाल रहे हैं जिसका नाम 'तमन्ना' रखेंगे।

बड्डी अपनी बेहूदा-सी मोटर में आया जिसकी हर चीज़ शोर मचाती थी—सिवाय हार्न के। स्पीडोमीटर अर्से से काम नहीं कर रहा था। रफ्तार यों मालूम की जाती थी कि बीस मील फी घंटे पर दाहिना मडगार्ड हिलता था। पच्चीस मील पर बायां उसका साथ देता था। तीस मील पर फुट-बोर्ड थरथराने लगता। पैंतीस पर सब कुछ। इससे ज्यादा तेज़ हम उसे चलाने नहीं देते थे।

मोटर में इस कदर भीड़ होती कि यह मालूम करना भी कठिन हो जाता कि इसे चला कौन रहा है ? व्हील पर कोई बैठा है, ब्रेक पर किसी का पांव है, तो क्लच पर किसी का। थोड़ी-थोड़ी देर के बाद शोर मचता। मैं गियर बदलूंगा, तुम जरा क्लच दबाना, जरा ब्रेक दबाना मैं मोड़ने लगा हूं। तल्ख साहब के सम्मान में पार्टी हो रही थी, जिसमें तमन्ना खानम को भी निमंत्रित किया गया था। हम वहां पहुंचे तो केवल कुछ प्रगतिशील कवि और साहित्यकार बैठे थे। तल्ख साहब और औरतों का इंतज़ार हो रहा था। एक साहित्यकार शैतान के पुराने सहपाठी निकले। इन्हें देखते ही उछल पड़े।—इन कुछ सालों में तुम कितने बदल गये हो—मैंने सिर्फ तुम्हारे हैट से पहचाना।—यह हैट बड़ा मज़बूत है। कई बार खोया गया, बदला गया, टूट गया, फिर भी वैसे का वैसा रहा।

पत्रिका की बात होने लगी। शैतान बोले—''पत्रिका के मुख पृष्ठ पर ज़रूर

लिखा जाये—तमन्ना खानम की स्मृति में।''

मैंने उन्हें बताया कि स्मृति में तो तब लिखते हैं जब कोई मर जाये।

''तो फिर तमन्ना खानम के संरक्षण में लिखा जाये।''

''इससे बुज़ुर्गी टपकती है। यों मालूम होता है जैसे तमन्ना खानम साठ-सत्तर वर्ष की हों।''

''पत्रिका का नाम सिर्फ़ 'तमन्ना' रखा जाये'' बड्डी ने सलाह दी।

एक साहब जो पत्रिका के होने वाले मैनेजर थे, फाइल खोलने लगे, ''मित्रो मैंने पत्रिका के कुछ कायदे-कानून बनाये हैं। सुनिये : ये मासिक हर महीने की आखिरी तारीख़ को प्रकाशित होगा। लेखकों से प्रार्थना है कि अभी लेख भेजने की आवश्यकता नहीं है। केवल प्रगतिशील विज्ञापन छापे जायेंगे। दफ्तर रात के तीन बजे बंद कर दिया जायेगा। इसके बाद कोई साहब तशरीफ़ न लायें। दुःख पहुंचाने वाली आलोचनायें और दिल तोड़ने वाले लेख प्रायः प्रकाशित हुआ करेंगे।''

''और नुकसान की सूरत में लाभ बराबर-बराबर बांटा जायेगा।'' एक साहब जो आर्थिक सहायता दे रहे थे बोले।

''यह फ़ैसला बाकी है कि इसे सचित्र बनाया जाये या नहीं। यह देखिए मैं कुछ तस्वीरें लाया हूं।''

एक प्रगतिशील तस्वीर पर शैतान चौंक पड़े, ''चित्रकार कौन है ?''

''रैम्ब्रां।''

''यह तस्वीर ज़रूर छापी जाये। आप रैम्ब्रां साहब से इसका सौदा कर लीजिये।''

''उनकी तो मृत्यु हो चुकी है।''

''ओह ! परमात्मा उनकी आत्मा को शान्ति दे। बात यह है कि मैं इन दिनों अख़बार नहीं पढ़ता।''

''उनकी मृत्यु को तो सदियां गुज़र चुकी हैं।''

बड्डी ने मशविरा दिया कि ''नई तरह की पत्रिका निकाली जाये जिसमें हर प्रकार के लेख हों। कहानियों का अलग भाग हो। ठोस लेखों का अलग। ग़ज़लें और कवितायें अलग हों। इसी तरह नारी-जगत के लिए भी कोई जगह छोड़ी जाये।'' सबने इस प्रस्ताव को पसंद किया। तय हुआ कि अलग भाग का अलग एडिटर नियुक्त हो।

अमरीका की बातें होने लगीं। एक बुज़ुर्ग बड्डी से बोले, ''भई तुम्हारी फ़िल्मों से तो यूं मालूम होता है कि वहां तो काऊ-ब्वाय होते हैं या गैंगस्टर।

वहां भी हिन्दुस्तान के बारे में तरह-तरह की बातें मशहूर हैं कि यहां या तो राजे-महराजे होते हैं या साधु और फ़कीर। लोग उड़न खटोलों पर सफ़र करते

हैं और बीन बजाते हैं। हाथी शेर चीते गलियों में चहलकदमी करते हैं। मैं स्वयं यहां अपने से पहले सिर्फ दो हिन्दुस्तानियों को जानता था। महात्मा गांधी को और साबू को। क्या वास्तव में यहां हरम होते हैं ? लोग कई-कई बीवियां रखते हैं।''

''आपके यहां एक मामूली हैसियत का आदमी कितनी बीवियां रख सकता है ?''

''एक; वह भी मुश्किल से।''

''यहां तो फिर भी निस्बतन गरीबी है। आप तो स्वयं शादीशुदा होंगे। आपको तजुरबा होगा ?''

''जी नहीं मैं क्वांरा हूं।'' बड्डी बोला।

''वास्तव में मुझे अभी तक किसी से मुहब्बत नहीं हुई। इसलिए शादी नहीं की। भला आप दोनों क्यों बैरंग हैं ?''

''तुम्हारे देश में मुहब्बत करना जितना आसान है उतना ही यहां मुश्किल है। हिन्दुस्तान में मुहब्बत करते समय सबसे पहले धर्म आयेगा। अगर दोनों तरफ के लोग एक ही धर्म के हैं तो मुहब्बत हो सकेगी वर्ना बिल्कुल नहीं। आप सिर पटकिये, अपनी छाती कूटिये, आत्महत्या कर लीजिये लेकिन आप किसी दूसरे धर्म वाले से मुहब्बत नहीं कर सकते। धर्म के बाद जातिपाति आयेगी और फिर आर्थिक समस्याएं। यानी आपकी आर्थिक हालत, फिर ऊंचे घराने और नीचे घराने का सवाल होगा और आखिर में सबसे महत्वपूर्ण बात आयेगी—अब्बाजान। हिन्दुस्तान में अब्बाजान की मर्ज़ी के बगैर कुछ नहीं हो सकता। अगर इतनी रुकावटों के बावजूद आपमें मुहब्बत करने का हौसला है तो...''

''ऊंचे घराने से तुम्हारा मतलब वे लोग तो नहीं जो दूसरी मंज़िल में रहते हैं।''

''नहीं ! बल्कि वे लोग जिनकी आर्थिक दशा अच्छी है।''

''मैंने हिन्दुस्तानी फ़िल्में देखी हैं। मेरे ख्याल में यहां परिन्दों को बड़ा महत्त्व दिया जाता है। परिन्दों पर गाने गाये जाते हैं। परिन्दों को देखकर हीरो को हीरोइन की याद आ जाती है और हीरोइन को कोई और। परिन्दे चाहें तो कहानी का रुख बदल सकते हैं। हालांकि हकीकत यह है कि परिन्दों को इन्सानों में ज़रा-सी भी दिलचस्पी नहीं। और ये हमारी इतनी-सी भी परवाह नहीं करते।''

''तुम्हारे यहां जलवायु किस प्रकार की है ? वहां के यातायात के साधन, आयात-निर्यात और जीविका कमाने के साधन बयान करो।''

एक साहब जो जुगराफ़िये के उस्ताद थे, बोले, ''जलवायु ऐसी अजीब है कि न जल का यकीन है न वायु का भरोसा है। सुबह लू चल रही है तो शाम को बर्फ़ पड़ रही है। एक रात इतनी सर्दी पड़ी कि सड़कों पर लोहे के बुत

कांपने लगे और उन्होंने अपने हाथ अपनी जेबों में छुपा लिये। बर्फ की बनी हुई एक मूर्ति भागकर सामने के मकान में जा छुपी। अगले दिन मैं अपने भाई के साथ बाहर गया। इतनी तेज़ धूप निकली कि हम बारी-बारी एक-दूसरे के साये में बैठते थे। एक घटना मशहूर है कि हमारे गांव के बाहर एक झील है। एक तैराक ने ऊंची चोटी से उसमें छलांग लगाई। थोड़ी दूर आकर उसे पता चला कि नीचे पानी नहीं था। पत्थर नज़र आ रहे थे। वह बड़ा सटपटाया, देखते-देखते एक बादल आया, बरसा और झील में पानी भर गया। लेकिन इतनी सर्दी हो गई कि पानी बर्फ़ बन गया। छलांग लगाई। लेकिन जब वह किनारे पर पहुंचा तो इतनी गर्मी हो गई थी कि उसे सरसाम हो गया।''

''आप अमरीकन ज़िन्दगी के बारे में लेख लिखिए।'' इस पत्रिका के होने वाले मैनेजर बोले।

''वहां के स्कूलों की ज़िंदगी के बारे में भी कुछ बताइये।'' वही उस्ताद बोले।

''हमारा स्कूल नदी के किनारे था। सर्दियों में नदी जम जाती। हम लोहे के जूते पहनकर बाजुओं से बादबान बांधकर बर्फ़ पर हवा के ज़ोर से फिसलते और दूर-दूर चले जाते। गर्मियों में एक छोटी-सी किश्ती लेकर निकल जाते और कई-कई दिनों के बाद लौटते। दरिया के किनारे-किनारे लखपति सेठों की कोठियां थीं। उनके सामने हम बड़ी हिफाजत से हिचकोले देकर किश्ती को स्वयं ही डुबा देते। वे लोग हमें नदी से निकालते। अपने यहां ले जाते। बड़ी आवभगत होती। एक बार गलती से हमने किसानों के मकान के सामने किश्ती उलट दी। उन्होंने हमें निकाला तो सही लेकिन खूब कान मरोड़े, डराया, धमकाया कि अगर किश्ती चलानी नहीं आती तो बाहर क्यों निकलते हो। जब मौसम सुहाना होता तो हड़तालों का मौसम शुरू हो जाता। खुफिया जलसे होते। यह तय किया जाता कि किस बहाने हड़ताल की जाये। कई बार होस्टल के ऊपर की मंज़िल आग के शोलों और धुएं से भर जाती, ऊंचे मंडेरों पर नन्हे बच्चे चहलकदमी करते। एकाएक आग, धुआं, बच्चे सब गायब हो जाते। आग और धुआं विज्ञान के छात्र दवाइयों से पैदा करते थे। स्कूल के छोटे लड़कों को बच्चों के कपड़े पहनाकर ऊपर भेज दिया जाता। नीचे से वे बिल्कुल नन्हे-मुन्ने मालूम होते। स्कूल के बड़े कमरे में झूठ बोलने का मुकाबला होता। एक बार मैंने यह मुकाबला सिर्फ एक वाक्य से जीत लिया। मैंने कहा कि मैंने आज तक कभी झूठ नहीं बोला।''

''और आपके उस्ताद, वे किस किस्म के थे ?''

''खूब थे। एक उस्ताद अपने साथ हर सुबह कोई दो मन किताबें लाते। हर शाम वापस ले जाते। स्कूल में ड्रामा हुआ, नकल उतारी गयी। तीन लड़के पीले कपड़े पहनकर ऊंट बने और एक ऊंट वाला बना। ऊंट वाले को किसी

ने बुलाया और सामान उठाने को कहा। सौदा तय हो गया तो ऊंट वाले ने पूछा कि सामान कहां है ? जवाब मिला कि हमारे उत्साद की किताबें हैं। इस पर ऊंट वाला मचल गया। सिर हिलाकर बोला, हर्गिज नहीं और भाग गया। एक और उस्ताद शाकाहारी थे। वे हमेशा सब्जियों की प्रशंसा किया करते और गोश्त की बुराइयां। एक दिन लैक्चर दे रहे थे : सब्जियां पौष्टिक आहार हैं। सब्जियां सम्पूर्ण आहार हैं। मिसाल के तौर पर ज़रा घोड़े की तरफ़ तो देखो जो कि शाकाहारी है। एक लड़का उठकर बोला—और मिसाल के तौर पर ज़रा शेर की तरफ़ देखो जो मांसाहारी है। हमारे दर्जे को एक अधेड़ आयु की खातून भी पढ़ाती थीं। नाक पर ऐनक, बालों को इकट्ठा करके गुम्बद-सा बनाया हुआ, बात-बात पर आंखें मटक रही हैं, उंगलियां थिरक रही हैं। हाथ हिल रहे हैं। बाजू हिल रहे हैं। बड़ी खुश्क बातें करतीं। एक दिन क्लास में आईं तो उन्होंने देखा कि एक लड़का वैसी ही ऐनक लगाये, वैसे ही जनाना कपड़े पहने, वैसे ही बाल सिर पर रखे हुए दाखिल हुआ। उसके पीछे दूसरा आया उसी हुलिये में। फिर तीसरा-चौथा; सारी क्लास उन्हीं की तरह बनी हुई थी। उन्होंने बात करते हाथ मटकाया। सब लड़कों ने उसी तरह हाथ मटकाया। उन्होंने आंखें घुमाईं, सबने आंखें घुमाईं। उन्होंने अंगुली से छत की तरफ़ इशारा किया। दूसरा हाथ फ़र्श की तरफ़ गया। सबने नकल की। उनका लैक्चर बहुत जल्दी ख़त्म हो गया। उसके बाद उन्होंने हमें कभी नहीं पढ़ाया।''

''आपने वहां की सोशल ज़िन्दगी के बारे में कुछ नहीं बतलाया।'' एक लेखक बोले।

''सोशल ज़िन्दगी मैंने वहां कभी नहीं देखी। मैं देहाती हूं। देहात में बेतकल्लुफी की चरम सीमा समझी जाती है। घरेलू किस्म की पार्टियां होती हैं जिनमें शामिल होने की शर्त यह है कि आप जिस तरह हों उसी तरह आना पड़ता है। कोई रात के लिबास में आता है, कोई तैरने के लिबास में, किसी ने वर्कशाप के कपड़े पहने होते हैं।''

''आपने अपना रोमांस नहीं सुनाया—निजी रोमांस।'' एक कवि बोले। सबने अनुरोध किया कि ज़रूर सुनेंगे।

बड्डी कुछ देर शरमाता रहा, फिर बोला—''हालीवुड का जिक्र है। चांदनी रात थी। मैं बाग के एक कोने में खड़ा था। मेरे सामने गार्बो थी। सुगंधित फूलों की खुशबू, हवा के ठंडे झोंके, चांद की रोशनी, बस चारों ओर रोमांस बरस रहा था। मैंने बढ़कर गार्बो के होंठ चूम लिये। गाल चूमे, माथा चूमा, गर्दन चूमी। उसे इस कदर चूमा कि मेरा चेहरा फ्रेम के दूसरी तरफ निकल गया और तस्वीर फट गई।''

तल्ख साहब आये—आते ही बोले—''खुदा के लिए रऔफी साहब आप

इस तरह मत मुस्कराइये। आपका चेहरा मुस्कराहट के बगैर अच्छा मालूम होता है।''

''आप भूलते हैं इंसान ही ऐसा जानवर है जो समझता है और हंसता है।'' रऔफी ने कहा।

''मैं केवल इतना जानता हूं कि इंसान जानवर है बस !'' तल्ख साहब बोले।

कागज़ निकाले गये और कार्यवाही शुरू हो गई। बड्डी की सलाह को स्वीकार कर लिया गया। पत्रिका को कई भागों में बांट दिया गया। शैतान ने अनुरोध किया कि उन्हें नारी-जगत के पृष्ठों का एडिटर बनाया जाए, वे एक नारी पत्रिका के एडिटर को जानते हैं, उससे काफ़ी चीज़ें ले आयेंगे। दूसरे यह कि पत्रिका के मुखपृष्ठ पर एक शेर लिखा जाए। तल्ख साहब ने पहली बात मान ली लेकिन दूसरी के लिए इन्कार कर दिया।

''मैं हर रोज़ चौबीस घंटे काम किया करूंगा। अगर हो सका तो इससे भी ज्यादा।'' शैतान जोश भरे स्वर में बोले—''यह सब काम आप हज़रात के ज़िम्मे है। वर्ना मैं तो बेहद व्यस्त आदमी हूं। यहां तक कि जब मौत का बुलावा आयेगा तो भी यही कहूंगा कि दस मिनट रुक जाओ।'' तल्ख साहब ने अपना थैला उठाया और चले गये।

बड्डी ने तल्ख साहब को बिल्कुल पसंद नहीं किया और बोला—''इस आदमी को हर समय यही ख्याल रहता है कि इस समय कहीं और होता तो बेहतर था। और यह अपने आपको उस समय बेहद व्यस्त समझता है जब उसे कोई काम न हो।''

तमन्ना ख़ानम आईं मगर बड़ी देर के बाद। उनके साथ और औरतें भी थीं। चाय दुबारा शुरू हुई। बड्डी हमेशा औरतों के करीब बैठा करता था। कहता है कि खुशबू का मज़ा आ जाता है। तमन्ना से मेरा परिचय कराया गया।

''मैंने आपको पहले कभी देखा है—आपके साथ एक लड़की हुआ करती थी, उसकी नीली आंखें थीं और बाल सुनहरे। उसका लिबास शोख होता था और जूते हमेशा नये फ़ैशन के। उसके कानों में हमेशा लम्बे-लम्बे चांदी के बुंदे होते थे, और गले में जड़ाऊ हार। उसकी दाहिनी कलाई में चार चूड़ियां होतीं और बाईं में तीन। वह हर समय मुस्कराती रहती थी।''

''आप उसे जानती हैं ?''

''जी नहीं।''

''मैंने तो उससे कभी बात तक नहीं की।'' शैतान तमन्ना को एक ओर ले गया। ''और तुमने मुझसे कुछ नहीं कहा—मुझे देखकर तुम्हें खुशी हुई, अफ़सोस हुआ या क्या हुआ।'' तमन्ना बोली।

''आह ! ईरान। मेरे सपनों का देश। जहां पहाड़ों पर लोग कालीन बिछाकर

फूल सूंघते हैं और मर्तबानों में चाय पीते हैं। जहां का एग्रीकल्चर दुनिया के प्राचीनतम एग्रीकल्चरों में से है। जहां का ब्यूटी कल्चर सर्वश्रेष्ठ है। जहां कल्चर ही कल्चर है।''

''अच्छा मैं आपसे कल मिलूंगी।''

''तुम मुझसे अभी क्यों नहीं मिलतीं ? काश कि तुम मेरी भावनाओं का अंदाज़ा लगा सकतीं। तुम्हारे लिए मेरे दिल में किस किस्म की भावनाएं हैं। काश कि मैं बता सकता।'' शैतान ने अचानक एक घुटना ज़मीन पर टेक दिया और एक हाथ हवा में उठा दिया, शायद वे फिसल गये थे। उन्होंने एक कलाबाज़ी खाई। एक टहनी पकड़कर उठे और हवा में झूल गये। ''समझ लो कि कुछ इस क़िस्म की भावनाएं हैं।''

''मगर आप मुझे सिर्फ़ तीन हफ्तों से जानते हैं।''

''यह सिर्फ तीन हफ्ते नहीं हैं। इस अर्से में हम दस घंटे रोजाना मिलते रहे हैं। यानी हमने करीब 200 घंटे इकट्ठे गुज़ारे हैं। वैसे आमतौर पर मुहब्बत करने वाले हफ्ते में दो या तीन बार मिल सकते हैं–वह भी सिर्फ एकआध घंटे के लिए। फिर लोगों का दखल भी होता है। और मौसम भी अच्छा नहीं होता। इन तीन हफ्तों में मौसम भी सुहावना रहा और लोगों ने भी तंग नहीं किया। इस हाल में जबकि हम शुरू-शुरू में हर हफ्ते तीन घंटे के लिए मिल सकते हों तो हिसाब से मैं तुम्हें सत्तर हफ्तों से जानता हूं यानी करीब डेढ़ साल से।''

''खुदा के लिए आप यों मत मुस्कराइये।''

''मुझे ईरान बहुत पसन्द है। मेरे एक दोस्त के बुजुर्ग ईरान से आये थे। मैं फिर वहीं वापस जाना चाहता हूं। कालीनों और मर्तबानों की भूमिका। जहां सुबह से शाम तक चाय पी जाती है और फ़ारसी बोली जाती है। आह ईरान !''

जिस स्वास्थ्यप्रद स्थान पर शैतान छुट्टियां गुज़ारने आये थे उसके बारे में लोगों की यह राय थी कि वह समुन्दर की सतह से कई हज़ार फुट नीचे है। वहां गर्मियों में तो क्या सर्दियों में भी सर्दी नहीं होती थी। एक वर्ष पहले शैतान क्रिसमस की छुट्टियों में वहीं आए थे। एक होटल में ठहरे। मैनेजर से कहा–''मैं यहां सर्दियां गुज़ारने आया हूं।''

''मुझे अफ़सोस है कि हमारे यहां सर्दियां नहीं होतीं।'' जवाब मिला।

इस बार फिर उसी होटल में ठहरे जो बिल्कुल स्टेशन के साथ है। इंजनों का शोर, सीटियां, आती-जाती ट्रेनों की गड़गड़ाहट। शैतान ने रात को खिड़की से झांककर मैनेजर से पूछा, ''क्यों जनाब, ये होटल अगले स्टेशन कितने बजे पहुंचेगा ?''

होटल महंगा भी बहुत है। वैसे ही अधिक चार्ज कर लेते थे। एक दिन

हम मैनेजर साहब से बातें कर रहे थे। एक आदमी ने छींक मारी। शैतान फौरन बोले—"हज़रत यहां छींक मत मारिये। ये लोग इसका भी चार्ज कर लेंगे।"

चलते समय शैतान ने एक आना मैनेजर के हाथ पर रख दिया, बोले—"मैंने आपका एक अंगूर कुचल दिया।" कुछ दिनों में तंग आ गये। होटल छोड़कर एक मकान किराये पर लिया। मैं और बड्डी हर शनि को शैतान से मिलने जाते और इतवार की शाम की लौट आते।

शैतान नाश्ते पर शिकंजवी के साथ टोस्ट खाते। टोस्ट शिकंजवी में भिगो-भिगोकर। कभी-कभी अंडे भी होते। लेकिन इतने हल्के उबले हुए कि बस नौकर अंडे लेकर एक बार गर्म किचन से गुज़र जाता। कभी बाहर जाते तो बच्चों की दूध की एक बोतल भरकर साथ ले जाते। उसे यूं पीते जैसे सिगार पी रहे हों। वहीं बोतल निकाली, थोड़ा-सा दूध पिया फिर जेब में रख ली।

दोपहर फ़र्श पर चौपड़ खेली जाती जिसे शैतान इनडोर गेम कहा करते थे।

बड्डी की मोटर के पीछे अनगिनत कुत्ते लग जाते। बड्डी का ख्याल था कि मोटर के लिए कुत्तों में हमेशा उत्सुकता रहती है। कुत्ता साइकिल या मोटर के पीछे केवल मनोरंजन के लिए नहीं दौड़ता। वह वास्तव में यह मालूम करना चाहता है कि ये लोग कहां जा रहे हैं ? अगर ऐसे मौके पर कुत्ते को साफ़-साफ़ बता दिया जाय कि वे कहां जा रहे हैं और कितनी देर के लिए जा रहे हैं तो वह फौरन पीछे हट जाता है और कुछ नहीं कहता। बड्डी यह नुस्खा प्रायः इस्तेमाल किया करता। एक बार कुत्तों से बातचीत करते-करते दुर्घटना हो गई। सिपाही ने पूछा मोटर कौन चला रहा था। हमने अज्ञानता प्रकट की कि हम सब तो पिछली सीट पर बैठे थे।

शैतान के मकान के सामने किसी थोकफ़रोश का बोर्ड लगा हुआ था जिसे वह हमेशा थूकफ़रोश पढ़ते। दुकान में असेम्बली हाल की एक लम्बी-चौड़ी तस्वीर लटकी हुई थी जिसे देखकर बड्डी हमेशा सवाल करता। शैतान बताते कि इस बिल्डिंग में मुद्दतों से वाद-विवाद हो रहा है।

वह पूछता—"अब तक कोई फैसला हुआ।" शैतान सिर हिलाकर कहते—"नहीं।" शैतान दोस्तों को विचित्र तरीके से फ़ोन करते। नम्बर लेकर उसे फ़ोन पर बुला लेते और कहते—"ज़रा ठहरना।" वह गरीब रिसीवर पकड़े खड़ा रहता। शैतान मोटर साइकिल पर उसके घर जा पहुंचते। दरवाज़े में दाखिल होते हुए कहते कि हां तो बात यह थी—।

हमने फ़ैसला कर रखा था कि अख़बार बिल्कुल नहीं पढ़ेंगे। बड्डी का ख्याल था कि वही पुरानी घटनायें, वही पुरानी बातें—सब कुछ वही बार-बार होता है। अन्तर सिर्फ़ इतना है कि हर बार भिन्न जंगहों पर होता है और भिन्न

व्यक्तियों के साथ पेश आता है। बहुत दिन गुज़र जाते तो बड्डी अख़बार खरीदता और कहीं-कहीं की सुर्खियां मिलाकर पढ़ता। मिसाल के तौर पर अमुक लीडर की अमुक लीडर से मुलाकात, अमुक प्रान्त में महामारी फैल गयी। अमुक मशहूर राजनीतिज्ञ का बयान, अमुक शहर में अनगिनत कुत्ते पागल हो गये।

थोकफ़रोश साहब के बराबर एक बेहूदा-सा होटल था जिसमें खूब शोर मचता। हम भी वहां जाते। बड्डी की राय थी वहां बड़े रसज्ञ लोग आते हैं। किसी मेज़ पर कहकहा पड़ता तो बड्डी दौड़कर जाता और पूछता कि लतीफ़ा क्या था ? क्योंकि उसकी राय के मुताबिक लतीफ़ा किसी की निजी जायदाद नहीं होता। जो कोई अच्छा-सा लतीफा सुने उसे चाहिए कि आगे चलता कर दे।

जब किसी मेज़ पर दो आदमी सरगोशी में बातें करते और बार-बार हाथ मिलाते तो बड्डी को शक हो जाता कि यह किसी बेहूदा विषय पर बातचीत कर रहे हैं। प्रायः उसकी राय सही होती थी।

अगले हफ्ते तल्ख साहब के यहां बैठक हुई। तय हुआ कि उन्हें सब कुछ सुनाया जाये। प्रकाशित सिर्फ़ वही होगा जिसे वे पसंद फ़रमायेंगे। सबसे पहले शैतान ने फ़ाइल निकाली–"हज़रात ये चीज़ें एक मशहूर नारी पत्रिका के दफ्तर से लाया हूं। ये सब अप्रकाशित हैं और मौलिक हैं। एक लेख जादू और टूनों के महत्त्व पर है। एक औरत और पर्दे पर है। दूसरा पर्दे और औरत पर। एक कहानी है जिसमें सास-बहू के सुखद सम्बन्धों पर रोशनी डाली गयी है। इस कहानी की सबसे बड़ी खूबी यह है कि इसमें करीब सभी किस्म के खानों के नाम हैं। करीब हर तरह के जेवरों और कपड़ों का ज़िक्र है। शादी की पूरी रस्में बयान की गई हैं।"

"ये सब पुरानी चीज़ें हैं।" तल्ख साहब बोले। "अच्छा, नारी-जगत् के नाम से जो कुछ छपेगा उसका एक अंश सुनाता हूं : एक महिला ने लिखा है कि उनके कान लम्बे होते जा रहे हैं और नाक छोटी होती जा रही है। अगर किसी बहन या भाई को कोई नुस्खा याद हो तो पत्रिका में छपवा दें। उन्हें आपरेशन से डर लगता है। इसलिए कोई दवाई लिखें। एक महिला लिखती हैं–मैं बड़ी खुशी से सूचना देती हूं कि मेरी मंझली मामी की फूफी की लड़की की बहन के यहां एक नन्ही-मुन्नी-सी पैदा हुई है। बच्ची और बच्ची की मां दोनों ईश्वर की कृपा से कुशल से हैं। बच्ची के पिता भी कुशल से हैं। सब बहनें प्रार्थना करें कि परमात्मा इस नव पल्लवित कली को सही राह दिखायें। इसी खुशी में चार रुपये की तुच्छ रकम भेजती हूं और बड़े अफ़सोस की बात है कि मेरे सौतेले फूफा के सगे भतीजे के दादाजान की मृत्यु हो गई है। स्वर्गवासी की आयु अस्सी साल की थी। इस पत्रिका को खास तौर पर मंगाया करते थे

और बड़े शौक से पढ़ते थे। इस ग़म में तीन रुपये की तुच्छ रकम भेज रही हूं। एक और महिला ने लिखा है कि—मेरे पिताजी राय बहादुर ने अमुक टिकट पर अपने विरोधी राय साहब अमुक को 420 वोट से हरा दिया है और मुझे फ़िल्म 'शाही डाकू' का अमुक गीत चाहिए। एक महिला फ़रमाती हैं कि यहां मच्छर बहुत हो गये हैं। क्या कोई बहन या भाई इस सिलसिले में कुछ कर सकते हैं और मुझे जलेबियां पकाने का बहुत शौक है। अगर किसी को कोई नई तरकीब मालूम हो तो पत्रिका द्वारा सूचित करें। एक महिला ने लिखा है कि मैं किस मुंह से परमात्मा का धन्यवाद करूं कि उसने हम सबकी प्रार्थना सुनी। हमारे छोटे भाई की सगाई राय बहादुर अमुक की अमुक पुत्री से हो गई है। और मुझे यह गीत चाहिए जिसके शुरू के बोल हैं : अभी तो मैं जवान हूं।''

''यह सब कुछ घिसा-पिटा है।''

''दो विज्ञापन भी हैं—एक उस्तानी साहिबा का बैग खो गया है। वे लिखती हैं : पिछले हफ्ते मैं सिनेमा से तांगे में जा रही थी, मुझे सिनेमा का इतना शौक तो नहीं है। बस कभी-कभी चली जाती हूं। हवा तेज़ चल रही थी और मैंने ऐनक नहीं लगा रखी थी। मेरी नज़र कमज़ोर नहीं। बस यूं ही कभी-कभी शौकिया लगा लेती हूं। मैंने ऐनक के लिए बैग खोलना चाहा। बैग में सिर्फ़ ऐनक रखी थी। मेक-अप की चीज़ें नहीं थीं। मैं मेक-अप नहीं करती।''

''ये विज्ञापन प्रगतिशील नहीं है।'' तल्ख साहब बोले।

''मैंने दाढ़ी पर लेख लिखा है।'' एक लेखक अपनी ऐनक ठीक करते हुए बोले, ''यह अपनी तरह की बिल्कुल नयी चीज़ है। एक बार मैंने गर्मियों की छुट्टियों में यों ही दाढ़ी रख ली। कॉलिज खुला। अरबी के प्रोफ़ेसर ने मेरी प्रशंसा की कि बस दाढ़ी से चेहरा ज्योतिर्मय मालूम होता है। इंसान मर्द दिखायी देता है। शेर मालूम होता है।''

''कौन-सा शेर ? सर्कस का या जंगल का ?'' शैतान ने पूछा।

''शायद जंगल का। ख़ैर, खूब प्रशंसा हुई। उसी शाम को सिगरेट सुलगाते हुए मैंने दाढ़ी का कुछ हिस्सा जला लिया। आईना देखा साफ़ करनी पड़ी। अगले रोज़ से वही प्रोफ़ेसर मेरे पीछे पड़े हैं—इस मरदूद की शक्ल तो देखो। कैसी नहूसत बरस रही है। बदबख्त, बदनसीब, मनहूस। खुदा जाने क्या कुछ कहा। वार्षिक इम्तहान हुआ। मैं अरबी में फ़ेल था।''

''तो उस रोज़ मैंने फ़ैसला कर लिया कि दाढ़ी के बारे में अपने विचार ज़रूर छपवाऊंगा। कॉलिज में एक दाढ़ी वाले हज़रत नये-नये आये थे। सारी दोपहर लायब्रेरी में गुज़ारते। प्रोग्राम के मुताबिक मैंने पौने दो रुपये की एक नकली दाढ़ी खरीदी और लगाकर उसी मेज़ पर बैठने लगा। एक दोपहर कुछ

दोस्त आये। एक बोला—भई गर्मी बहुत है टोपी उतार दो। सबने टोपियां उतार दीं। कुछ देर के बाद दूसरा बोला—तौबा-तौबा कितनी गर्मी है। शेरवानियां उतार दो। सबने शेरवानियां उतार दीं। फिर तीसरा बोला—पसीने में सराबोर हो रहे हैं। दाढ़ी पहन रखी है, उतारो इसे। इतनी गर्मी है हमसे देखा नहीं जाता। अब उतार भी दीजिये दाढ़ी। मैंने दाढ़ी उतार दी।''

''बिल्कुल पुराने ख्याल हैं। भला दाढ़ी से समाज को क्या दिलचस्पी हो सकती है।'' तल्ख साहब मुंह बनाकर बोले।

अब बड्डी की बारी थी। उसने जेब से कागज़ निकाले, ''मैंने अपने कॉलिज की कुछ घटनायें लिखी हैं—घर से कॉलिज आते समय हमें बस में सफ़र करना पड़ता था। कोई आध घंटे का सफ़र होता। मेरा एक दोस्त कोने में एक किताब लेकर बैठ जाता और बड़े गौर से पढ़ने लगता। पढ़ते-पढ़ते कहकहा मारकर हंसता। फिर एकदम गम्भीर हो जाता। कुछ देर के बाद ज़ोरों से रोने लगता। मुसाफ़िर उसकी तरफ़ देखने लगते, वह चुपचाप नज़रें झुकाए पन्ने उलटता रहता। कभी झुंझलाकर अपने बाल नोचता, कभी मुस्कराकर सिर पटकने लगता। फिर रोना शुरू कर देता। हर एक मुसाफ़िर की यही कोशिश होती कि किसी तरह उसे इस अजीबोगरीब किताब का नाम मालूम हो जाये। लेकिन वह उसे छुपाये रखता। सफ़र के खात्मे पर बड़े इत्मीनान से किताब सबके सामने खोल देता। किताब के सारे पन्ने खाली होते। फिर हम कुछ दोस्तों ने एक बेंच खरीदी और कॉलिज के सामने वाले बगीचे में रख दी। जब कोई पुलिस वाला नज़र आता हम बेंच उठाकर चोरों की तरह भागते। वह हमारा पीछा करता। बड़ी मुसीबतों के बाद जब हमें पकड़ता तो हम उसे बेंच की रसीद दिखा देते।''

''यह भी कुछ नहीं। इसमें न नयापन है न उपयोगिता। ऐसी चीज़ें पढ़ने वालों को सिवाय एक वक्ती मनोरंजन के और क्या हासिल हो सकता है। मुझे प्रगतिवादी साहित्य चाहिए।''

''एक प्लाट मेरे ज़ेहन में है।'' शैतान बोले। ''इसमें चार पात्र हैं। एक किसान, एक पूंजीपति, एक वेश्या और एक मरियल-सा नौजवान। जिसे दुनिया-भर की बीमारियां हैं। ये लोग एक खुफिया संस्था बनाते हैं फिर उनका मनोविश्लेषण होता है। उनके उपचेतन और अवचेतन नष्ट हो जाते हैं। दो पात्र तो आत्महत्या कर लेते हैं, दो एक-दूसरे को मार देते हैं। और—''

तल्ख साहब बोले—''बस-बस मुझे ऐसी कहानियां चाहिए। इसे तुम अगले अंक के लिए लिखना। पहले अंक में तो सिर्फ मेरी ही चीज़ें होंगी।''

मैंने बड्डी से सलाह करके एक प्रोग्राम बनाया। तल्ख साहब से हमने प्रार्थना की कि वे मेहरबानी करके हर इतवार को हमें अपने यहां रहने की इजाज़त दे दें। वे हैरान ज़रूर हुए लेकिन उन्होंने इजाज़त दे दी। उनके यहां रहकर हमें

मालूम हुआ कि वे हर दो घंटे के बाद एक गर्म और मीठी चीज़ पीते हैं और यह उनकी खुशफ़हमी है कि वे उसे चाय कहते हैं। दोपहर को भारी-भरकम लंच खाते हैं। सारा दिन ऐनक लगाये एक टूटी हुई कुर्सी पर बैठे रहते हैं। उनका फर्नीचर खस्ता हालत में है। कपड़ों पर प्रेस नहीं होती। दीवारों का रंग उड़ चुका है। बल्व फ्यूज़ हो चुके हैं। केवल एक बल्व है, वह भी टिमटिमाता हुआ। हर समय उन्हें अपने कुत्ते का वहम रहता है जिसे वे कभी दूर से टिकटिकी लगाकर देखते हैं। कभी करीब आकर उसकी आंखों में आंखें डालकर घूरते हैं। उन्हें यह विश्वास हो चुका है कि कुत्ता उन्हें नहीं पहचानता। अजनबी समझता है और कुत्ता सारा दिन सिर झुकाए संसार की निस्सारता पर विचार करता है। न उसे खाने को कुछ मिलता है न उसे कभी बाहर निकाला जाता है। कभी तल्ख साहब का जिगर खराब हो जाता है, कभी दिल बैठने लगता है, कभी गुर्दे सत्याग्रह कर देते हैं। उनके पास डॉक्टरी की कुछ किताबें हैं जिनको वे बाकायदा पढ़ते रहते हैं। जो नयी बीमारी पढ़ते हैं वह फ़ौरन उन्हें हो जाती है।

बड्डी बोला—"अगर इस आदमी को हम ठीक कर सके तो यह बहुत बड़ी समाज-सेवा होगी। अगर बहुत जल्दी कुछ न किया गया तो यह पत्रिका के द्वारा अपनी बेजारी दूर-दूर तक फैला देगा।"

सबसे पहले हमने कुत्ते को लिया। हमने तल्ख साहब से कहा कि "कुत्ते की नज़र कमज़ोर है। इसे ऐनक की ज़रूरत है।" तल्ख साहब मुस्कराने लगे। "अगर उसकी प्यार भरी, प्यारी-प्यारी वफ़ादार आंखों पर ऐनक लग गयी तो उसकी खूबसूरती में फ़र्क आ जायेगा।"

"हम फ़र्क नहीं आने देंगे। हम उसे बगैर फ्रेम की ऐनक लगायेंगे। जिससे यह और भी खूबसूरत मालूम होगा।"

"मगर इसकी नज़र किस तरह टैस्ट होगी। अक्षर तो पढ़ नहीं सकता।"

"हम उसकी एक आंख बंद करके उसे कई फ़ासलों से हड्डियां दिखायेंगे। जहां तक उसे हड्डी नजर आयेगी यह दौड़ेगा। इस फ़ासले को नापकर उसकी दूसरी आंख देखी जायेगी। फिर किसी डॉक्टर से ऐनक का नंबर ले आयेंगे।"

"मगर इसके चेहरे पर ऐनक की जगह है कहां ? उसकी नाक बैठी हुई है और कान इतने कोमल हैं कि ऐनक कहां ठहर सकेगी ?"

"आप बेफ़िक्र रहिये।" हमने झूठ-मूठ नज़र टैस्ट की, फ़जूल-सी ऐनक बनाकर कुत्ते के मुंह पर लगा दी। ऐनक की कमानियां कानों के गिर्द लपेटकर कस दी गईं। तल्ख साहब कुत्ते की तरफ़ से बिल्कुल मुतमइयन हो गये। डॉक्टरी की सारी किताबें कबाड़ी के यहां पहुंचा दीं। दीवारों पर सफ़ेदी करवा दी गयी। कहीं-कहीं चमकीला वालपेपर भी लगाया गया। फ़र्नीचर पालिश करवाया गया। खूब तेज़ बल्व जगह-जगह लगाये गये। एक सैकिंड हैंड प्रेस खरीदकर लाये।

नौकर को प्रेस करना सिखाया और उसे ताकीद की गई कि सुबह-शाम दोनों समय कपड़ों पर प्रेस करे और होटल से चाय लाने की बजाय हल्की-सी चाय बनाकर तल्ख साहब को दिया करे। तल्ख साहब की ऐनकें बिल्कुल मैली रहती थीं। नौकर को एक कोमल-सा कपड़ा दिया गया कि शीशे साफ़ कर दिया करे। तल्ख साहब की हालत पहले से बेहतर हो गयी। लेकिन उनका हाज़मा ठीक न हुआ। बड्डी बोला—"दवाइयां खरीदेंगे।"

लेकिन मैंने सलाह दी कि उनका लंच बन्द करवा दिया जाये।

हम उनके पास गये और बड़े दर्द-भरे लहजे में बोले—"हम समाज के नाम पर एक प्रार्थना करने आये हैं। हमें विश्वास है कि हमें निराश न लौटाया जायेगा। समाज, जनता, सोसाइटी इनका तकाज़ा है कि आप लंच छोड़ दीजिये।"

"आखिर क्यों ?"

"क्या आप नहीं जानते कि हिन्दुस्तान में ऐसे इन्सान भी हैं जिन्हें एक वक्त भी खाना नहीं मिलता। और आप हैं कि तीन बार खाना खाते हैं और सारा दिन चाय पीते रहते हैं।"

"मगर मेरे लंच छोड़ देने से क्या फ़र्क पड़ेगा ?"

"आप जानते हैं कि छोटे-छोटे इरादों से बड़ी-बड़ी तब्दीलियां हो जाती हैं। आप लंच छोड़ेंगे। हम दोनों ने पहले ही छोड़ रखा है। देखा-देखी और लोग भी छोड़ने लगेंगे। संभव है सारा हिन्दुस्तान लंच खाना छोड़ दे और धीरे-धीरे सारा एशिया और फिर किसी दिन सारी दुनिया।" तल्ख साहब मान गये।

शैतान का विचार था कि पहले अंक के साथ तमन्ना खानम का नाम अमर हो जायेगा लेकिन तमन्ना की बेरुखी बढ़ती जा रही थी। शैतान हर रोज़ उससे मिलने जाते। एक और लड़की के बारे में सलाह लेते, उसे बताते कि आज इस लड़की ने यह कहा है। मुझे बताओ कि मैं उसे क्या कहूं। अगले दिन जाकर बताते हैं कि मेरे यह कहने पर उस लड़की ने यूं कहा, मैंने यह कहा तो वह यह बोली। अब बताओ मैं उसे क्या कहूं। कुछ दिन तो यूं होता रहा। फिर एक दिन तमन्ना ने साफ़-साफ़ कह दिया, "लड़की-वड़की कोई भी नहीं है। मुझसे मिलने का बहाना है।"

शैतान बोले—"तुम्हारा ख्याल ठीक है। लेकिन मैं करूं भी तो क्या करूं। पहले तो तुम मिलती नहीं। जब कभी मिलती हो तो तीसरे पहर को मिलती हो। भला गर्मियों में तीसरे पहर को मैं तुम्हें क्योंकर अपने ऊपर आशिक करवा सकता हूं। काश कि हम ईरान में मिलते। सर्दे के दरख्तों और कालीनों के अम्बार में, मर्तबानों पर बैठकर चाय पीते। आह ! ईरान ! मेरे एक बूढ़े दोस्त की नानी अम्मा ईरान की हैं। मुझे उन नानी अम्मा से—"

"नानी कहना काफ़ी है। इसमें अम्मा लगाने की क्या ज़रूरत है। और

फिर आप यह ईरान का जिक्र क्यों ले बैठते हैं। सच पूछिये तो ईरान मुझे खुद पसन्द नहीं है।''

''मगर ईरान तो–''

''बेहतर होगा अगर आप ईरान का जिक्र बिल्कुल न किया करें।''

''मगर पहले ही आपकी मेहरबानियां काफ़ी हैं। आपने जो कुछ किया है उसके लिए शुक्रिया।''

''मगर मैंने तो अभी कुछ भी नहीं किया। मुझे मालूम न था कि ईरानी ऐसे होते हैं।''

''खुदा के लिए आप आइन्दा मुझसे किसी किस्म की बातचीत मत कीजिये।''

''बहुत बेहतर'' शैतान अपनी टोपी उठाकर बोले–''जो कुछ हुआ इसका मुझे अफ़सोस है, लेकिन जो कुछ न हो सका उसका तो बहुत ही ज़्यादा अफ़सोस है।''

उसी शाम कैफ़े में चाय पीते समय बड्डी के लिए फ़ोन किया। हम कान लगाकर सुनने लगे। बड्डी किसी महिला से गुफ्तगू कर रहा था–जी हां मैं हूं। जी नहीं। यहां न तल्ख साहब हैं न रऔफ़ी मियां। आप फ़रमाइये। ओफ़ आप क्या फ़रमा रही हैं ? आपको रऔफ़ी से नफ़रत है। मैं उन्हें बता दूंगा। नहीं माफ़ फ़रमाइयेगा। मुझसे यह नहीं हो सकेगा। तल्ख साहब आपको मिले थे। वे हर रोज़ आपसे मिलते हैं। क्या फ़रमाया आपको वे अच्छे लगते हैं। आप एक-दूसरे से मुहब्बत करते हैं। जी नहीं वह खूबसूरत हर्गिज नहीं। आपने उन्हें गौर से नहीं देखा। आप तल्ख साहब से शादी करने वाली हैं। बड़ी खुशी की बात है। अच्छा तमन्ना खानम आदाब अर्ज।''

इसी किस्म के फ़ोन दो-तीन बार और आये।

इसके बाद बहुत कुछ हुआ। पत्रिका की बात तो डांवाडोल हो गई। शैतान और तल्ख साहब की दोस्ती ख़त्म हो गई। जो साहब पत्रिका के लिए पैसे देने वाले थे वे गायब हो गये। तमन्ना का जिक्र कम होते-होते बिल्कुल ख़त्म हो गया। तल्ख साहब के कमरों में रोशनी रहने लगी। उनका कुत्ता उन्हें पहचानने लगा। उनकी सेहत बेहतर होती गई। बड्डी का तबादला हो गया। शैतान का कॉलिज खुल गया। मैंने भी तबादला करवा लिया। हम सब तमन्ना को भूल गये, लड़की को भी और पत्रिका को भी।

हम होटल के बड़े कमरे में बैठे थे। रात के खाने के बाद कॉफी का दौर चल रहा था। बड़े शोर से कहकहे की आवाज़ आई। मुड़कर देखा कि एक मोटा-ताज़ा हृष्ट-पुष्ट आदमी हंस रहा था। यूं ही वहम-सा हुआ। हमने बैरे को भेजा कि इन साहब से पूछना कि इनका शुभ नाम तल्ख साहब तो नहीं। बैरे

ने आकर कहा कि तल्ख साहब उनका पुराना नाम था। अब उन्हें मसरूर साहब कहा जाता है।

मसरूर साहब ने हमें देखा और हंसते हुए आये और हमसे लिपट-लिपटकर मिले। उन्होंने बताया कि आजकल वे बिज़नेस करते हैं और काफ़ी अमीर हो गये हैं। हमने उनके लेखन-कार्य के बारे में पूछा। बोले—''मैं तुम दोनों का एहसान उम्र-भर नहीं भूलूंगा। जब से मैंने लंच छोड़ा है मेरा हाज़मा ठीक हो गया है। अब लिखने की शिकायत भी जाती रही है। अब खुदा के फ़ज़ल से बिल्कुल तंदुरुस्त हूं। मुझे कोई बीमारी नहीं रही। न जिगर खराब है न दिल का दौरा पड़ता है और हां वह मासिक तमन्ना का साइनबोर्ड मेरे यहां पड़ा है। अपना पता बता दो तो मैं भिजवा दूं।''

''यह तुमने क्या याद दिला दिया।'' शैतान बोले—''मुझे तमन्ना याद आ गयी। गोकि उसने मेरे साथ इतना अच्छा बर्ताव नहीं किया फिर भी मैंने उसे माफ़ कर दिया था। ईरानी वाकई हमसे बिल्कुल अलग होते हैं, उनकी आदतें, उनके ख्याल, उनकी बातें सब अलग होती हैं। मुझे ईरान बहुत अच्छा लगता है। मैं यहां हूं लेकिन मेरा दिल ईरान में है। ईरान जो मेरी तमन्ना का वतन है।''

''लेकिन वह लड़की ईरानी तो नहीं थी।'' तल्ख साहब चौंके।

''सचमुच।''

''हां सचमुच। वह ऐसे ही ईरानी थी जैसे तुम रूसी या मैं चीनी।''

''तो फिर उसके पूर्वज ईरान से आये होंगे ?''

''उसके पूर्वज आये ज़रूर थे लेकिन ईरान से नहीं बल्कि शेखूपुरा से आये थे। वैसे ये लोग बिज़नेस के सिलसिले में कभी-कभी ईरान...।''

''आपको शुरू से इस बात का ज्ञान था ?'' शैतान चमककर बोले।

''हां।''

''तो आपने मुझे पहले क्यों नहीं बताया और फिर जब जानते थे कि मैं उसकी तरफ आकर्षित हूं तो आपको आशिक होने की क्या ज़रूरत थी। खैर, मैंने आपको माफ़ किया।''

''कौन आशिक और किसका आशिक ?'' तल्ख साहब बोले। ''मैं तमन्ना पर कभी आशिक नहीं हुआ। अगर दुनिया में तूफ़ान आ जाता और तूफ़ान के बाद ज़मीन पर सिर्फ मैं और तमन्ना रह जाते तब भी मैं उस पर आशिक न होता। मगर यह आशिक होने की उड़ाई किसने थी ?''

''बात असल में यह है।'' बड्डी शर्माते हुए बोला—''वह जो टेलीफ़ोन पर बातें हुआ करती थीं वे सब बनावटी थीं। तमन्ना ने मुझे कभी फ़ोन नहीं किया। मैं उससे रऔफ़ी की बुराइयां भी करता रहा हूं लेकिन—''

"तो बड्डी तुम भी ऐसे ही निकले। खैर जाओ मैंने तुम्हें भी माफ़ किया। मैंने सबको माफ़ किया। लेकिन वह लड़की खूब थी। क्या मजाल जो उससे ऐसी-वैसी बात तो कोई कर ले। बड़े सख़्त नियम थे उसके। एक बार ऐसे ही मेरी उंगलियां उसकी उंगलियों से छू गईं। इस कदर खफ़ा हुई कि बस—"

"लेकिन उस रात तुम।" तल्ख साहब मुझसे बोले। मैंने जल्दी से उनका पांव दबा दिया।

"उस रात क्या हुआ था।" शैतान कड़ककर बोले—"बताओ क्या हुआ था उस रात ?"

"बात यह है रऔफ़ी।" मैं सिर झुकाकर बोला, "ईरानियों के रस्म-रिवाज़ तो तुम जानते हो। रुखसत होते समय चूमने का रिवाज़।"

"वह ईरानी नहीं थी।" शैतान चिल्लाये। "खैर, मैंने तुम्हें भी माफ़ किया। खुदाया तेरा लाख शुक्र है कि तूने मुझे ऐसे वफ़ादार और जांनिसार दोस्त दिये हैं, मैं इनको माफ़ करता हूं। ये नासमझ हैं। बेसहारा हैं। ये नहीं जानते कि ये क्या कर रहे हैं। मैंने इनको माफ़ किया। तू भी माफ़ करना।"

शैतान उठ खड़े हुए और टहलने लगे। टहलते-टहलते बालकनी में जा खड़े हुए। चौदहवीं का चांद बिल्कुल उनके सिर के पीछे था। वे अपना पुराना शेर बार-बार पढ़ रहे थे। उनके चेहरे पर अजब शान थी। उनके चेहरे पर वह रोशनी थी जो सिर्फ़ किसी पहुंचे हुए के चेहरे पर आया करती है। अस्थायी तौर पर या थोड़े अर्से के लिए उनके सिर के गिर्द चांद रोशनी का गोला बनाए हुए था। लेकिन हम यही सोच रहे थे कि उनका चेहरा मुस्कराहट के बगैर बेहतर मालूम होता है।

शौक़त थानवी

स्वदेशी रेल

दिन-भर के थके-मांदे भी थे और रात को सफ़र भी करना था। मगर बंदे मातरम् के नारों पर कान खड़े कर लेना हमारी हमेशा की आदत है और इन नारों को भी ज़िद है कि हमारा चाहे जो हाल भी हो, बीमार हों, किसी ज़रूरी काम से बाहर जा रहे हैं या और कोई मजबूरी हो मगर ये कुछ नहीं देखते और अपनी तरफ़ हमको खींचकर ही छोड़ते हैं। आज भी यही हुआ कि हुक्के का नेचा और सुराहियां एक दुकान पर यह कहकर रख दीं कि भाई अभी आते हैं और सीधे पण्डाल में घुस गए जहां एक साहब जो सूरत से लीडर मालूम होते थे, यानी सिर पर गाढ़े की गांधी कैप, दाढ़ी-मूंछ ग़ायब, एक लम्बा-सा खद्दर का कुर्त्ता, टांगों में वही खद्दर की धोती और चप्पल पहने हुए थे। एक हाथ अपनी पीठ पर रखे हुए और दूसरे को भीड़ की तरफ़ उठाए इस तरह हरकत दे रहे थे जैसे बैंड मास्टर अपने बैंत को हिलाता है। वह कुछ कह भी रहे थे मगर मालूम नहीं क्या। इसलिए कि कभी तो कहते-कहते दाईं तरफ़ घूम जाते थे कभी बाईं तरफ़ और कभी-कभी एकदम से पीछे भी मुड़ जाते थे। बहरहाल यह फ़ैसला करना कि हम उनकी पीठ की तरफ़ हैं या सामने की तरफ़ इसलिए मुश्किल था कि उनको खुद चैन नहीं था। वह तख़्त जिस पर खड़े हुए वे घूम रहे थे लोगों के बीच में था और सब लोगों का रुख़ तख़्त की तरफ़। कभी किसी की तरफ़ मुंह, कभी किसी की तरफ़ पीठ हो जाने का सिलसिला जारी था और इसी तरह उनके शब्द कभी बिल्कुल साफ़, कभी दूर की आवाज़ की तरह और कभी बिल्कुल नहीं, हमारे कानों में पहुंच रहे थे। हां, एक बात यह थी कि हमारी तरफ़ के लोग शोर मचाते हैं तो दक्षिण और पश्चिम के लोगों से ज़्यादा माहिर मालूम होते हैं। इसलिए हम भाषण सुनने के मामले में ज़रा घाटे में थे। फिर भी जो कुछ सुना वह बहुत काफ़ी था, इसलिए कि शुरू से लेकर आख़िर तक शब्द बदल-बदलकर कभी अंग्रेज़ी में, कभी उर्दू में, कभी गद्य में, कभी पद्य में, कभी हंसकर, कभी चीख़कर, कभी इधर मुड़कर, कभी उधर घूमकर वही शब्द कहे जा रहे थे जो हमने सुन लिए थे :

"भाइयो, अब वह वक्त नहीं है कि रेगुलेशन पास हों और रह जायें। तजवीजें मंजूर हों और उन पर अमल न हो—सरगर्मियां—अब तैयार हो जाओ... होशियार रहो...कि तुमको...31 दिसम्बर, 1929 के बाद अपना काम अपने हाथ से अंजाम देना है, अपने पैरों पर खड़ा होना है—(दूसरी तरफ़ घूम गये)

ख्वाबे-ग़फ़लत...से बेदारी का वक्त...यह है...और वहां तुम...ब्रिटिश गवर्नमेंट ...स्वराज स्वदेशी...चर्खा खद्दर।" (चीयर्स के बाद भाषण ख़त्म हुआ)।

दो घंटों में सिर्फ़ हमने यही सुना और समझ गये कि 31 दिसम्बर, 1929 को स्वराज ज़रूर मिलेगा। शायद इससे ज़्यादा उन्होंने कुछ कहा भी नहीं होगा। और अगर कहा भी हो तो हम क्या करें हमारे लिए यही बहुत था कि 31 दिसम्बर को स्वराज मिलेगा। हम इसी ख़्याल में डूबे लोगों को धकेलते, खुद धक्के खाते, किसी-न-किसी तरह बाहर निकल आए। दुकानदार से हुक्के का नेचा लिया। सुराहियां इक्के पर लादीं और घर पहुंच गये। सामान बांधा, खाना खाया, हुक्का भरा। आरामकुर्सी पर लेटकर शौक फ़रमाने लगे। गाड़ी के वक्त में अभी पूरे दो घंटे थे इसलिए इत्मीनान भी था। मगर एहतियात के लिए शेरवानी नहीं उतारी थी कि जैसे ही डेढ़ घंटा बाकी रह जाएगा स्टेशन रवाना हो जायेंगे।

लैक्चर का ख़्याल और 31 दिसम्बर के बाद स्वराज का मिल जाना दिमाग़ में चक्कर लगा रहा था। मगर हमारी समझ में किसी तरह यह बात नहीं आती थी कि आख़िर स्वराज के लिए 31 दिसम्बर क्यों निश्चित किया गया। अगर आज 31 दिसम्बर होता तो हम अपनी रेल पर सफ़र करते। न विदेशी गार्ड होता न फ़ॉरन ड्राइवर, न एंग्लो इंडियन का अलग दर्जा होता। हम खुद ही रेल के मालिक होते, चाहे थर्ड में बैठते चाहे फ़र्स्ट में, हमसे कोई पूछने वाला न होता। हम खुद फ़र्स्ट में बैठते और अंग्रेज़ों को थर्ड में बिठाकर खुश होते हुए सफ़र करते। हम यह सोच रहे थे कि एकदम से कान में फिर वही बंदे मातरम् की आवाज़ आई। और हम एकदम से खड़े हो गए। घर से बाहर निकले—देखते क्या हैं कि एक बड़ा जुलूस झंडों, झंडियों और गैसों से सजा हुआ बंदे मातरम् के नारों से आसमान और ज़मीन से टकराता हुआ हमारे मकान के सामने से गुज़र रहा है। हमने लोगों से पूछा कि भाई यह क्या है। जवाब मिला कि क्या सो रहे थे। खबर नहीं कि स्वराज मिल गया। हमने फिर बड़ा-सा मुंह खोलकर कहा—स्वतन्त्रता। जवाब मिला—हां स्वराज—स्वराज। हमने अपने दिल में कहा वाह भाई वाह, दुआ तो मंजूर हुई हमारी और स्वराज मिल गया इन लोगों को। अरे हमको मिलता तो एक बात भी थी। फिर सोचा कि हम और ये लोग कुछ अलग थोड़े ही हैं। इनको मिला या हमको एक ही बात है। मगर वाह अल्लाह कमाल हुआ कि स्वराज मिल गया। दिल को किसी तरह यक़ीन नहीं आता था कि स्वराज मिल गया होगा। हालांकि अभी तक जुलूस नज़रों से ओझल नहीं हुआ था। जब जुलूस की तरफ़ नज़रें जातीं तो यक़ीन हो जाता कि स्वराज मिल गया और जब स्वराज मिलने पर गौर करना शुरू करते तो दिल कहता कि अभी नहीं मिला है। लेकिन आख़िर जब हर आदमी ने स्वराज मिलने की खुशख़बरी सुनाई तो एक शक दूर हुआ। और एक स्वतन्त्र सांस लेकर हमने

पहली बार अपने आपको आज़ाद समझा। अभी हम अपने आपको आज़ाद समझ ही रहे थे कि घंटे ने टन-टन करके दस बजा दिए। यानी हमको खुद स्टेशन चले जाने का हुक्म दिया।

हमारे जैसे आदमी के लिए सफ़र शुरू करने का यक़ीन लोगों को उस वक्त होता है जब हम टिकट ख़रीद लें और हमने भी अपनी यह आदत डाल रखी है कि सफ़र करने से पहले टिकट ज़रूर ख़रीद लेते हैं। इसलिए हमको जो सबसे पहली मुश्किल स्टेशन पहुंचकर पेश आती है वह बुकिंग ऑफ़िस की खिड़की में झांककर टिकट खरीदने की दरख़ास्त पेश करना है। आज भी हमने इसी प्रोग्राम पर अमल किया और बुकिंग ऑफ़िस की खिड़की में हाथ डालकर कहा, "बाबूजी कानपुर का सैकिंड क्लास का टिकट दे दीजिये।"

बाबूजी ने बजाय इसके कि टिकट दे देते पहले तो हमको घूरा फिर निहायत इत्मीनान से फ़रमाने लगे कि एक बात कह दें या मोल-तोल।

मैं समझा बाबूजी मज़ाक कर रहे हैं और मैं हंस दिया। मेरे हंसने पर बाबूजी ने फिर कहा–"जनाब सुनिए तीन रुपए हुए। लाइये रुपये और टिकट ले लीजिये।"

अब तो मुझे और ज़्यादा हैरानी हुई और मैंने कहा–"जनाब तीन रुपये कैसे हुए ? एक रुपये तेरह आने तो किराया है। आप कहते हैं तीन रुपये। मुझे कानपुर का टिकट चाहिए। कानपुर का, सैकिंड क्लास का।"

बाबूजी ने ज़रा नाराज़ होकर जवाब दिया–"जनाब वाला मैं बहरा नहीं हूं। सुन लिया है कि आपको कानपुर का सैकिंड क्लास का टिकट चाहिए। मगर उसी के तीन रुपये हुए। कौड़ी कम न लूंगा। जी चाहे लीजिये वर्ना जाने दीजिये।"

मैं–"मगर बाबू साहब अभी परसों तक तो एक रुपया तेरह आने किराया था, आज क्या हो गया जो एकदम बढ़ गया।"

बाबू–"कल की बात कल के साथ। आज देश हमारा है। हमको स्वराज मिल गया है।"

मैं–"यह कहिये कि स्वराज रेल को भी मिला है। अच्छा ख़ैर टिकट दीजिये नहीं तो गाड़ी छूट जायेगी।"

बाबू–"लाइये रुपये। अच्छा न आपकी बात न हमारी बात ढाई रुपये दे दीजिये और टिकट ले लीजिए।"

बाबू साहब की इन तमाम बातों पर कुछ तो हंसी आ रही थी और कुछ गुस्सा आ रहा था कि फ़ज़ूल इन बातों में वक्त बरबाद हो रहा था। अगर गाड़ी छूट गई तो और मुसीबत आयेगी। टिकट-विकट सब धरा रह जायेगा। आख़िर मैंने तय कर लिया कि मैं बग़ैर टिकट के सफ़र करूंगा और यह सोचकर मैं

बुकिंग ऑफ़िस से चलने लगा। मुझको जाता हुआ देखकर बाबू साहब ने फिर आवाज़ दी—"सुनिये तो जनाब, ठहरिये तो जनाब, देखिये तो जनाब, अच्छा दो रुपये दे दीजिये। आइये वही एक रुपया तेरह आना दे दीजिये। आइये डेढ़ रुपया। अब इससे ज़्यादा हम कम नहीं कर सकते। हमारा नुक़सान हो रहा है।"

जब हमने टिकट के बाज़ार का भाव इस तरह गिरते हुए देखा तो और अकड़ गये और नाक-भौं चढ़ाकर और ज़रा गर्दन तिरछी करके वहीं से कह दिया—"एक रुपया देंगे। एक रुपये का देना हो तो दे दो।"

हम समझे थे कि बाबू साहब इस पर राज़ी न होंगे मगर वाह अल्लाह कमाल किया उन्होंने कि गर्दन लटकाकर ज़रा धीमी आवाज़ में कहने लगे—"लाइये साहब लाइये, बोहनी का वक्त है। आप ही के हाथों बोहनी कर लें।"

टिकट तो हमने ले लिया लेकिन वह टिकट रेल का मालूम नहीं होता था। न उस पर तारीख़ पड़ी हुई थी और न उस पर कुछ छपा हुआ था। बाबू साहब ने एक काग़ज़ के टुकड़े पर 'दर्जा दो कानपुर' लिखकर एक टेढ़ी-सी लकीर खैंच दी थी जो शायद उनके दस्तख़त थे। हमने टिकट को इधर से देखा उधर से देखा और दो-तीन बार ग़ौर से उलट-पलटकर देखने के बाद बाबू साहब का मुंह देखने लगे। बाबू साहब हमारी इस हरकत से हमारा मतलब समझ गये और मुस्कराकर कहने लगे—"जनाब वाला रात को स्वराज मिला है। अभी नये टिकट नहीं छपे हैं। दो-तीन दिन में छप जायेंगे। आपको टिकट से क्या मतलब। आप सफ़र कीजिये। अब आपसे कोई कुछ न पूछेगा। इत्मीनान रखिए।"

बाबू साहब ने तसल्ली तो दे दी मगर हम देख रहे थे कि टिकट पर न तारीख़ है न किराया, न फ़ासला, और फ़ासला होता तो कहां से, उन्होंने तो यह भी नहीं लिखा कि हम सफ़र आख़िर कहां से कर रहे हैं। बहरहाल यह समझकर या तो यह रुपया गया या हम तेरह आने के फ़ायदे में रहे, स्टेशन में दाख़िल हो गये।

स्टेशन में हालांकि सब कुछ वही था जो आज से पहले हम देख चुके थे। मगर इस सबके बावजूद बिल्कुल यह मालूम होता था कि किसी ने स्टेशन को कलाबाज़ी खिला दी है। या उल्टा बांधकर टांग दिया है। वही घड़ी थी वही घड़ियाल मगर दस बजने में चालीस मिनट बाकी थे जबकि अब ग्यारह का वक्त था। सामान के ठेले पर पान वाला अपनी दुकान लगाये बैठा था। कुलियों का कहीं पता न था। हमारी समझ में न आता था कि सामान किस तरह रेल में पहुंचायें। बड़ी मुश्किल से एक कुली मिला। लेकिन जैसे ही हमने उससे सामान उठाने को कहा उसने गुस्से से जवाब दिया—"अंधे हो गये हो दिखाई नहीं देता कि हम कुली हैं या असिस्टेंट स्टेशन मास्टर।"

हम—"माफ़ कीजियेगा गलती हुई"—कहकर पूरे एक गज़ पीछे हट गये। असिस्टेंट स्टेशन मास्टर साहब को सिर से पैर तक ग़ौर से देखकर सोचने लगे कि या अल्लाह यह क्या इन्केलाब है ? पहले तो इस सूरत के कुली हुआ करते थे। अब अगर इस सूरत के असिस्टेंट स्टेशन मास्टर होने लगे हैं तो कुली किस सूरत का होगा। मजबूरन हमने अपना सामान खुद उठाया और दो बार करके सैकिण्ड क्लास के डिब्बे में रखा, जहां पहले से एक जैन्टलमैन बैठे चिलम पी रहे थे। सामान ठीक से रखकर जब ज़रा इत्मीनान हुआ तो हमने सोचा कि यह जांच कर लेनी चाहिए कि यही गाड़ी कानपुर जायेगी कि या कोई और। सबसे पहले तो हमने उन्हीं हज़रत से पूछा जो हमारे डिब्बे में तशरीफ़ रखते थे। लेकिन उन्होंने सिर्फ़ यह जवाब दिया कि भइया हमका नहीं मालूम। यह खालिस स्वदेशी रेल के सैकिंड क्लास के इज़्ज़तदार पैसेंजर थे। इनसे भला क्या मालूम हो सकता था। मजबूरन हम प्लेटफ़ार्म पर आये और दो-एक आदमियों से पूछने के बाद यह मालूम हुआ कि मुसाफ़िर अगर कानपुर के ज़्यादा हुए तो वहां जायेगी वर्ना जहां के मुसाफ़िरों की तादाद ज़्यादा होगी वहां चली जायेगी। इसीलिए अभी तक इंजन नहीं लगाया गया कि खुदा मालूम ट्रेन को पूर्व की तरफ़ जाना पड़े या पश्चिम की तरफ़।

हमने घबराकर पूछा—"लेकिन यह फ़ैसला कब होगा !"

जवाब मिला—"जब गाड़ी भर जायेगी उसी वक्त फ़ैसला हो सकता है।"

हमने फिर पूछा—"लेकिन गाड़ी का वक्त तो हो चुका।"

जवाब मिला—"हो जाया करे, जब तक रेल भर न जाये किस तरह छोड़ी जा सकती है। क्या ख़ाली रेल छोड़ दी जाये।"

अब हम बिल्कुल अपनी क़िस्मत पर राज़ी होकर खामोश हो गए। इस इंतज़ाम को बुरा इसलिए नहीं कह सकते थे कि हमारी ही दुआ थी। अच्छा इसलिए नहीं कह सकते थे कि आज ही कानपुर पहुंचना था जिसकी अब कोई उम्मीद नज़र नहीं आती थी। कभी अपने डिब्बे में बैठकर कभी लोटे में पानी लाकर, कभी इंजन को पूर्व और पश्चिम की तरफ़ दूर तक नज़र दौड़ा ढूंढ़ने की कोशिश करके, कभी मुसाफिरों की तादाद का अंदाज़ा लगाकर वक्त काटने लगे। ग्यारह से बारह, बारह से एक, एक से दो बजे मगर न घड़ी की सुई हटी न ट्रेन अपनी जगह से हिली। सिर्फ़ हम टहलते रहे। खुदा-खुदा करके एक आदमी ने ऊंची आवाज़ में चीख़ना शुरू किया—बैठने वाले मुसाफ़िरो, बैठो गाड़ी छूटती है।

हमने जल्दी से पहले पूर्व की तरफ़ इंजन को ढूंढ़ा फिर पश्चिम की तरफ़। मगर दोनों तरफ़ इंजन ग़ायब था और हमारी समझ में बिल्कुल न आया कि बग़ैर इंजन के गाडी किस तरह छूट सकती है और इन शब्दों पर शक करना

इसलिए कुफ़्र समझते थे कि इनको कहने वाला कोई ग़ैर-ज़िम्मेदार आदमी नहीं था बल्कि वही असिस्टेंट स्टेशन मास्टर साहब थे जिनको हम कुली समझे थे। ख़ैर बग़ैर कुछ सोचे-समझे हम अपने डिब्बे में बैठ गए। हमारे बैठते ही दो-तीन दर्जन लट्ठबंद गंवार हमारे दर्जे में घुस आए। इनसे हमने लाख कहा—अरे सैकेण्ड क्लास है, अमां सैकेण्ड क्लास है, भाई सैकेण्ड क्लास है। मगर उन्होंने एक न सुनी और यही कहते रहे हमहुं जानत हैं। डेवढ़ा है। हम टिकस लिया है। ख़ैर साहब हम चुप हो गये और प्लेटफ़ार्म पर इसलिए आए कि किसी से कह दें। मगर गार्ड-वार्ड नज़र न आया। मजबूरन इन्हीं असिस्टेंट स्टेशन मास्टर से अर्ज़ कर दिया जिसका जवाब उन्होंने अपनी स्वदेशी शान से सिर्फ़ यह दिया—बैठिए जनाब सब हिन्दुस्तानी बराबर हैं, सब भाई हैं, सब भारत माता के सपूत हैं, कोई किसी से बड़ा या छोटा नहीं है; अब सैकिण्ड क्लास और थर्ड क्लास के फ़र्क को भूल जाइये। सबको बराबर का समझिए। जाइए तशरीफ़ रखिये नहीं तो थर्ड क्लास में भी जगह न मिलेगी। हम यह खरा जवाब सुनकर मुंह लटकाए हुए अपने दर्जे में आ गए जहां हमारी जगह पर कब्जा हो चुका था। और हमको यह तय करना था कि खड़े-खड़े सफ़र होगा या गुसलख़ाने में जगह मिलेगी। मजबूरन अपना ट्रंक घसीटकर उस पर बैठकर गाड़ी छूटने का इंतज़ार करने लगे।

हमको बैठे-बैठे भी एक घंटा के करीब हो गया, गाड़ी उसी तरह खड़ी रही। घबराकर हम प्लेटफ़ार्म पर आए तो देखा कि इंजन गाड़ी में लगाया जा रहा है और ख़ुदा का शुक्र है कि कानपुर की ही तरफ़ लगाया जा रहा है। लेकिन इंजन लगने के बाद जब गाड़ी देर तक न छूटी तो हमने इस देर की वजह पूछी। मालूम हुआ कि अभी सेक्रेटरी साहब टाउन कांग्रेस कमेटी का इंतज़ार है। वे कानपुर जायेंगे। उन्होंने कहला भेजा था कि बारह बजे आ जायेंगे लेकिन अभी तक नहीं आये। आदमी लाने के लिए गया हुआ है।

यह पहला मौक़ा था कि हमारे मन में यह सवाल पैदा हुआ कि हम कानपुर जायें या एक रुपया से सब्र करके इरादा छोड़ दें। काम बड़ा ज़रूरी था इसलिए जाना ज़रूरी था। गाड़ी छूटी न थी। इसलिए सफ़र करने का इरादा ख़त्म हो रहा था। अजीब कशमकश में जान थी। मालूम नहीं वह कौन-सा वक्त था जब हमारे मुंह से यह दुआ निकली थी। अब तो इसको वापिस भी लेना मुश्किल था। हम इस सोच में गर्दन झुकाए अपने ट्रंक पर बैठे थे कि एकदम से बंदे मातरम् के आसमान छूने वाले नारों से उछल पड़े। मालूम हुआ कि सेक्रेटरी साहब, टाउन कांग्रेस कमेटी तशरीफ़ ले आये। हमने भी खिड़की में से झांककर देखा तो एक भीड़ में वही लीडर साहब दिखाई दिये जिन्होंने रात को भाषण करके स्वराज दिलाया था और अब हमको मालूम हुआ कि वही सेक्रेटरी, टाउन कांग्रेस

कमेटी हैं। सो इनके तशरीफ लाने के बाद हर आदमी अपनी-अपनी जगह पर बैठ गया और इंजन भी सुन-सुन करने लगा। एक खद्दरपोश बुज़ुर्ग लाल और हरे गाढ़े की झंडियां लिए हुए भी नज़र आये और हमने अपनी जगह समझ लिया कि यह गार्ड है। इन गार्ड साहब ने कुर्ते की जेब से एक सीटी निकालकर बजाई और पहले सुर्ख़ और फिर जल्दी से हरी झंडी इस तरह हिलाने लगे जैसे पहले ग़लती से लाल झण्डी हिला दी थी। दो-तीन बार सीटी बजाकर और झण्डी हिलाकर आख़िर गुस्से में इंजन की तरफ़ झपटे और ड्राइवर को डांटना शुरू कर दिया–"घंटे भर से सीटी बजा रहा हूं, मगर तुम्हारे कान में आवाज़ ही नहीं आती और आंखें भी फूट गई हैं कि झण्डी भी नहीं देखते।" ड्राइवर ने भी उनके बेजा गुस्से का जवाब कड़ककर दिया–"जनाब आप आंखें मुझ पर क्यों निकाल रहे हैं। मेरा क्या क़सूर है ? दो घंटे से लल्लू फ़ायरमैन कोयला लेने गया हुआ है। कह दिया था कि लपककर जल्दी से ले आना। अभी तक ग़ायब है। मालूम नहीं कहां गया। पता भी बता दिया था कि रकाबगंज के चौराहे से या ऐश बाग़ के फाटक से ले आना। दो-चार पैसे कम-ज़्यादा का ख़्याल न करना। मगर वह जाकर मर रहा। बताइये मेरा क्या क़सूर है।"

गार्ड साहब भी ड्राइवर को बेक़सूर समझकर चुप हो गये और कोयले के इंतज़ार में गाड़ी रोकने पर मजबूर हो गये। इंजन में यह बड़ी बुरी बात है कि वह बग़ैर कोयले के चल ही नहीं सकता। जिस तरह घोड़े के लिए दाना-घास ज़रूरी है बिल्कुल इसी तरह जब तक कोयला भर न दिया जाए इंजन चलने का नाम नहीं लेता। घोड़ा बेचारा तो थोड़ी देर भूखा भी चल सकता है। मगर यह इतना भी काम नहीं दे सकता। अब बताइये कि रेल भी थी, इंजन भी, मुसाफ़िर थे, गार्ड भी, सेक्रेटरी साहब, टाउन कांग्रेस कमेटी भी आ गये थे और ड्राइवर था मगर एक कोयले के न होने से सबका होना न होना बराबर था। पूरे डेढ़ घंटे बाद लल्लू फ़ायरमैन कोयले की गठरी लिए यह कहता हुआ आ पहुंचा–"आधी रात को कोयला मंगाने चले हैं। सब दुकानें बंद हो चुकी थीं। एक दुकान पर इतना-सा कोयला था वह भी बड़ी मुश्किल से एक रुपया नौ आने में मिला है। भागता हुआ आ रहा हूं। रास्ते में गिर भी पड़ा था। तमाम घुटने छिल गये, कोयला वग़ैरा दिन में मंगा लिया करो।"

ड्राइवर ने जल्दी से कोयला डाला और सीटी बजाकर गाड़ी छोड़ दी। गाड़ी चल रही थी कि एक शोर मच गया रोको, रोको, गार्ड साहब रह गये। गाड़ी रुकी और गार्ड साहब को सवार करके चली। अभी दो फ़र्लांग मुश्किल से चली होगी कि गाड़ी फिर रुकी और गार्ड साहब ने ड्राइवर से चिल्ला-चिल्लाकर पूछना शुरू किया–"अरे लाइन किलिअर भी ले लिया था।" ड्राइवर ने भी चिल्लाकर जवाब दिया–"ले लिया था, ले लिया था।" गार्ड साहब ने जब इस तरफ़ से

भी इत्मीनान कर लिया तो फिर फ़रमाया—"अच्छा तो छोड़ो गाड़ी, मैं सीटी बजाता हूं।" गाड़ी फिर चली। अब गाड़ी की रफ़्तार के बारे में हमने सोचना शुरू किया कि यह मेल है या एक्सप्रेस। इसलिए कि इससे ज़्यादा तेज़ शायद हम खुद चल लेते और अगर अभी शर्त लगाकर दौड़ें तो इस गाड़ी से पहले कानपुर पहुंचने का वायदा करते हैं। हमसे आख़िर न रहा गया और अपने एक हमसफ़र से पूछा—"क्यों साहब, यह मेल है या एक्सप्रेस ?" वे पहले ही कुछ खफ़ा बैठे थे। शायद गाड़ी पर ख़फ़ा होंगे। गुस्सा हम पर उतारा। और झिड़ककर फ़रमाने लगे—"मियां खुदा का शुक्र करो कि यह गाड़ी ही है, तुम मेल और एक्सप्रेस लिये फिर रहे हो।" उनका जवाब सुनकर हमने खिड़की में गर्दन डालकर जंगल की सैर करना शुरू कर दी। मगर सैर से ज़्यादा दिलचस्प दृश्य यह था कि रास्ते के नये मुसाफ़िर चलती गाड़ी पर सवार होते जाते थे और गाड़ी छक-छक चल रही थी। इसी रफ़्तार से चलकर गाड़ी अमोसी के स्टेशन पर रुकी। अब वहां एक नया झगड़ा शुरू हो गया कि स्टेशन मास्टर अमोसी ने ड्राइवर पर ख़फा होना शुरू किया कि जब तक मैंने सिगनल नहीं दिया तुमको स्टेशन में गाड़ी लाने का हक कौन-सा था।

ड्राइवर—"जब आपने गाड़ी आते देख ली थी तो सिगनल क्यों नहीं दिया ?"

स्टेशन मास्टर—"एक तो गाड़ी ले आया ऊपर से ज़बान लड़ाता है। अभी निकलवा दूंगा। दूसरा ड्राइवर रख लूंगा जो मुझसे गुस्ताख़ी की। अगर गाड़ी लड़ जाती तो तुम्हारा क्या जाता। आई-गयी सब हम पर आती।"

ड्राइवर—"देखिये ज़बान संभालकर किसी शरीफ़ आदमी से बातें किया करें। नौकरी की है इज़्ज़त नहीं बेची है। बड़े आये निकालने वाले। जैसे हम इन्हीं के नौकर हैं। अच्छा किया गाड़ी लाये। खूब किया गाड़ी लाये। अब इस ज़िद पर तो हज़ार बार लायेंगे। देखें हमारा कोई क्या करता है।"

स्टेशन मास्टर—"देखिये गार्ड साहब मना कर लीजिये इसको। कैसी कमीनेपन की बातें कर रहा है। अफ़सरी-मातहती का कुछ ख़्याल नहीं। मैं छाती पर चढ़कर ख़ून पी लेता हूं।"

गार्ड—"जाने भी दो, अमां जाने भी दो, हाय-हाय यह क्या करते हो। अमां तुम्हीं हट जाओ। भाई तुम्हीं हट जाओ। अरे छोड़ो भी, हटो भी, सुनो तो सही, अरे यार सुनो तो—"

स्टेशन मास्टर ने ड्राइवर को और ड्राइवर ने स्टेशन मास्टर को घूंसे, लातें, थप्पड़, जूते रसीद करना शुरू कर दिये और सब मुसाफ़िर यह झगड़ा देखने खड़े हो गये। बड़ी मुश्किल से गार्ड ने बीच-बचाव किया और समझा-बुझाकर दोनों को ठंडा किया। अभी बेचारा समझा ही रहा था कि किसी ने आकर बड़ी

घबराई हुई आवाज़ में कहना शुरू किया—"गार्ड साहब, ए गार्ड साहब, अजी वह मालगाड़ी सामने से आ रही है और इसी पटरी पर आ रही है।"

ग़ज़ब हो गया। गार्ड भी यह सुनते ही बदहवास हो गया और चीख़ना शुरू कर दिया—"मुसाफ़िरो जल्दी उतरो, जल्दी उतरो, गाड़ी लड़ती है, गाड़ी लड़ती है, जल्दी उतरो।"

सब मुसाफ़िर घबराकर अपना सामान कुछ लेकर कुछ छोड़कर गाड़ी से निकल आये और देखते-ही-देखते मालगाड़ी जिसका ड्राइवर सो गया था इस गाड़ी से इस बुरी तरह टकराई कि खिड़की का एक शीशा टूटकर मेरे मुंह पर आ गिरा। मैं एकदम से चौंक पड़ा। हुक्के की नै मेरे ऊपर आकर गिरी थी। हुक्का जल चुका था। आरामकुर्सी भी ओस से भीग चुकी थी। और घड़ी में अभी दो बजने के करीब थे। मैं कुर्सी से उठकर चारपाई पर लेट गया। इसलिए कि अब गाड़ी तो सोने की वजह से छूट चुकी थी। अब हो ही क्या सकता था सिवाय आराम से सोने के।

सआदत हसन मंटो

सवेरे जो कल आंख मेरी खुली

अजब थी बहार और अजब सैर थी। यही जी में आया कि घर से निकल टहलता-टहलता ज़रा बाग़ चल—बाग़ पहुंचने से पहले जाहिर है कि मैंने कुछ बाज़ार और गलियां तय की होंगी और मेरी आंखों ने कुछ देखा भी होगा। पाकिस्तान तो पहले का ही देखा-भाला था लेकिन जब से 'ज़िन्दाबाद' हुआ वह कल देखा। बिजली के खम्भे पर देखा, परनाले पर देखा, छज्जे पर देखा, हर जगह देखा; जहां न देखा वहां देखने की हसरत लिए घर लौटा।

पाकिस्तान ज़िन्दाबाद—ये लकड़ियों का टाल है—पाकिस्तान ज़िन्दाबाद। फटाफट मुहाजिर (शरणार्थी) हेयर कटिंग सैलून—पाकिस्तान ज़िन्दाबाद। यहां ताले मुरम्मत किये जाते हैं—पाकिस्तान ज़िन्दाबाद। गर्मा-गर्म चाय—पाकिस्तान ज़िन्दाबाद। बीमार कपड़ों का हस्पताल—पाकिस्तान ज़िन्दाबाद। अलहमदउलिल्ला कि यह दुकान सैयद अनवार हुसैन मुहाजिर जालन्धरी के नाम अलाट हो गई है।

एक मकान के बाहर यह भी लिखा देखा—पाकिस्तान ज़िन्दाबाद—यह घर एक पारसी भाई का है—यानी हज़रत कहीं इसे न अलाट करा लीजियेगा।

सुबह का समय था। अजब बहार थी। करीब-करीब सारी दुकानें बंद थीं। एक हलवाई की दुकान खुली थी। मैंने कहा चलो लस्सी ही पीते हैं। दुकान की तरफ़ बढ़ा तो क्या देखता हूं कि बिजली का पंखा चल तो रहा है लेकिन इसका मुंह दूसरी तरफ़ है। मैंने हलवाई से कहा—"यह उलटे रुख़ पंखा चलाने का क्या मतलब है ?" उसने घूरकर मुझे देखा और कहा—"देखते नहीं हो।"

मैंने देखा, पंखे का रुख़ क़ायदे आज़म मुहम्मदअली जिन्ना की रंगीन तस्वीर की तरफ़ था जो दीवार के साथ लगी हुई थी। मैंने ज़ोर का नारा लगाया—पाकिस्तान ज़िन्दाबाद और लस्सी पीये बग़ैर आगे चल दिया।

बंद दुकान के थड़े पर एक आदमी बैठा पूरियां तल रहा था। मैं सोचने लगा अभी परसों मैंने इस दुकान से चप्पल खरीदे थे। पूरी वाला किधर से आ गया। ख्याल आया शायद कोई दूसरी दुकान हो लेकिन बोर्ड नहीं था। सामने वही दंगों में झुलसा हुआ मकान था जिसकी बरसाती में बिजली का पंखा लटक रहा था। इसको देखकर मैंने सोचा था कि आग जलाने में इसने भी काफ़ी मदद दी होगी।

पूरी वाले ने मुझे कहा—"क्या सोच रहे हैं आप बाबूजी। गर्मागर्म पूरियां हैं।"

मैंने कहा—"भई, मैं यह सोच रहा हूं कि जहां तुम बैठे हो यहां जूतों की एक दुकान हुआ करती थी।"

पूरी वाला अपने माथे का पसीना पोंछकर मुस्कराया—"जूतों की दुकान अब भी है लेकिन वह नौ बजे शुरू होती है और मेरी सुबह छः बजे से शुरू होती है और साढ़े चार बजे ख़त्म होती है।"

मैं आगे बढ़ गया।

क्या देखता हूं कि एक आदमी सड़क पर कांच के टुकड़े बिखेर रहा है। पहले मैंने ख़्याल किया भला आदमी है। इस बात का ध्यान रखता है कि लोगों को तकलीफ़ देंगे इसलिए सड़क पर से चुन रहा है लेकिन जब मैंने देखा कि चुनने के बजाय वह बड़ी तरतीब से उन्हें इधर-उधर गिरा रहा है तो मैं कुछ दूर खड़ा हो गया।

झोली खाली करने के बाद वह सड़क के किनारे बिछे हुए टाट पर बैठ गया। पास ही एक दरख़्त था। इस पर एक बोर्ड लगा था—यहां साइकिलों के पंक्चर लगाये जाते हैं और इनकी मुरम्मत की जाती है।

मैंने कदम तेज़ कर दिये। दुकानों के साइनबोर्डों में एक अच्छी तब्दीली नज़र आई। पहले करीब-करीब सब अंग्रेज़ी में होते थे अब कुछ दुकानों पर नाम और लिखावट दोनों उर्दू लिबास में नज़र आये। किसी ने ठीक कहा है कि जैसा देश वैसा भेस।

आगे चलकर एक दुकान थी जिसका नाम 'पापोशियाना' था यानी जूतों का आशियाना। मैंने खुश होकर पाकिस्तान जिन्दाबाद कहा और चलता रहा।

चलते-चलते साइकिल के चार पहियों पर एक अजीब ढंग की हाथ-गाड़ी देखी। पूछा यह क्या है? जवाब मिला—होटल। चलता-फिरता होटल था। चपातियां पकाने के लिए अंगीठी और तवा मौजूद, चार सालन, शामी कबाब, तलने के लिए फ्राईपेन हाज़िर। पानी के दो घड़े, बर्फ़, लैमोनेड की बोतलें, दही का कुंडा, नींबू निचोड़ने का खटका, गिलास, प्लेटें हर चीज़ मौजूद थी।

कुछ दूर आगे बढ़ा तो देखा एक आदमी छोटे से लड़के को धड़ाधड़ पीट रहा है। मैंने वजह पूछी तो मालूम हुआ कि लड़का नौकर है और उसने एक रुपये का नोट गुम कर दिया है। मैंने उस ज़ालिम को झिड़का और कहा—"क्या हुआ बच्चा है। काग़ज़ का छोटा-सा पुर्ज़ा ही तो होता है एक रुपये का नोट। कहीं गिर पड़ा होगा। ख़बरदार जो तुमने इस पर हाथ उठाया।"

यह सुनकर वह आदमी मुझसे उलझ गया और कहने लगा कि "तुम्हारे लिए एक रुपये का नोट काग़ज़ का एक छोटा-सा पुर्ज़ा है लेकिन जानते हो

कि कितनी मेहनत के बाद यह काग़ज़ का छोटा-सा पुर्ज़ा मिलता है आजकल।" यह कहकर वह फिर उस बच्चे को पीटने लगा। मुझे बहुत तरस आया। जेब से एक रुपया निकाला और उस आदमी से बच्चे की जान छुड़ाई।

कुछ कदमों का फ़ासला तय किया होगा कि एक आदमी ने मेरे कंधे पर हाथ रखा और मुस्कराकर कहा—"रुपया दे दिया आपने उस पाजी को।"

मैंने जवाब दिया—"जी हां। बहुत बुरी तरह पीट रहा था बेचारे को।"

"बेचारा उसका अपना लड़का है।"

"क्या कहा ?"

"बाप और बेटे दोनों का यही कारोबार है। दो-चार रुपये रोज़ इसी ढोंग से पैदा कर लेते हैं।"

मैंने कहा—"ठीक है" और कदम बढ़ा लिये।

एकदम शोर-सा पैदा हो गया। क्या देखता हूं कि लड़के हाथों में काग़ज़ के बंडल लिये चिल्ला रहे हैं और अंधाधुंध भाग रहे हैं। भांति-भांति की बोलियां सुनने में आईं। अख़बार बिक रहे थे। ताज़ा-ताज़ा और गर्मागर्म ख़बरें—देहली में जूता चल गया। लखनऊ में अमुक लीडर की कोठी पर कुत्तों ने हमला कर दिया। पाकिस्तान के एक ज्योतिषी की भविष्यवाणी—कश्मीर दो हफ़्तों में आज़ाद हो जाएगा।

सैकड़ों ही अख़बार थे। आज का ताज़ा 'निवाए सुबह' (सुबह की आवाज़)—आज का ताज़ा 'सुनहरा पाकिस्तान'।

अख़बार बेचने वाले लड़कों की बाढ़ गुज़र गयी तो एक औरत नज़र आई। उम्र यही कोई पचास के लगभग, गम्भीर सूरत, एक हाथ में थैला था। दूसरे में अख़बारी बंडल। मैंने पूछा—"क्या आप अख़बार बेचती हैं ?"

जवाब मिला—"जी हां।"

मैंने दो अख़बार खरीदे और दिल में उस अख़बार बेचने वाली औरत का सम्मान लिये आगे बढ़ गया।

थोड़ी ही देर में कुत्तों का एक जमघट सामने आया। कुत्ते भौंक रहे थे और एक-दूसरे को भंभोड़ रहे थे, प्यार कर रहे थे और काट भी रहे थे। मैं डरकर एक तरफ़ हट गया क्योंकि पन्द्रह दिन हुए एक कुत्ते ने मुझे काट खाया था और पूरे चौदह दिन चौदह टीके मुझे अपने पेट में भुकवाने पड़े थे।

मैंने सोचा क्या ये सब कुत्ते मुहाजिर (शरणार्थी) हैं। या वे हैं जो यहां से जाने वाले अपने पीछे छोड़ गये हैं। कोई भी हो इनका ख्याल तो रखना ही चाहिए। जो शरणार्थी हैं उनको फिर से आबाद किया जाए और जो बिना मालिक के रह गये हैं उनको उनकी नस्ल के मुताबिक उन लोगों के नाम अलाट कर दिया जाए जिनके कुत्ते उस पार रह गये हैं—और जिनका कोई वालीवारिस नहीं,

उनके लिए लकड़ी की टांगें लगवा दी जाएं ताकि वे उन्हीं से अपना शग़ल पूरा करते रहें।

कुत्तों का झुरमुट चला गया तो मेरी जान-में-जान आई। मैंने कदम बढ़ाने शुरू किये। मैंने एक अख़बार खोला और उसे देखना शुरू किया। मुखपृष्ठ पर एक फ़िल्म एक्ट्रेस की तस्वीर थी—तीन रंगों में एक्ट्रेस का जिस्म अधनंगा था। नीचे लिखा था—

"फ़िल्मों में बेहयाई की नुमायश कैसे की जाती है। इसका कुछ अन्दाज़ा ऊपर की तस्वीर से हो सकता है।"

मैंने दिल-ही-दिल में पाकिस्तान ज़िन्दाबाद का नारा लगाया और अख़बार को फुटपाथ पर फेंक दिया।

दूसरा अख़बार खोला। एक छोटे से इश्तिहार पर नज़र पड़ी, लिखा था:

"मैंने कल अपनी साइकिल लायड्ज़ बैंक के बाहर रखी। काम से फ़ारिग़ होकर जब लौटा तो क्या देखता हूं कि साइकिल पर पुरानी गद्दी कसी हुई है लेकिन नई ग़ायब है। मैं ग़रीब मुहाजिर हूं, जिन साहब ने ली हो मेहरबानी करके मुझे वापिस कर दें।"

मैं खूब हंसा और अख़बार तह करके अपनी जेब में रख लिया।

कुछ गज़ों के फ़ासले पर एक जली हुई दुकान दिखाई दी। उसके अंदर एक आदमी बर्फ़ की दो मोटी-मोटी सिलें रखे बैठा था। मैंने दिल में कहा इस दुकान को आखिर किसी तरह ठंडक पहुंच ही गई।

दो-तीन साइकिलें देखीं। थोड़े-थोड़े अर्से के बाद। मर्द चला रहे थे और एक-एक बुर्कापोश औरत पीछे कैरियर पर बैठी थी। पांच-छः मिनट के बाद एक और इसी किस्म की साइकिल नज़र आयी लेकिन अब बुर्कापोश औरत आगे हैंडिल पर बैठी थी। अचानक ख़रबूज़े के छिलके पर से साइकिल फिसली, सवार ने ब्रेक दबाये। फिसलने और ब्रेक के दोहरे अमल से साइकिल उलटकर गिरी। मैं मदद के लिए दौड़ा। मर्द औरत के बुर्के में लिपटा हुआ और औरत बेचारी साइकिल के नीचे दबी हुई थी। मैंने साइकिल हटायी और उसको सहारा देकर उठाया। मर्द ने बुर्के में से मुंह निकालकर मेरी तरफ़ देखा और कहा—"आप तशरीफ़ ले जाइये। हमें आपकी मदद की ज़रूरत नहीं है।"

यह कहकर वह उठा और औरत के सिर पर औंधा-सीधा बुर्का अटकाया और उसको हैंडिल पर बिठा यह जा, वह जा। मैंने दिल में सोचा कि आगे सड़क पर ख़रबूज़े का कोई छिलका पड़ा हुआ न हो।

थोड़ी ही दूर दीवार पर एक इश्तिहार देखा जिसका शीर्षक बहुत ही अर्थपूर्ण था : मुसलमान औरत और पर्दा।

बहुत आगे निकल गया। जगह जानी-पहचानी थी। मगर वह बुत कहां

था जो मैं देखा करता था। मैंने एक आदमी से जो घास के तख़्ते पर आराम फ़रमा रहा था पूछा—"क्यों साहब, यहां एक बुत होता था वह कहां गया ?" आराम फ़रमाने वाले ने आंखें खोलीं और कहा—"चला गया।"

"चला गया ? आपका मतलब है अपने आप चला गया !"

वह मुस्कराया—"नहीं, उसे ले गये।"

मैंने पूछा—"कौन ?"

जवाब मिला—"जिनका था।"

मैंने दिल में कहा—लो, अब बुत भी हिजरत करने लगे। एक दिन वह भी आएगा जब लोग अपने मुर्दे भी कब्रों से उखाड़कर ले जाएंगे।

यही सोचते हुए कदम उठाने वाला था कि एक साहब ने जो मेरी ही तरह टहल रहे थे मुझसे कहा—"बुत कहीं गया नहीं। यहीं है और महफ़ूज़ है।" मैंने पूछा—"कहां।" उन्होंने जवाब दिया—"अजायबघर में।" मैंने दिल में दुआ मांगी—ख़ुदा वह दिन न लाइयो कि हम सब अजायबघर में रखे जाने के क़ाबिल हो जाएं।

फुटपाथ पर एक देहलवी मुहाजिर अपने साहबज़ादे के साथ सैर फ़रमा रहे थे। साहबज़ादे ने उनसे कहा—"अब्बाजान, हम आज छोले खायेंगे।"

अब्बाजान के कान सुर्ख़ हो गये—"क्या कहा ?"

साहबज़ादे ने जवाब दिया—"हम आज छोले खायेंगे।"

अब्बाजान के कान और सुर्ख़ हो गये—"छोले क्या हुआ चने कहो।"

साहबज़ादे ने बड़ी मासूमी से कहा—"नहीं अब्बाजान, चने दिल्ली में होते हैं। यहां सब छोले ही खाते हैं।"

अब्बाजान के कान अपनी असली हालत पर आ गये।

मैं टहलता-टहलता लारेंस बाग़ पहुंच गया। वही बाग़ था पुराना लेकिन वह चहल-पहल नहीं थी। औरतें तो करीब-करीब बिल्कुल ग़ायब थीं। फूल खिले हुए थे। कलियां चटक रही थीं। हल्की-फुल्की हवा में खुशबुएं तैर रही थीं। मैंने सोचा औरतों को क्या हुआ है जो घर में क़ैद हैं। ऐसा खूबसूरत बाग़, इतना सुहावना मौसम, इससे लुत्फ़ क्यों नहीं लेतीं। लेकिन मुझे फ़ौरन ही इस सवाल का जवाब मिल गया—जब मेरे कानों में एक बिल्कुल भौंडे और बाज़ारू गाने की आवाज आई—और जब मैंने लारेंस बाग़ की पगडंडियों पर फटी-फटी निगाहों वाले गोश्त के विहंगम लोथड़ों को धीमी चाल से चलते देखा तो मुझे दुःख हुआ और यह दुःख और बढ़ गया जब मैंने सोचा कि फूल बेकार खिल रहे हैं, कलियां बेमतलब चटक रही हैं। ये जो इनकी तरफ़ देखे बग़ैर चले जा रहे हैं, ये जो इनकी ख़ुशबू से बिल्कुल बेखबर हैं, क्या इनकी जगह इस बाग़ के बजाय कोई दिमाग़ी हस्पताल नहीं। कोई स्कूल नहीं जहां इनके दिमाग़ों की बंद खिड़कियां

खोली जाएं। इनकी रूहों के ज़ंग लगे ताले तोड़े जाएं। अगर कोई ऐसा नहीं कर सकता। मेरा मतलब है अगर इन्सान का दिमाग़ मजबूर है इन इन्सानों के मन का सुधार करने में तो क्या वह इन्हें चिड़ियाघर में नहीं रख सकता जो लारेंस गार्डेन में ही क़ायम है।

मेरी तबीयत ख़राब हो गई। बाग़ से बाहर निकल रहा था कि एक साहब ने पूछा–"क्यों साहब, यही जिन्ना बाग़ है ?"

मैंने जवाब दिया–"जी नहीं, यह लारेंस बाग़ है।"

वे साहब मुस्कराये–"आप चिड़ियाघर से तशरीफ़ ला रहे हैं ?"

"जी हां।"

वे साहब हंस पड़े, "जनाब जब से पाकिस्तान क़ायम हुआ है इसका नाम जिन्ना बाग़ हो गया है।"

मैंने उनसे कहा–"पाकिस्तान जिन्दाबाद।"

वे और ज़्यादा हंसते हुए लारेंस बाग़ में चले गये और मुझे ऐसा मालूम हुआ कि मैं दोज़ख़ (नर्क) से बाहर निकला हूं।

सज्जाद हैदर यल्दरम

मुझे मेरे दोस्तों से बचाओ

एक दिन मैं चांदनी चौक में से गुज़र रहा था कि मेरी नज़र फ़कीर पर पड़ी जो बड़े दयनीय स्वरों में अपनी दुर्दशा लोगों से बयान करता जा रहा था। दो-तीन मिनट के बाद यह दर्द से भरी स्पीच उन्हीं शब्दों में और उसी तरह दोहरा दी जाती थी। यह ढंग मुझे कुछ ऐसा ख़ास मालूम हुआ कि मैं उस आदमी को देखने और उसके शब्द सुनने के लिए ठहर गया। उस फ़कीर का कद लम्बा और शरीर खूब मोटा-ताज़ा था और चेहरा एक हद तक खूबसूरत था। मगर बदमाशी और बेहयाई ने सूरत ख़राब कर दी थी। यह तो उसकी शक्ल थी। रही उसकी आवाज़ वह इस योग्य है कि उसका हर एक शब्द लिखा जाए। चुनांचे वह स्पीच या आवाज़ जो कुछ कहिये यह थी :

"ऐ भाई मुसलमानो ! खुदा के लिए मुझ बदनसीब का हाल सुनो। मैं आफ़त का मारा सात बच्चों का बाप हूं। अब रोटियों का मोहताज हूं। और अपनी मुसीबत एक-एक से कहता हूं। मैं भीख नहीं मांगता हूं। मैं यह चाहता हूं कि अपने वतन को चला जाऊं मगर कोई खुदा का प्यारा मुझे घर भी नहीं पहुंचाता। भाई मुसलमानो मेरा कोई घर नहीं, मेरा कोई दोस्त नहीं। ऐ खुदा के बन्दो मेरी सुनो।" फ़कीर तो यह कहता हुआ और जिन पर उसके किस्से का असर हुआ उनकी ख़ैरात लेता हुआ आगे बढ़ गया। लेकिन मेरे दिल में कुछ ख़्याल पैदा हुए। और मैंने अपनी हालत का मुकाबला उससे किया और मुझे स्वयं आश्चर्य हुआ कि अक्सर बातों में मैंने उसको अपने से अच्छा पाया। यह सही है कि मैं काम करता हूं और वह मुफ्तखोरी से दिन गुज़ारता है और यह कि मैंने शिक्षा पायी है वह जाहिल है। मैं अच्छे लिबास में रहता हूं, वह फटे कपड़े पहनता है। बस यहां तक मैं उससे बेहतर हूं। आगे बढ़कर उसकी हालत मुझसे बहुत अच्छी है। उसकी सेहत पर मुझे ईर्ष्या करनी चाहिए। मैं रात-दिन इसी चिन्ता में गुज़ारता हूं और वह ऐसी इत्मीनान से बसर करता है कि बावजूद रोने की सूरत बनाने के उसके चेहरे से खुशी टपकती थी। बड़ी देर तक मैं ग़ौर करता रहा कि उसकी यह अच्छी हालत किस कारण है और अंत में मैं इस नतीजे पर पहुंचा कि जिसे वह मुसीबत ख़्याल करता है वही उसके लिए वरदान है। वह हसरत से कहता है 'मेरा कोई दोस्त नहीं', मैं हसरत से कहता हूं 'मेरे इतने दोस्त हैं।' उसका कोई दोस्त नहीं। अगर यह सच है तो उसे

बधाई देनी चाहिए।

मैं अपने दिल में ये बातें करता हुआ अपने मकान पर आया। कैसा भाग्यवान आदमी है। कहता है मेरा कोई दोस्त नहीं। ऐ भाग्यवान यहीं तो तू मुझसे बढ़ गया। क्या उसका यह कथन सही भी है ? यानी क्या वास्तव में उसका कोई दोस्त नहीं, जो मेरे दोस्तों की तरह उसे दिन-भर में पांच मिनट की भी फुर्सत न दे। मैं अपने मकान पर एक निबंध लिखने जा रहा हूं। मगर ख़बर नहीं कि मुझे ज़रा-सा भी समय ऐसा मिलेगा कि मैं अकेले में अपने विचारों को संगठित कर सकूं और उन्हें शान्ति से लिख सकूं। या जो स्पीच मुझे कल देनी है उसे सोच सकूं। क्या यह फ़कीर दिन-दहाड़े अपना रुपया ले जा सकता है ? और इसका कोई दोस्त रास्ते में नहीं मिलेगा और यह न कहेगा–

"भाईजान देखो पुरानी दोस्ती का वास्ता देता हूं। मुझे इस समय ज़रूरत है थोड़ा-सा रुपया उधार दे दो।" क्या उसके दोस्त समय-असमय उसे दावतों और जलसों में खींचकर नहीं ले जाते ? क्या कभी ऐसा नहीं होता कि उसे नींद के झोंके आ रहे हैं मगर यार-दोस्तों का हुजूम है जो किस्से पर किस्सा और लतीफ़े पर लतीफ़ा कह रहे हैं और उठने का नाम नहीं लेते ? क्या उसे दोस्तों के ख़तों का जवाब नहीं देना पड़ता ? क्या उसके प्यारे दोस्त की लिखी हुई कोई किताब नहीं जो उसे अवश्य पढ़नी पड़े और आलोचना लिखनी पड़े ? क्या उसे दोस्तों के कारण शोर नहीं मचाना पड़ता ? क्या दोस्तों के यहां मुलाकात को उसे जाना नहीं पड़ता ? और यदि न जाये तो कोई शिकायत नहीं करता ? अगर इन सब बातों से वह आज़ाद है तो कोई आश्चर्य नहीं कि वह हट्टा-कट्टा है और मैं दुबला-पतला हूं। क्या इस बात पर भी शुक्रिया अदा नहीं करता। खुदा जाने वह और कौन-सा वरदान चाहता है। लोग कहेंगे कि इस आदमी के कैसे बेहूदा विचार हैं ! बग़ैर दोस्ती के ज़िन्दगी दूभर होती है और यह उनसे भागता है। मगर मैं दोस्तों को बुरा नहीं कहता। मैं जानता हूं कि वे मुझे खुश करने के लिए मेरे पास आते हैं और मेरे शुभचिन्तक हैं। मगर नतीजा यह है कि दोस्तों का इरादा होता है मुझे लाभ पहुंचाने का और हो जाता है मुझे नुक़सान। चाहे मुझे बुरा-भला कहा जाये मगर मैं यह कहे बग़ैर नहीं रह सकता कि आज तक मेरे सामने कोई यह सिद्ध नहीं कर सका कि दोस्तों का एक जमघट रखने और परिचितों के दायरे को विशाल करने में क्या लाभ है ? मैं तो यहां तक कहता हूं कि अगर दुनिया में कुछ काम करना है और बातों ही बातों में उमर नहीं गुज़ारनी तो कई बड़े ही प्रिय दोस्तों को छोड़ना पड़ेगा चाहे उससे मुझे कितना ही शोक क्यों न हो।

मसलन मेरे एक दोस्त अहमद मिर्ज़ा हैं। जिन्हें मैं भड़भड़िया दोस्त कहता हूं। ये बड़े भद्र पुरुष हैं और मेरी-उनकी दोस्ती बड़ी पुरानी और बेतकल्लुफ़ी

की है। मगर हज़रत की आदत यह है कि दो मिनट निचला नहीं बैठा जाता। जब आयेंगे शोर मचाते हुए। चीज़ों को उलट-पलट करते हुए। उनका आना भूचाल से कम नहीं है। जब वे आते हैं तो मैं कहता हूं 'कोई आ रहा है क़यामत नहीं' उनके आने की मुझे दूर से खबर हो जाती है, इसके बावजूद कि मेरे लिखने-पढ़ने का कमरा छत पर है। मगर मेरा नौकर कहता है कि मियां इस समय काम में मशग़ूल हैं। वे फ़ौरन चीख़ना शुरू कर देते हैं कि कम्बख़्त को अपनी सेहत का भी कुछ ख़्याल नहीं। नौकर को सम्बोधित करके "ख़ैराती ! कब से काम कर रहे हैं ? बड़ी देर से ? तौबा-तौबा, अच्छा। बस एक मिनट उसके पास बैठूंगा। मुझे खुद जाना है। छत पर होंगे न। मैं पहले ही समझता था।" यह कहते हुए ऊपर आते हैं और दरवाज़े को इस ज़ोर से खोलते हैं कि जैसे कोई गोला आकर लगा। (आज तक उन्होंने दरवाज़ा खटखटाया नहीं) और आंधी की तरह दाख़िल होते हैं।

"आह हा हा हा ! आख़िर तुम्हें मैंने पकड़ लिया। देखो-देखो मेरे लिए अपना लिखना मत बंद करो। मैं हर्ज करने नहीं आया। खुदा की पनाह। किस कदर लिख डाला है। कहो तबीयत तो अच्छी है ? मैं तो सिर्फ़ यह पूछने आया था। वाह अल्लाह ! मुझे किस कदर खुशी होती है कि मेरे दोस्तों में एक आदमी ऐसा है जो लेखक के नाम से पुकारा जाता है। लो ! अब जाता हूं। मैं बैठूंगा नहीं। एक मिनट नहीं ठहरने का। तुम्हारी ख़ैरियत पूछने आया था। अच्छा। खुदा हाफ़िज़।" यह कहकर वह बड़े प्यार से हाथ मिलाते हैं और अपने जोश में मेरे हाथ को इस कदर दबा देते हैं कि अंगुलियों में दर्द होने लगता है और मैं कलम नहीं पकड़ सकता। यह तो अलग रहा। अपने साथ मेरे विचारों को भी ले जाते हैं। विचारों को इकट्ठा करने की कोशिश करता हूं मगर अब वे कहां और देखा जाये तो मेरे कमरे में एक मिनट से ज़्यादा नहीं रहे। लेकिन अगर वे घंटों रहते तो मेरा इससे ज़्यादा नुकसान न करते। मैं उन्हें छोड़ सकता हूं। मैं इससे इनकार नहीं करता कि मेरी-उनकी दोस्ती बहुत पुरानी है और वे मुझसे भाइयों की तरह मुहब्बत करते हैं। फिर भी उन्हें छोड़ दूंगा। चाहे कलेजे पर पत्थर रखना पड़े।

और लीजिये दूसरे दोस्त मुहब्बत तहसीन हैं। ये बाल-बच्चों वाले साहब हैं और रात-दिन इन्हीं की चिन्ता में रहते हैं। जब कभी मिलने आते हैं तो तीसरे पहर के करीब आते हैं। जब मैं काम से फ़ारिग़ हो चुकता हूं लेकिन इस कदर थका हुआ होता हूं कि दिल यही चाहता है कि आरामकुर्सी पर खामोश पड़ा रहूं। मगर तहसीन मियां आये हैं और उनसे मिलना ज़रूरी है। उनके पास बातें करने के लिए सिवाय अपने बीवी-बच्चों की बीमारी के और कोई विषय ही नहीं। मैं कितनी ही कोशिश करूं लेकिन वे इस विषय से बाहर नहीं

निकलते। अगर मैं मौसम का जिक्र करता हूं तो वे कहते हैं, ''हां बड़ा खराब मौसम है। मेरे छोटे लड़के को बुख़ार आ गया। मंझली लड़की को खांसी हो गयी है।'' अगर राजनीति या साहित्य के बारे में बात करता हूं तो तहसीन साहब फ़ौरन क्षमा चाहते हैं कि भाई आजकल घर भर बीमार है। मुझे इतनी फुर्सत कहां कि अख़बार पढ़ूं। अगर किसी आम जलसे में आये हैं तो अपने लड़कों को ज़रूर साथ लिये होते हैं। और हर एक से बार-बार पूछते रहते हैं कि तबीयत तो नहीं घबराती, प्यास तो नहीं लगती ? कभी नब्ज़ देख लेते हैं और वहां भी किसी से मिलते हैं तो घर की बीमारी का ही जिक्र करते हैं।

इसी तरह मेरे मुकदमेबाज़ दोस्त लोग हैं जिन्हें सिवाय अपनी रियासत के झगड़ों और अपने विरोधी की बुराइयों और जज साहब की प्रशंसा या निंदा के (प्रशंसा उस हालत में जबकि उन्होंने मुकदमा जीता हो) और कोई विषय नहीं। दूसरे बहुत से दोस्तों में से मैं ख़ासतौर पर शाकिर साहब का जिक्र करूंगा क्योंकि वे मुझ पर विशेष कृपा रखते हैं। शाकिर साहब सलीमपुर के रईस और ज़िले-भर में सम्मानित आदमी हैं। उन्हें अपनी योग्यता के मुताबिक साहित्य में बहुत रुचि है। साहित्य पढ़ने की नहीं जितनी साहित्यिक आदमियों से मिलने और परिचय बनाने की है। उनका विचार है कि सुशिक्षित लोगों का मान करना रईस आदमियों के लिए आवश्यक है। एक बार मेरे यहां तशरीफ़ लाये और बड़े अनुरोध से मुझे सलीमपुर ले गये। यह कहकर कि शहर में रात-दिन शोर-गुल रहता है। देहात में कुछ अर्सा रहने से जलवायु तब्दील हो जाएगी। और वहां लेखन-कार्य भी इत्मीनान से कर सकोगे। मैंने एक कमरा ख़ास तुम्हारे लिए सुसज्जित करवाया है जिसमें पढ़ने-लिखने का सब सामान मौजूद है। थोड़े दिन रहकर चले आना। देखो मेरी खुशी के लिए चलो।

मैं ऐसे स्नेहपूर्ण अनुरोध पर इनकार कैसे कर सकता था। थोड़ा-सा सामान पढ़ने-लिखने के लिए लेकर उनके साथ हो लिया। एक सम्पादक से वायदा कर चुका था कि शीघ्र ही उनकी सेवा में एक लेख भेजूंगा। शाकिर खां साहब की कोठी पर पहुंचकर मैंने वह कमरा देखा जो अब मेरे लिए तैयार किया गया था। यह कमरा कोठी की दूसरी मंज़िल पर था। और बड़ी खूबी से सुसज्जित किया गया था। उसकी एक खिड़की पीछे बाग की तरफ़ खुलती थी और एक बड़ा ही सुन्दर दृश्य मेरी आंखों के सामने होता था। सुबह मैं नाश्ते के लिए बुलाया गया। जब दूसरा प्याला चाय का पी चुका तो अपने कमरे में जाने के लिए उठा ही था कि चारों तरफ़ से अनुरोध होने लगा कि हैं-हैं कहीं ऐसा ग़ज़ब न करना कि आज ही काम शुरू कर दो। अपने दिमाग़ को कुछ तो आराम दो और आज का दिन तो खास कर इस योग्य है कि प्राकृतिक सौंदर्य का लुत्फ़ उठाने में गुज़ारा जाए। चलिये गाड़ी तैयार कराते हैं। नदी पर मछली का शिकार

खेलेंगे। फिर वहां से दो मील पर अहमदनगर है। आपको वहां के रईस राजा तालिब अली साहब से मिलायेंगे।

मेरा माथा वहीं ठनका कि अगर यही हाल रहा तो यहां भी फुर्सत नहीं। ख़ैर सैकड़ों बहानों से उस समय तो मैं बच गया और मेरे मेज़बान भी मेरे कारण न गये। मगर मुझे बहुत जल्दी मालूम हो गया कि जिस शान्ति की तलाश में आया था वह मुझे यहां भी न मिलेगी। मैं जल्दी से उठकर अपने कमरे में आया और ज़रा गौर से उस मेज़ के सामान को देखा जो मेरे लिखने-पढ़ने के लिए तैयार की गई थी। मेज़ पर बड़ा कीमती कामदार कपड़ा पड़ा हुआ था जिस पर स्याही की एक बूंद गिराना महापाप से कम न होगा। चांदी की दवात मगर स्याही देखता हूं तो सूखी हुई। अंग्रेज़ी कलम बड़ी कीमती और दुर्लभ मगर अक्सर निब ग़ायब। आकर्षक कागज़ एक मखमली जिल्द की किताब में। मगर लिखने के कागज़ का पता नहीं। इस तरह बहुत से ऊंचे दर्जे का बहुमूल्य सामान मेज़ पर था। मगर अक्सर इसमें से मेरे काम का नहीं और जो चीज़ें ज़रूरत की थीं वे मौजूद नहीं। आख़िर मैंने अपना वही पुराना इस्तेमाल हुआ बक्स और अपनी मामूली दवात और कलम (जिसने अब तक बड़ी ईमानदारी से मेरी सहायता की थी और मेरे तेज रफ्तार विचारों को तेज़ी के साथ काग़ज़ पर अंकित किया था) निकाला और लिखना शुरू किया। यह ज़रूर है कि जिन परिन्दों की प्रशंसा में कवियों ने इतने गीत लिखे हैं मैं उनसे खुश नहीं हूं। इसलिए कि सब-के-सब मेरे कमरे के नीचे पेड़ पर जमा हो गये और शोर मचाना शुरू कर दिया। फिर भी मैंने कोशिश करके उनकी तरफ़ से कान बंद कर लिये और काम में मग्न हो गया।

तन तन तन तन तना ना छन ता तन तन तन तन। मैं ऐसा मग्न था कि दुनिया की खबर न थी। एकाएक इस तन तन तन ने चौंका दिया। हैं ! यह क्या है। ओफ़ हो ! अब मैं समझा। मेरे कमरे के करीब शाकिर खां साहब के छोटे भाई का कमरा है। उन्हें संगीत में बड़ी रुचि है। इस समय सितार बजा रहे हैं और ख़ूब बजा रहे हैं।

कोई आध घंटे तक उन्होंने संगीत जारी रखा। फिर किसी कारण वह अपने कमरे से चले गये और ख़ामोशी छा गयी। तब फिर मुझे अपने काम का ख़्याल आया।

"ऐ मेरे ख्यालो ! तुम्हीं मेरा ख़ज़ाना हो, ख़ुदा के लिए तरस खाओ। मेरे दिमाग़ में फिर आओ।" यह कहकर मैंने काग़ज़ की तरफ़ ध्यान दिया कि देखूं कहां छोड़ा है। मैं इस वाक्य तक पहुंचा था, "हम इस विशाल और कठिन विषय पर जितना ग़ौर करते हैं उतना ही इसकी कठिनाइयों का ऐसे..."

इंससे आगे मैं क्या लिखने वाला था..."जैसे रेत से दरिया का अंदाज़ा

नहीं कर सकते।'' हर्गिज़ नहीं। ऐसा मामूली वाक्य तो नहीं था। मुझे विश्वास है कि कुछ और था। कोई सुन्दर उपमा थी और वाक्य को बड़े अच्छे शब्दों में खत्म करने वाला था। ख़ुदा ही जानता है कि क्या था क्या न था ? अब तो दिमाग़ में इसका पता भी नहीं। बहरहाल मुझे वह वाक्य फिर से ठीक करना चाहिए। हां, तो काटकर वाक्य ठीक किया कि इतने में कोई दरवाज़ा खटखटाता है।

''कौन है ?''

''मैं हूं शिब्बन। सरकार ने कहा है कि अगर आपको तकलीफ़ न हो तो नीचे ज़रा-सी देर के लिए तशरीफ़ लाइये। कोई साहब आये हुए हैं और सरकार उन्हें आपसे मिलाना चाहते हैं।''

अनमना-सा मैं उठा और नीचे गया। शाकिर साहब के दोस्त राजा तालिब अली साहब तशरीफ़ लाये थे। उनसे मेरा परिचय करवाया गया। थोड़ी देर के बाद वे तशरीफ़ ले गये और मुझे भी फ़ुर्सत मिली। और मैंने एकाग्रचित्त होकर लिखना शुरू किया। थोड़ी देर हुई थी कि शिब्बन साहब ने फिर दरवाज़ा खटखटाया। मालूम हुआ कि मेरी फिर याद हुई है। हमारे मेज़बान के कोई और दोस्त आये हुए हैं। और मैं इन्हें दिखाया जाऊंगा। जैसे मैं अरबी घोड़ा हूं। जिसे मेज़बान ने अभी ख़रीदा था और जो हर दोस्त को अस्तबल से मंगाकर दिखाया जाता था। इनसे मुक्ति पाकर और भागकर मैं फिर अपने कमरे में आया। सब ख़्याल ग़ायब हो गये थे। वाक्य को फिर से लिखना पड़ा। तबीयत उचाट हो गयी। बड़ी मुश्किल से फिर बैठा और लिखना शुरू किया। अबकी बार खुशकिस्मती से कोई आध घंटा ऐसा मिला जिसमें कोई आया-गया नहीं। अब मेरा कलम तेज़ी से चल रहा था और मैं लिख रहा था कि दरवाज़े पर फिर दस्तक हुई। मैंने लिखना जारी रखा। दरवाज़ा फिर खटखटाया गया।

''हुजूर ! सरकार आपका इन्तज़ार कर रहे हैं। खाना ठण्डा हुआ जाता है।''

''ओफ़ ओ ! मुझे ख़्याल नहीं रहा। सरकार से अर्ज़ करना मेरा इंतज़ार न करें। मैं फिर खा लूंगा। इस समय मुझे कुछ ऐसी भूख नहीं।''

मैंने फिर लिखना शुरू किया। दरवाज़े पर फिर दस्तक हुई।

''क्या है ?''

''सरकार कहते हैं कि आप थोड़ी देर में खायेंगे, मगर खाना ठण्डा होकर बिल्कुल खराब हो जायेगा।''

''अच्छा भई ! लो अभी आया।''

यह कहकर मैं खाने के लिए जाता हूं। सबसे क्षमा मांगता हूं। मेज़बान बड़ी सभ्यता से फ़रमाते हैं, ''चेहरे पर थकन महसूस होती है। क्या बहुत लिख

डाला ? देखो मैं तुमसे कहता न था कि शहर में ऐसी फुर्सत और खामोशी कहां ?''

सिवाय इसके कि मैं कहूं कि जी हां और क्या कह सकता था। अब खाने पर अनुरोध होता है। जो चीज़ मुझे पसंद नहीं वही खिलायी जाती है। बाद खाने के मेज़बान साहब फ़रमाते हैं, ''तीसरे पहर को तुम्हें गाड़ी में चलना होगा। मैं तुम्हें इसलिए यहां नहीं लाया कि सख़्त दिमाग़ी काम करके अपनी सेहत खराब कर लो।''

वापिस कमरे में आकर थोड़ी देर इसलिए लेटता हूं कि ख्यालों को जमा कर लूं और फिर लिखना शुरू कर दूं। मगर अब ख़्याल कहां ? लेख उठाकर देखता हूं तो कुछ समझ नहीं आता कि क्या लिखने वाला था ? इन शब्दों के बाद कौन से शब्द दिमाग़ में थे। अब कुछ ख़्याल नहीं कि इनको पहले वाक्यों से कैसे जोड़ा जाये। यूं ही पड़े-पड़े नींद आ जाती है। तीसरे पहर उठता हूं तो दिमाग़ बहुत सही पाता हूं। 'ज़िन्दगी और मौत की कठिन समस्या' बिल्कुल हल हो जाती है। पूरा वाक्य आईने की तरह नज़र आता है। मैं खुशी-खुशी उठकर मेज़ पर आ गया और लिखना चाहता था कि फिर वही दस्तक।

नौकर सूचना देता है कि गाड़ी तैयार है। सरकार कपड़े पहने आपका इन्तज़ार कर रहे हैं। मैं फ़ौरन नीचे जाता हूं तो पहला वाक्य जो मेज़बान साहब फ़रमाते हैं यह होता है—''आज तो दस्ते के दस्ते लिख डाले।'' मैं सच्ची बात कहूंगा कि कुछ भी नहीं लिखा तो वे हंसके जवाब देते हैं—

''ख़ुदा के वास्ते झूठी न खाइये कस्में
मुझे यकीन हुआ मुझको एतबार आया।''

मिल-मिलाकर शाम को वापिस आये। खाने के बाद बातें होती रहीं। सोने के वक्त अपना दिन-भर का काम उठाकर देखता हूं तो एक पन्ने से ज्यादा नहीं। वह भी बिखरा-बिखरा। गुस्से और दुःख में आकर उसे फाड़कर फेंक देता हूं और दूसरे दिन अपने मेज़बान को नाराज़ करके वापिस चला आता हूं। मैं कृतघ्न कहा जाऊंगा। मगर मैं मजबूर हूं। इस अज़ीज़ और मेहरबान दोस्त को भी छोड़ दूंगा।

मैंने ज़रा विस्तार से उनका हाल बयान किया है। मगर यह ख़्याल न करना कि यहीं उन दोस्तों की सूची ख़त्म हो गयी जिनसे मैं रुख़सत मांग सकता हूं। नहीं, अभी बहुत-से बाक़ी हैं। मसलन एक साहब हैं जो मुझसे कभी नहीं मिलते। मगर जब आते हैं मैं उनका मतलब समझ जाता हूं। ये हज़रत हमेशा उधार मांगने के लिए आते हैं। एक साहब जो हमेशा ऐसे वक्त आते हैं जब मैं बाहर जाने वाला होता हूं। एक साहब हैं जो मुझसे मिलते ही कहते हैं, ''मियां अर्से से मेरा दिल चाहता है तुम्हारी दावत करूं।'' मगर कभी अपने इरादे को

पूरा नहीं रखते। एक दोस्त आते हैं और आते ही प्रश्नों की बौछार शुरू कर देते हैं। जब मैं जवाब देता हूं तो ध्यान देकर नहीं सुनते। या अख़बार उठाकर पढ़ने लगते हैं या गाने लगते हैं। एक साहब हैं वे जब आते हैं अपनी ही कहे जाते हैं, मेरी नहीं सुनते।

यह सब मेरे शुभचिन्तक हैं। मगर अपनी तबीयत को क्या करूं? साफ़-साफ़ कहता हूं कि इनमें से हर एक से कह सकता हूं–

मुझ पर एहसान जो न करते तो यह एहसां होता''

अब चूंकि मैंने अपना हाल लिखना शुरू कर दिया है तो उचित मालूम होता है कि कुछ दूसरे दोस्तों के बारे में अपने विचार प्रकट करूं। दरवाज़े पर एक गाड़ी आकर रुकी है। मैं समझ गया कि कौन साहब तशरीफ़ ला रहे हैं। मैं इनकी शिकायत नहीं करने लगा। क्या यह आश्चर्य की बात नहीं है कि तीन घंटे से मैं लेख लिख रहा था कि किसी ने मुझ पर मेहरबानी नहीं की। इसलिए उसके धन्यवाद में मैं इस लेख को इसी अपूर्ण हालत में छोड़ता हूं। और अपने दोस्त का स्वागत करता हूं। यह दोस्त मेरी सेहत का ख़्याल रखते हैं। जब आते हैं मुझ पर इस कारण नाराज़ होते हैं कि मैं अपनी सेहत का ख़्याल नहीं रखता। मैं जानता हूं कि इस वक्त भी यह किसी नये हकीम या डॉक्टर का हाल सुनायेंगे जो बड़ा योग्य है या कोई लाभदायक नुस्ख़ा मेरे लिए किसी से मांगकर लाये होंगे ?

''आइये। आइये जनाब ! बहुत दिन बाद तशरीफ़ लाये ?''

सलमा सिद्दीक़ी

नई हीरोइन का इंटरव्यू

इंटरव्यू शुरू करने से पहले मैं आपको नई और पुरानी हीरोइन का अंतर समझा दूं। पुरानी हीरोइन बुद्धि रखती है, नई हीरोइन इम्पाला रखती है। पुरानी हीरोइन एक्टिंग करती थी नई हीरोइन नखरा करती है। नई हीरोइन अपने सिर पर घोंसला बनाती है जिसमें न कोई बच्चा पालती है न कोई दिमाग़ रखती है। पुरानी हीरोइन बेचारी हर रोज़ शूटिंग से दो घंटे पहले स्टूडियो पहुंच जाती है अपनी मां के साथ। नई हीरोइन दो घंटे लेट पहुंचती है अपने आशिक के साथ। आजकल मां को ले जाने का फ़ैशन ख़त्म हो गया है और जो फ़ैशन अब शुरू हुआ है उसके ख़त्म होने के लक्षण नज़र नहीं आते। इसलिए कि आशिक और विपदा कभी टाले से नहीं टलते।

'फ़िल्म शेयर वीकली' के संपादक ने मुझे नई हीरोइन के इंटरव्यू का काम सौंपा था। उस वीकली के संपादक और मालिक श्री बी. डी. खोका हैं। उनका असली नाम भगवान दास खोका है लेकिन वास्तव में वे खुलेआम एक धोखा हैं। फ़िल्म वीकली शुरू करने से पहले वे खाली खोके बेचते थे। व्यवसाय को देखते हुए उन्होंने अपना नाम भी खोका रख लिया।

श्री खोका ने मुझे अपने अख़बार का लैटर पैड थमाया और नई हीरोइन से शीघ्र से शीघ्र दीवाली अंक के लिए इंटरव्यू लेने के लिए रवाना कर दिया।

मैंने जल्दी से टैक्सी पकड़ी। ड्राइवर को हीरोइन के घर का पता बताया लेकिन ड्राइवर ने कहा—"यह पता तो एकदम कंडम है।"

"क्यों ?" मैंने पूछा।

उसने जवाब दिया—"यह पता तो पिछले महीने का है। उस समय उस छोकरी के पास काम नहीं था और अच्छा-सा नाम भी नहीं था। अब तो वह गुलफ़ाम बिल्डिंग में रहती है। सोलहवीं सड़क पर। अब उसके पास काम भी है और नाम भी" फिर ठहरकर बोला—"और दाम भी।"

मैंने ड्राइवर की उस छंदबद्धता की दाद दी। ड्राइवर ने एक लम्बी सांस ली और बोला—"कलयुग है कलयुग।"

मैंने कहा—"नहीं-नहीं। उसकी आने वाली फ़िल्म का नाम 'नया युग' है कलयुग नहीं।"

ड्राइवर ने बेज़ारी से कहा—"हम फ़िल्म की बात नहीं करता। ज़माने की

बात करता है।''

'यह तो ज़माने की बात करता है' मैंने सोचा अब शायद अपने पुराने ज़माने की बात छेड़ेगा, मगर ड्राइवर ने बातों का गेयर बदलते हुए पूछा—''किदर से चलना है ? किंग रोड से या घोड़ा बंदर रोड से ?''

''घोड़ा बंदर रोड से'' मैंने कहा और खुद सड़क के शाहाना नाम पर ग़ौर करने लगी। बम्बई को 'शहरों की दुल्हन' कहा जाता है लेकिन जहां तक यहां की सड़कों और गलियों के नाम का संबंध है उन्हें सुंदर दुल्हन जैसे नाम नहीं जानवरों के नाम दिए जाते हैं और जानवरों में भी बम्बई के लोगों को घोड़े और बंदर से बड़ा स्नेह है जैसे बोरी बंदर, घोड़ा बंदर, काला घोड़ा !!

टैक्सी पंद्रहवीं सड़क पर पहुंची और हीरोइन का फ्लैट सोलहवीं सड़क पर था। वैसे तो मामूली-सी गिनती जानने वाले के लिए भी यह फ़ासला नाममात्र था। बचपन से सुनते बल्कि गिनते आए हैं कि 15 के बाद 16 की गिनती आती है लेकिन बम्बई की म्युनिसिपैलिटी ने इस इतनी बड़ी सच्चाई को झुठलाने में बड़ी सफलता प्राप्त की है। संभवतः बम्बई की सड़कें बाद में बनी हैं, इनके नम्बर पहले रख लिए गए थे। उसमें सड़कों या सड़कों पर चलने वालों की सुविधा इतनी ध्यान में न थी जितनी नम्बर डालने वालों की सुविधा। पन्द्रहवीं सड़क के बाद जब हम अगली सड़क पर मुड़े जिसे कायदे से सोलहवीं सड़क होना चाहिए था तो वहां सड़क का उन्नीसवां नम्बर लगा था। थोड़ी देर के लिए मैं चकरा गई। समझ में नहीं आ रहा था कि एक ही क्षण में यह काया अर्थात सड़क कैसे पलट गई। बहुत दिनों से बम्बई में कोई भूकंप भी नहीं आया फिर सहसा ख्याल आया कि कहीं जल्दी में हम बम्बई की बजाय कोएना तो नहीं पहुंच गए।

घड़ी देखी तो शाम के छः बजे थे और यही समय इंटरव्यू के लिए निश्चित किया गया था। उन्नीसवीं सड़क पर खड़े होकर सोलहवीं सड़क की प्रतीक्षा करने का कोई लाभ नहीं था। मुश्किल यों आसान हुई कि एक बड़ी-सी शेवरलैट गाड़ी टैक्सी के निकट से गुज़र गई। शेवरलैट ने जिस ढंग से अपना दामन बचाया था उससे बड़ी आसानी से अंदाज़ा होता था कि यह उच्चवंश की गाड़ी बिना कारण नाराज़ नहीं है। ज़रूर उसमें कोई भेद है अर्थात उसके अंदर एक अदद हीरो और उसकी प्रेमिका है।

और जब डरी-सहमी हुई हमारी टैक्सी अपने हिसाब से तीसवीं सड़क पर मुड़ी तो सामने सोलहवीं सड़क का पत्थर जड़ा हुआ था और बिल्डिंग के सामने एक कुत्ता खड़ा था और फाटक पर एक दरबान बैठा था।

कुत्ते और दरबान के तेवर देखकर आसानी से अनुमान नहीं लगाया जा सकता था कि कुत्ता कब बोलने लगेगा और दरबान कब काटने लगेगा इसीलिए तो लोग-बाग फ़िल्मी हीरोइन के कुत्ते और रंग भवन के दरबान से बहुत घबराते हैं।

दरबान और कुत्ते से इजाज़त लेती हुई मैं जल्दी से हीरोइन के फ्लैट के दरवाज़े पर पहुंच गई। दरवाज़ा अंदर से बंद था। मैंने दरवाज़े में बनी हुई झिरी से आंख लगाई तो उधर से भी एक आंख नज़र आई। मानो—दोनों तरफ़ थी आंख बराबर लगी हुई।

घंटी बजाई तो पायल की-सी झंकार बजती ही चली गई। यह नई घंटी का संगीत था। दरवाज़ा थोड़ा-सा खुला...नाम पूछा गया...और फिर अंदर आने की अनुमति मिल गई।

मेरे अंदर जाते ही दरवाज़ा फिर बंद हो गया। नया-नया फ्लैट था। नया-नया फर्नीचर था। नई हीरोइन की खुशबू की बजाय वातावरण में नये वार्निश की महक बसी हुई थी जैसे हीरोइन की ख्याति का वार्निश भी नया-नया था। मेरे सामने एक बड़ी उम्र की महिला अपने साइज से बड़ा हाउस कोट पहने खड़ी थी। मुझे देखकर उन्होंने अपनी दुनिया देखी हुई आंख के एक कोने से जिस तरह का इशारा किया उससे मैं यह न समझ सकी कि उन्होंने मुझे बैठने के लिए कहा या किसी मक्खी को उड़ाया है।

मैं बैठ गई तो वह बैठ गई।

मैंने पूछा—"मिस गुलनार कब तक मिल सकेंगी ?"

वे बोलीं—"बीबी को फुर्सत कहां है आपसे मिलने के लिए। इस वक़्त उसने सात प्रोड्यूसरों को और सात हीरोओं का टाला है।"

"बड़ी मेहरबानी है।" मैंने कहा।

सामने का पर्दा हिला और मिस गुलनार हमारी नई हीरोइन किसी नये पोस्टर की तरह चमकती-दमकती तशरीफ़ ले आईं।

मैंने अपनी नोटबुक संभाली उन्होंने अपने बालों की लट संभाली, मैंने कलम निकाली उन्होंने रूमाल निकाला।

मैंने पूछा—"मिस गुलनार आपको फ़िल्म में लाने का सेहरा किसके सिर बंधना चाहिए ?"

पता नहीं उन्होंने मेरा सवाल समझा या नहीं लेकिन सेहरे के नाम पर बहुत शर्माईं, कहने लगीं—"अभी तो मेरी शादी हुई नहीं है। मुझे क्या पता सेहरा किसके सिर बंधेगा।"

मेरा दूसरा सवाल था—"आपकी खूबसूरती का राज़ क्या है ?"

बोलीं—"पिंटो और सुंदरम।"

मैंने पूछा—"पिंटो और सुंदरम कौन हैं ?"

वे बोलीं—"एक पालिश वाला है एक मालिश वाला है। पिंटो मेकअप करता है, सुंदरम मालिश करता है, वही दोनों मेरी ब्यूटी के राज़ हैं।"

अगला सवाल था—"आप कब पैदा हुई थीं ?"

इस सवाल का जवाब मालूम करने के लिए हीरोइन ने अपनी मां से

पूछा—"मम्मी मैं कब पैदा हुई थी ?"

मम्मी बोलीं—"पैदा ?.....पैदा तो तुम हुई थीं। निस्संदेह पैदा हुई थीं।"

मैंने पूछा—"मिस गुलनार जब यह साबित हो ही चुका है कि निस्संदेह आप पैदा हुई थीं तो यह भी बता दीजिए किस दिन और किस तारीख़ को आपका जन्म हुआ था ?"

इसका जवाब भी मिस गुलनार की बजाय उनकी मां ने दिया। बड़े भरोसे से बोलीं—"दिन में क्या रखा है जी...सब दिन एक से होते हैं। वैसे बरसात का दिन था शायद और तारीख...तो मेरा ख़याल है कि तारीख़ भी ज़रूर कोई थी" किसी दक्ष राजनीतिज्ञ की तरह वे बोलीं।

"अजी तो तारीख़ भी कौन-सी सौ दो सौ होती हैं वही तीस इकत्तीस के दिन होते हैं। इसी में से कोई तारीख़ समझ लीजिए...हां फ़रवरी के दो दिन घटा दीजिएगा।"

जन्मदिन और तारीख़ पूछने के बाद मैंने पूछा—"आप कहां की रहने वाली हैं ?"

मिस गुलनार ने कहा—"मैं तो ज़्यादातर घर से बाहर ही रहती हूं..."

"ठीक है। इससे बेहतर जगह रहने के लिए क्या हो सकती है। आप किस तरह के गेम्स पसंद करती हैं ? आउटडोर या इनडोर...?"

बोलीं—"अब गेम्स के लिए वक्त ही कहां मिलता है ? वैसे शूटिंग में आउटडोर ही पसंद करती हूं।"

"अच्छा मिस गुलनार आपका मनपसंद रंग कौन-सा है ?"

बोलीं—"पहले तो बहुत-से रंग पसंद थे बस अब तो सारंग पसंद है।"

"जी ?" मैंने घबराकर पूछा—"सारंग ! यह किस तरह का रंग है ?"

"जी यह मेरी नई फ़िल्म का प्रोड्यूसर है। अपना सारंग।"

"ठीक है ठीक ! और मिस गुलनार आपको खाने-पीने में क्या-क्या चीज़ें पसंद हैं और क्या-क्या चीजें नापसंद हैं ?"

"खाने की चीज़ों में मुझे चीज़ पसंद है और पीने की चीज़ों में बस पानी नापसंद करती हूं।"

"आप किस तरह के रोल पसंद करती हैं, ट्रेजिक या कामेडी के ?"

बहुत सोचकर मिस गुलनार बोलीं—"मुझे वह ट्रेजडी अच्छी लगती है जो अंत में कामेडी बन जाए।"

हीरोइन की मां बेटी के इस उत्तर से बड़ी प्रभावित हुईं और बड़े गर्व से उसकी ओर देखकर मुझसे बोलीं—"यह बचपन से ही बड़ी इन्टेलिजेंट है जी, बिल्कुल मुझ पर गई है।"

"निस्संदेह आपकी बेटी की गिनती हीरोइन में भी हो सकती है और इंटेलेक्चुअल में भी" मैंने कहा—"और बात जब इन्टिलेक्ट पर पहुंच गई है तो

क्या मैं पूछ सकती हूं कि मिर्ज़ा ग़ालिब के बारे में आपका क्या खयाल है ?"

मिस गुलनार मुस्कराकर बोलीं—"ग़ालिब तो उसका फ़िल्मी नाम था। असली नाम भारत भूषण था जी उसका।"

"जी।"

"जी हां मैंने बहुत बचपन में यह पिक्चर देखी थी, अब तो इसकी स्टोरी ठीक से याद नहीं है।"

"आइए अब कुछ शेर ओ अदब के बारे में बात हो जाए।"

मिस गुलनार बोलीं—"शेर तो मध्य प्रदेश के फारेस्ट में बहुत मिलता है। कोई-कोई लोग हाथी का शिकार भी करता है, पर अजब का शिकार हमने कभी नहीं सुना।"

"अजब नहीं मिस गुलनार अदब ! साहित्य, लिट्रेचर !"

"अच्छा-अच्छा वह अदब जो डायलाग राइटर लिखता है ?"

"जी हां। मेरा मतलब उसी अदब से है। मैंने कहा ग़ालिब का यह शेर आपको कैसा लगता है—

किसी को दे के दिल कोई नवा संज-ए-फगां क्यों हो।
न हो जब दिल ही पहलू में तो फिर मुंह में ज़बां क्यों हो।"

मिस गुलनार बहुत हैरान होकर बोल उठीं—"नव संजय, संजय तो पुराना स्टार है वह नवा तो नहीं है..."

इस उत्तर पर मैं झूम उठी। फिर मैंने पूछा—"और मिस गुलनार ! आर्ट के बारे में भी हमारे पाठक आपकी राय जानना चाहेंगे।"

"ओह ! आर्ट—सच आर्ट बड़ा ग्रेट होता है।"

"आपको कौन-सा आर्ट पसंद है ?"

"अजंता आर्ट्स...वहां तो मैं प्रायः जाती रहती हूं। नर्गिस और सुनील दत्त से मिलने..." हीरोइन ने जवाब दिया और अब मेरे धैर्य ने भी जवाब दे दिया था। ख़ामोशी से मैंने कागज़ संभाले और हीरोइन का धन्यवाद करते हुए रुख़सत हो गई।

वापसी पर जब टैक्सी आधा रास्ता तै कर चुकी तो मैंने घबराकर ड्राइवर से कहा—"टैक्सी वापस ले चलो। मैं हीरोइन के फ़ोटो लाना भूल ही गई हूं।"

"तो इतनी देर आप क्या करती रहीं ?" टैक्सी ड्राइवर ने कहा। हीरोइन से तो केवल फोटो ही लिए जाते हैं। बाकी सब कुछ तो अख़बार वाले खुद ही लिखते हैं।"

"ऐं तुम्हें कैसे पता ?" मैंने आश्चर्य से पूछा।

ड्राइवर ने ठंडी सांस भरी और बोला—"पहले मैं भी फ़िल्म का हीरो था।"

हाजी लक़लक़

ग़ालिब अंड गोएटे

मुझसे बयान किया कामरेड बारी अलीग ने और उन्होंने सुना अपने दोस्त मिर्ज़ा काज़िम से और मिर्ज़ा काज़िम ने सुनाई अपनी आपबीती। और अब मुझसे सुनिए ''मिर्ज़ा बीती'' मेरे शब्दों में और इसका पुण्य पहुंचाइए ग़ालिब और गोएटे की आत्माओं को और दुआ कीजिए मेरे हक़ में।

मिर्ज़ा काज़िम जिन दिनों बर्लिन में थे उन दिनों का ज़िक्र है कि मिर्ज़ा साहब की मुलाक़ात एक पंजाबी सिख प्रीतम सिंह से हुई और दोनों तीन-चार दिन तक एक कहवाख़ाना में एक-दूसरे से मिलते रहे। एक रोज़ सरदारजी ने मिर्ज़ा साहब से कहा कि भाई साहब बात यह है कि मैं इटली जाना चाहता हूं और मेरे पास पैसा कोई नहीं। इटली में मेरा भविष्य बहुत शानदार हो सकता है इसलिए अगर आप कुछ रुपया मुझे कर्ज़े के तौर पर दे दें तो मैं इटली पहुंचकर थोड़े ही समय में यह क़र्ज़ चुका दूंगा।

मिर्ज़ा काज़िम ने एक क्षण सोचने के बाद कहा—''क़र्ज़ ? सरदार साहब यहां परदेस में कौन ऐसा हिंदुस्तानी संपन्न हो सकता है जो अपनी ख़र्चियों के अलावा किसी दोस्त को क़र्ज़ दे सके।''

सरदारजी—''मुझे कोई ज़्यादा रुपया नहीं चाहिए सिर्फ़...''

मिर्ज़ा साहब—(बात काटकर) ''अजी कम-ज़्यादा का तो सवाल ही पैदा नहीं होता। बात यह है कि किसी से ऐसी प्रार्थना करना ही अर्थहीन चीज़ है।''

सरदारजी—(निराशा के लहजे में) ''तो फिर क्या किया जाए ?''

मिर्ज़ा साहब—''क्या किया जाए ? बहुत कुछ हो सकता है।''

सरदारजी—(आशा भरी नज़रों से देखते हुए) ''वह क्या ? वह क्या ?''

मिर्ज़ा साहब—''वह यह कि हिंदुस्तानियों की बजाय जर्मनों से रुपया हासिल किया जाए जो बहुत आसान है।''

सरदारजी—''वह कैसे ?''

मिर्ज़ा साहब—''मैं कल बताऊंगा। आप इसी वक़्त यहां तशरीफ़ ले आइए।''

सरदारजी की आंखें इन शब्दों को सुनकर चमकीं और आप मिर्ज़ा साहब का पेशगी शुक्रिया अदा करके रुख़सत हुए। रात भर सरदारजी को नींद न आई और दूसरे दिन निश्चित समय से आधा घंटा पहले ही कहवाख़ाने में पहुंच गए

और अधीरता से मिर्ज़ा काज़िम का इंतज़ार करने लगे। अंततः मिर्ज़ा आए और कहवा की प्याली पीते हुए यों बोले–

''देखिए सरदारजी ! मिर्ज़ा ग़ालिब हिंदुस्तान के बहुत बड़े शायर थे। आप जानते ही होंगे ?''

सरदारजी–''वही न जिन्हें इंडियन शेक्सपियर कहते हैं ?''

मिर्ज़ा साहब–(मुस्कराते हुए) ''नहीं, नहीं। इंडियन शेक्सपियर तो स्वर्गीय आग़ा हश्र काश्मीरी थे जो विख्यात नाटककार थे। ग़ालिब उनसे बहुत पहले मुग़ल काल में गुज़रे हैं, आपका नाम असदुल्लाह खां था और वतन देहली। आप फ़ारसी और उर्दू दोनों भाषाओं के बहुत बड़े शायर थे लेकिन उम्र निर्धनता में गुज़री। आपको शराब पीने का बड़ा शौक़ था इसलिए कभी संपन्नता नसीब न हुई।''

सरदारजी–''बिल्कुल मेरे चाचा हरनाम सिंह की तरह जो जिलेदार था, दो सौ बिगहा ज़मीन थी, जिला भर में इज़्ज़त थी लेकिन शराब ने बेड़ा गर्क़ कर दिया। आज उसे कोई दस रुपए उधार नहीं देता।''

मिर्ज़ा साहब–''हां, हां। बस ग़ालिब की भी यही हालत थी लेकिन था बड़ा स्वाभिमानी। मरता मर गया लेकिन अमीरों के सामने न झुका। उसकी एक खूबी यह थी कि...''

सरदार सिर तो हिलाते जाते थे लेकिन दिल में सोचते थे कि बात तो जर्मनों से रुपया हासिल करने की थी। यह मिर्ज़ा साहब ग़ालिब का किस्सा क्यों छेड़ बैठे ? आप कुछ कहना ही चाहते थे कि मिर्ज़ा काज़िम ने उनके दिल की बात को भांपकर हाथ से इशारा किया जिसका मतलब यह था कि खामोशी से सुनते जाइए।

मिर्ज़ा साहब–''ग़ालिब एक दार्शनिक शायर थे और उन्होंने वही ज़माना पाया जो जर्मनी के दार्शनिक शायर गोएटे को नसीब हुआ। गोएटे भी...'' मिर्ज़ा साहब यहां तक कह पाए थे कि सरदारजी से धैर्य न हो सका और उन्होंने बात काटकर अपनी बात शुरू कर दी।

सरदारजी–''लेकिन मिर्ज़ा साहब जहन्नुम में जाएं ग़ालिब और गोएटे। आपने वादा किया था कि आप जर्मनों से रुपया हासिल करने का उपाय बताएंगे।''

मिर्ज़ा साहब–''बिल्कुल दुरुस्त। और मैं वही तरकीब तो बता रहा हूं। आप ज़रा सुनते जाइए। आप हिंदुस्तान के बहुत बड़े इतिहासकार, कवि और लेखक हैं।''

सरदारजी–''मैं और कवि ?''

मिर्ज़ा साहब–''बस आप चुप रहिए और मेरी बात सुनिए। आप इतवार

के दिन होमबर्ग हॉल में एक भाषण देंगे जिसमें आप ग़ालिब और गोएटे की शायरी की तुलना करेंगे।''

सरदारजी–''यह क्या कह रहे हैं आप। मैं तो जर्मन भाषा का एक शब्द भी नहीं जानता और न ग़ालिब और गोएटे की शायरी से वाकिफ़ हूं।''

मिर्ज़ा साहब–''आप उर्दू भाषा में और अगर यह भी न हो सके तो पंजाबी भाषा में भाषण दीजिए, बात सिर्फ यह है कि बोलते जाइए। ग़ालिब और गोएटे की शायरी से आप परिचित नहीं तो उनका नाम तो कदापि मुश्किल नहीं। ज़रा कहिए तो...''

सरदारजी–''गालि़ब गोएटे–ग़ालिब गोएटे।''

मिर्ज़ा साहब–''बिलकुल ठीक। आप पास हो गए सिर्फ़ इतनी बात है कि ग़ालिब अंड गोएटे कहिए। अंग्रेज़ी भाषा में जिसे हम एंड कहते हैं जर्मन में इसे अंड कहते हैं।''

सरदारजी–''ग़ालिब अंड गोएटे–ग़ालिब अंड गोएटे।''

मिर्ज़ा साहब–''वाह वा ! खूब ! अब आप हिंदुस्तान के बहुत बड़े स्कालर हैं। कल बर्लिन के अख़बारों में ऐलान प्रकाशित होगा कि हिंदुस्तान के विख्यात स्कालर सरदार प्रीतम सिंह इतवार के दिन शाम के समय होमबर्ग हॉल में ग़ालिब और गोएटे के विषय में एक ज़बरदस्त भाषण देंगे। प्रवेश टिकट द्वारा होगा इत्यादि।''

सरदारजी–''लेकिन मैं भाषण में कहूंगा क्या ?''

मिर्ज़ा साहब–''जो जी में आए कहते जाइए। बस बोलते जाइए और हर तीन-चार वाक्यों के बाद ''ग़ालिब अंड गोएटे'' कहते रहिए।''

इतवार की शाम आ पहुंची। होमबर्ग हॉल जर्मन शौकीनों से खचाखच भरा हुआ था। अध्यक्षता की कुर्सी पर बर्लिन के मशहूर साहित्य विशेषज्ञ विराजमान थे। उनके एक तरफ सरदार प्रीतम सिंह और दूसरी तरफ़ मिर्ज़ा काज़िम बैठे थे। भाषण का समय आ गया और सरदार साहब भाषण करने के लिए उठकर चले। उपस्थितगणों से प्रोफेसर प्रीतम सिंह का परिचय मिर्ज़ा साहब ने कराया जिस पर हॉल स्वागत की तालियों से गूंज उठा।

सरदार साहब ने अपना भाषण शुरू किया–

''सज्जनो ! मिर्ज़ा असदुल्लाह खां ग़ालिब देहली के रहने वाले थे। उर्दू फ़ारसी दोनों भाषाओं के कवि थे। शराब बहुत पीते थे इसलिए उनकी उम्र निर्धनता में गुज़री। देहली हिंदुस्तान की राजधानी है। वहां एक घंटाघर भी है। चांदनी चौक में सौदा बेचने वालों की आवाज़ें बहुत प्यारी होती हैं। हर तरफ़ से आवाज़ें आती हैं–ग़ालिब अंड गोएटे !''

सभा ने जोरदार तालियां बजाकर आसमान सिर पर उठा लिया। जब

तालियों की गूंज ख़त्म हुई तो सरदार साहब ने भाषण जारी रखते हुए कहा—

"देहली से तीन सौ मील के फ़ासले पर लाहौर है। मैं ज़िला लाहौर का रहने वाला हूं। हमारा इलाका बहुत उपजाऊ है। पिछले साल बारिशें कम हुई थीं इसलिए फसलें अच्छी नहीं हुईं। इस साल गुरु महाराज की कृपा है। नहर में भी पानी खूब रहा। आशा है कि गेहूं की फ़सल अच्छी रहेगी। बादशाही मस्जिद, महाराजा रणजीत सिंह की समाधि, चिड़ाघर, अजायबघर—गालिब अंड गोएटे !"

फिर तालियों से वातावरण गूंज उठा और अध्यक्ष महोदय के होंठों पर मुस्कान नृत्य करने लगी। आपने मेज़ पर हाथ मार-मारकर भाषणकर्त्ता के मंत्रमुग्ध भाषण की प्रशंसा की। सरदार साहब ने प्रोत्साहन होते देखा तो ज़रा ऊंची आवाज़ में भाषण करने लगे। फ़र्माया—

"ग़ालिब अंड गोएटे का दुर्भाग्य था कि उन्होंने श्री दरबार साहब अमृतसर के दर्शन नहीं किए। यहां तक कि वे गुरदासपुर भी न जा सके वर्ना वहां का गुड़ खाकर उन्हें नानी सपने में याद आ जाती। जिला अमृतसर में एक गांव चमयारी है। वहां के खरबूज़े बहुत मशहूर हैं। कसूर की मेथी बड़ी खुश्बूदार होती है और फिर ग़ालिब अंड गोएटे कहना जैसे इंडिया अंड जर्मनी।"

इस बार सरदार ने उस्ताद के बताए हुए सबक़ ग़ालिब अंड गोएटे पर इंडिया अंड जर्मनी की वृद्धि करके कमाल कर दिखाया और इन शब्दों ने सोने पर सोहागा का काम किया। तालियों से हॉल गूंज उठा। सरदार साहब ने भाषण जारी रखा और दो-तीन वाक्य कहने के बाद फ़र्माया कि—

"सज्जनो अब ग़ालिब के शेर सुनिए—"

इस अवसर पर मिर्ज़ा काज़िम ने उठकर उपस्थित लोगों से जर्मनी भाषा में कहा कि प्रोफ़ेसर प्रीतम सिंह अब ग़ालिब के चंद शेर सुनाएंगे। सरदार साहब ने अपने विशेष अंदाज में गाना शुरू कर दिया—

असां नित वे, नीं असां नित वे शराबी रहना नी हरनाम कौर नारे
अदूध बिच कंद कर ले

मिर्ज़ा काज़िम कुर्सी से उछल पड़े जिस पर उपस्थित गणों ने तालियों से वातावरण में गूंज पैदा कर दी और ऐसा मालूम होता था कि सबने इन शेरों को अत्यंत पसंद किया है। सरदार साहब फिर बोले—

असी मर गए
नीं असी मर गए कमाइयां करदे नीं हरनाम कौर नारे
अजे तेर बंद न बने
हाय नीं असी मर गए

इस बार भी पहले की तरह काफ़ी दाद मिली लेकिन दाद की हद तो उस वक़्त हुई जब सरदार साहब ने ग़ालिब की वह रचना सुनाई जिसके टेप

का मिस्रा यह था–

मोड़े बाबा डांग वालेआ, छई !

डेढ़ घंटा गुज़र गया और सरदार प्रीतम सिंह इतिहासकार, कवि और साहित्य विशेषज्ञ का भाषण समाप्त हुआ। इसके बाद मिर्ज़ा काज़िम उठे और उन्होंने शुद्ध जर्मन भाषा में वर्णन किया कि ''प्रोफ़ेसर ने जिस योग्यता के साथ ग़ालिब और गोएटे की तुलना की है शायद ही आज तक किसी ने की हो। कम-से-कम बर्लिन में तो आज तक ऐसा भाषण न हुआ होगा। और मुझे गर्व है कि मेरे देश ने प्रोफ़ेसर साहब जैसे आदमी पैदा किए हैं। मैं इस पूरे भाषण का अनुवाद करके बर्लिन के समाचारपत्रों में छपवाऊंगा और आप देखेंगे कि मेरे देश के गर्व योग्य साहित्य विशेषज्ञ ने ज्ञान एवं विद्वता के क्या-क्या दरिया बहाए हैं। मैं आप सज्जनों का धन्यवाद करता हूं कि आपने प्रोफ़ेसर साहब के विचार सुनने का कष्ट किया।''

इसके बाद अध्यक्ष महोदय उठे और उन्होंने प्रोफ़ेसर साहब और मिर्ज़ा काज़िम का धन्यवाद उपस्थितगणों की ओर से किया और जलसे की समाप्ति की घोषणा की। फिर क्या था, बड़े-बड़े साहित्यकार, कवि, पत्रकार और रईस सरदार साहब से हाथ मिलाने को लपके और आपको बड़ी मुश्किल से हॉल के दरवाज़े तक ले जाया गया।

उसी रात को मिर्ज़ा काज़िम प्रोफ़ेसर प्रीतम सिंह को ट्रेन पर सवार कराने के लिए स्टेशन तक गए और दोनों की जेबें नोटों से भरी हुई थीं

□□